JN021249

アルプス席の母
早見和真
小学館

アルプス席の母

本当は女の子のお母さんになりたかった。

腕を組んで買い物に出かけたり、周囲から姉妹のようだと言われたり。自分の育ったのが女ばかりの環境だったからか、幼い頃からそんな未来しか想像していなかった。

もし、十七年前のあの日、お腹から出てきたのが女の子だったら私はどんな生き方をしていたのだろう？

そんな疑問がいまさらながら胸をかすめる。

地響きのような大きな音に、秋山菜々子は我に返った。意識が完全に飛んでいた。

頬を何度か叩いて、あわてて視線を右手のスコアボードに向ける。

八月十五日、午後一時――。

阪神甲子園球場の一塁側アルプス席は、殺人的なまでの日の光にさらされている。

目に映るすべての光景が白っぽく見える。歓声や叫び声が幾重もの層になって、身体を押し潰そうとしてくる。

一回戦も同じ一塁側スタンドでの応援だったが、こちらは試合開始が十六時半の第四試合だった。しかも前の試合が押したおかげで、試合途中からスタンドは日陰で覆われていた。

真夏の西日にさらされ、相手チームの応援スタンドは目が痛くなるほど赤く染まっていた。遠く北海道からやって来た顔も知らない相手選手のお母さんたちに思いを馳せ、大変だろうなと同情したのを覚えている。

数日前とはまるで違う強烈な陽射しに、頭の芯がずっとボーッとしている。だからだろう。「ちょっと……。だからちょっとって、秋山さん！」という声を認識するのに、少しだけ時間を要した。

「えっ……？　あ、はい！」

菜々子は立ち上がらんばかりの勢いで返事をする。周囲一帯に、同じピンク色のTシャツを着た集団がいる。

その最前列の右端で、誰よりも強くメガホンを叩いていた西岡宏美が、呆れたように肩をすくめる。

「どないしたん、ボンヤリして！　しっかりしぃや。航太郎くん、出てくんで！」

その言葉が胸に刺さり、再び意識が飛びそうになった。少しして耳に戻ってきたのは、一塁側のアルプス席に立ち込めるざわめき声だ。それを押しのけるようにして、相手応援席のブラスバンドの大合奏が、さらにそれを押しやるようにして、絶対に聞こえるはずのないセミの鳴き声が聞こえた気がした。

気持ちを鎮めようと、菜々子はあらためてスコアボードに目を向ける。

延長十一回の表、四対四。

これ以上なく緊迫した展開だ。しかし、菜々子には試合がどうであってもかまわない。チームメイトの父母たちには口が裂けても言えないけれど、憎しみを抱いたことすらある二年四ヶ月という期間だった。チームが仮に今日敗れることになったとしても、菜々子にはそれほど感じることはない。だけど……。

「来たで」

となりに座っていた馬宮香澄が思わずというふうに菜々子の手をつかみ取る。胸を揺さぶられそうになったが、泣くものかとむしろ冷静さを取り戻し、菜々子もゆっくりとグラウンドに目を向ける。

ベンチから「18」の背番号をつけた航太郎が飛び出してきた。

メンバーに入れなかった三年生たちが、航太郎に向けて大きな声援を送ってくれる。彼らにとってても甲子園が特別な場所であるのは変わりない。地方大会では二十人がベンチ入りすることができるのに、甲子園ではどういうわけか十八人しか入れない。つまり二人が弾き出されることになる。その子たちも含め、仲間の子たちの声援に屈託が入り混じっていないのが菜々子にはたまらなくうれしかった。

乾ききった土のグラウンドに一礼して、航太郎はマウンドに駆けていく。息子が与えられた役目は「伝令」と呼ばれるものだ。高校野球では監督がグラウンドに出てくることが許されていない。そこで補欠選手の一人がベンチの指示を伝える役を担うのだ。

「うれしそやね、航ちゃん。背中でわかるわ」

ささやくように言って、香澄が菜々子に微笑みかける。きっと思うところは多いだろうに、香澄の笑みにもイヤミはない。

「初出場やね」

「うん?」

「一回戦では出番がなかったわけやから、秋山航太郎選手、これが甲子園初出場や。めっちゃ輝いてんで」

香澄は、菜々子の高校野球に対する屈託を知る数少ない人間の一人だ。保護者の中では唯一と言っていいだろう。

「うん、ありがとう。これが私の見るあの子の最後のユニフォーム姿かもしれないからね。しっかり目に焼きつけておくよ」

「え、なんで?　航ちゃん、大学でも野球続けるんちゃうの?」

「ううん。たぶん高校で野球は辞めるつもりなんだと思う。あの子の考えてることはよくわからないけど、そんな気がする」

菜々子はあえて言葉を濁した。他のどんな習い事も何一つ長続きしなかったのに、小一から始めた野球だけはほとんど「辞めたい」と言い出さなかった。少なくとも高校に入学するまでは一度も耳にしたことがなかったはずだ。

その航太郎が、夏の地方大会が始まる直前、自分から告げてきた。

「俺の野球はここまでやから」

大阪府大会のベンチ入りメンバーを勝ち取り、意気揚々と野球部寮から帰省してきたときだった。

「どういう意味?　高校野球がっていうこと?」

「ちゃうわ。野球そのものが」

「なんで?　大学でも続けるんじゃなかったの?」

「もうええやろ。ここまでやったら充分や。中途半端に続けるのは性に合わん。高校野球は最後までやり切ったんやし、お父さんも認めてくれるんちゃう?」

ヘラヘラ笑ってはいたけれど、意志を感じさせる言葉だった。

「でも、だったらどうするのよ。あんたから野球を取ったら何もなくなるじゃない」と口にした菜々子をいたずらっぽい目で見つめ、航太郎はふんと鼻を鳴らした。

「おかんがそんなこと言うのはあかんやろ。でも、まぁ大丈夫や。おかんを楽させるために就職するとかは言わんから。どういう形になるかは知らんけど、大学には行こう思うとる。俺、高校野球の監督になりたいんや。自分みたいに野球でいい思いも、しんどい思いもした人間が指導者になるのはええと思うんよな。エリートのまま監督になった人間は最悪や。だから、そやな。野球を辞めるっていうか、本格的な野球をっていう感じか。ひとまず封印や」

「ああ」とか「うん」とか「べつに」とか、「普通」とか「平気」とか「腹減った」とか、たった数年前までは何を尋ねても、一言、二言しか返してこなかった。その航太郎がいつの間にかこんなに長い言葉を口にするようになっていた。

だからといって一人息子の成長をしみじみと感じたわけではなかったけれど、母子(おやこ)の間の何かがひっくり返ったような感覚があった。

そのことに気を取られ、だから「大阪弁は認める。でも〝おかん〟という言い方だけは絶対に許さない」という約束を航太郎が破ったことを、菜々子はとっさに指摘できなかった。

炎天下の甲子園のマウンドは、その応援スタンドよりさらに数度暑いと耳にする。そこで航太郎は一桁背番号のレギュラー選手たちの輪にもぐり込んで、何やら話し込んでいる。

延長十一回で、相手の攻撃。ワンアウト二、三塁。

結局、最後まで野球についていたいして詳しくならなかったが、さすがの菜々子でも大ピンチであることくらい理解できる。

それでもきっと航太郎は楽しんでいるに違いない。もちろんその声は聞こえてこないし、姿だって豆粒程度の大きさではあるけれど、菜々子にはわかる。それこそ小一の頃から見続けてきた航太郎のユニフォーム姿だ。これがその最後の光景になるかもしれないと思えば、まばたきだってしたくない。

ずいぶん長く円陣が組まれていた。審判員の一人に促され、航太郎は最後に後輩のエースピッチャーの背中を叩いて、ようやくマウンドを去ろうとした。

そのとき、腹の底から強い衝動が込み上げた。

ダメだ、ダメ……と自制する気持ちはたしかにあったが、菜々子は思いを抑えることができなかった。

「航太郎ーっ！」

息子の名前を大声で叫んだ菜々子を、他の父母たちがギョッとして振り返った。

航太郎が入学したときにもらった十数ページにも及ぶ野球部父母会の心得には、ひたすら禁止事項が記されていた。
・日傘禁止

・間食禁止
・帽子禁止
・サンバイザーは白色のみ
・水分の補給は選手と同じタイミングで。たとえば試合中ならイニング間
・監督への直接の声がけ禁止
・球場では三年、二年、一年の順に前列から隙間なく座っていく
・後輩の親が座るのは、先輩の親が全員座るのを見届けてから

くだらないと思うルールばかりで、何度も〈心得〉については物申してきた。でも、二年以上もこの環境に身を置いて、酸いも甘いもたくさん経験してきたいまなら少しだけ理解できる。高校野球には、いわゆる「ヤバい親」という人間がゴロゴロいる。規則で縛らなければいけない面はあるのだろう。

その中の一つにこれもあった。

・試合中の単独での声出し禁止。声援は応援団の指示通りに

一瞬、そのルールが頭から吹き飛んだ。「ちょっと！ 秋山さん、あんた何しとるん！」と、キャプテンの西岡蓮（れん）の母、自身も父母会長を務める宏美が顔を真っ赤にして前列から注意してくるが、菜々子はその声を無視した。

「気になるからやめてほしい」と、それもいつか他の保護者から注意されたことだったが、バッグから亡き夫の遺影も取り出した。

額を高々と掲げ、菜々子はさらに開き直ってあらん限りの声を上げた。

「航太郎ー！　がんばれーっ、がんばれよーっ！」

その叫びは、当然ながら甲子園を包み込む大歓声に打ち消される。

それなのに、まるで菜々子の声が届いたかのように、ベンチに戻る間際、航太郎はこちらに目を向けた。

十八年もともに生きてきた身だ。見間違えるはずがない。あの子は間違いなく私を見た。

泣くのを堪(こら)えることができなくなった。

母と子の様々な思い出を貫くようにして、脳裏を駆け巡ったのは航太郎がまだ中学生の頃、この高校に行くと決めた日のことだった。

❖　❖　❖

「俺、高校どうしたらいいと思う?」

もちろんまだ大阪弁をしゃべることも、「おかん」と呼ぶこともなかった、中二の秋。練習から帰ってきて、めずらしく自分から父の仏壇に手を合わせたかと思うと、これまためずらしく航太郎は自分から菜々子に話しかけてきた。

神奈川県の湘南エリア……と言えば聞こえはいいが、海まで歩けば三十分はかかる2DKのアパートに、緊張した空気が立ち込めた。

「そんなの、べつにあなたの行きたいところに行けばいいんじゃない？」

菜々子は平静を装った。

「行きたいところって言われても……」

「なんで？　実際にあなたはどこの学校で野球がしたいの？　そこに行けるか、行けないかはともかくとして、希望くらいあるんでしょう？」

航太郎はふて腐れたようにうつむいた。どうせまた自分が的外れなことを言ったのだろう。航太郎が九歳のときに事故で亡くなった夫、健夫がいてくれたらと思うのは、野球にまつわるこんな問題が生じたときばかりだ。

「ごめん。私、そのへんのことってちょっとよくわからない。くわしく聞かせて」

普段だったら「べつに平気」と自分の部屋に引っ込んでしまうところだが、食事前であることが幸いしたのだろう。渋々というふうに言葉に従った航太郎を逃がすまいと、菜々子はテーブルに料理を並べていく。

べつに手の込んだおかずを用意しているわけではない。本人の要望で必ず食卓に並べるのは、ラーメン用のどんぶりに入れた野菜たっぷりの豚汁と、買う術がネットしかない特大サイズのツナ缶、それにマヨネーズと醬油くらいだ。それにおかずを一、二品というのが秋山家の定番の献立ではあるが、それでも骨が折れるのは、常に炊きたての白いご飯を用意しなければいけないことだ。

めきめきと野球の実力をつけていき、地元の軟式野球チームから硬式ボールを扱うリトルリーグのチームに移籍した小学五年生の頃、本人が恥ずかしそうにお願いしてきた。

「僕、身体を大きくしたい。白いご飯をいっぱい食べたい。できれば、チンしたご飯じゃない方がうれしいんだけど」

三月生まれで、幼い頃は周囲より身体が小さかった。幸いにもよく食べる子で、小学校に入った頃には友人たちに見劣りしないサイズになってはいたけれど、やはり本格的に野球をしようとなると思うところがあるのだろう。

「わかった、炊きたてのご飯ね。了解した！　お母さんが航ちゃんの身体を絶対に大きくしてみせる。任せといて！」

それが安請け合いであったことを、菜々子はすぐに思い知ることになった。菜々子自身も看護師の仕事をしながらの、毎朝、毎晩、雨で野球のない休日はお昼までご飯を炊くことの、どれほど面倒だったことか。

航太郎の白米に対する執着は相当のものだった。「今日はもう疲れちゃったから外食にしよう」と提案しても「外はお米がおいしくないからイヤだ」と断られ、わかるわけがないとこっそり電子レンジで解凍したご飯を出してみると、目を赤く潤ませて「了解したって言っただろ！」と抗議された。

食べる量もすごかった。二人姉妹の姉として育った菜々子は、焼き肉店で大盛りライスを注文する健夫にさえ呆気に取られていたほどだった。

航太郎はその比ではない。五年生の時点で一食に二合は食べていたが、小学校を卒業するときにはそれが三合になっていた。朝、昼、晩で、計九合。毎日およそ一升だ。

さすがに米の量はストップしてくれたが、航太郎はあいかわらずよく食べる。それだけ食べていながら間食まできちんとしている。

感心させられるのは、スナック菓子やカップ麺などは絶対に口にしないことだ。それもまた頼まれて常備しているアーモンドや乾燥ベリー、鶏(とり)のささみやゆで卵なんかをつまんでいる。部屋は汚いし、服は脱ぎ散らかすし、テスト前であっても堂々と机で眠りこけている。根本的にはずぼらな子だと思うけれど、こと野球の話になると異常なくらいストイックだ。

その甲斐(かい)あって……ということなのだろう。中一が終わる頃には身長が百八十センチを超えていた。上級生のチームでもピッチャーとして試合に出場させてもらっていたし、素人目にも実力は抜きん出ているように見えた。

遠慮のないチームメイトのお母さんたちは「航太郎くんって、やっぱりもう高校から声かかってたりするわけ？　ひょっとして京浜(けいひん)？　横浜海成(かいせい)とか？　っていうか、プロのスカウトが見にきてたっていうウワサも聞いたけど」などと探りを入れてきたが、菜々子には答えようがなかった。当の航太郎の考えがわからなかったからだ。

だからといって、菜々子から尋ねようとは思えなかった。進路について航太郎に思うところがあるのは気配で伝わってきていたし、それがすごく繊細な問題であることも当然わかっていた。

航太郎が自身の考えを伝えてくるのをひたすら待った。しかし春が過ぎ、夏を越え、新チームとなり最上級生になっても、航太郎は考えを明かそうとしなかった。

所属するチーム、西湘(せいしょう)シニアの監督は「お母さん、そろそろ航太郎の進路について話し合いをしませんか?」と、ことあるごとに言ってくる。

元社会人野球の選手で、多方面に顔の広い監督のもとには、すでにいくつかの高校から誘いが来ていると聞いている。チームメイトの母親の言う通り、二、三回ではあるが、監督を交えて横浜のプロチームのスカウトと話をしたこともある。

これまでは基本的に監督の言うことは受け入れるようにしてきた。しかし、進路の件だけは航太郎の気持ちを尊重してやりたかった。だから、その都度「すみません。もう少しだけ待っていただけませんか」と言ってきたが、監督はどうやらそれが不満らしい。その都度、不服そうな表情を浮かべるが、菜々子の意志は揺るがなかった。この件に関してだけは航太郎に一つの悔いも残させたくない。

その息子の口から、ついに自分の進路について切り出された。◯◯高校に行きたい、××高校で野球がしたい。きっとそんな言葉を聞かせてもらえると思っていたので、拍子抜けしそうになったが、大いなる一歩であるのは間違いない。

「くわしく聞かせて」

そう言った菜々子を無視するように、航太郎は無言でご飯をかき込んでいく。丼飯を、まず豚汁で一杯、ブリの照り焼きで一杯、さらにツナ缶で二杯という具合だ。

見ているだけでこちらのお腹が膨れてくる。菜々子は一人で晩酌しながら、それ以上は尋ねなかった。本人が話したくないのなら仕方がない。その結果また答えを先延ばしにされてしまうかもしれないけれど、それくらい重要な局面であるのは間違いない。一生にかかわることなのだ。悩みたいだけ悩めばいい。

案の定、食事を終えると、航太郎は早々にスマホをいじり始めた。そのまま逃げるように部屋に戻るのがいつもの流れではあるけれど、とりあえずはダイニングに居座り続けている。

菜々子は自分から話しかけたくなるのをグッと堪えた。中学生になったくらいからずっとそうだ。自分が若かった頃のようなわかりやすい反抗期とは違うのだろうが、それでもやっぱり気は遣う。どこに航太郎の不機嫌スイッチがあるのか見当もつかなくて、簡単には心の内に踏み込めない。

お互いがお互いのスマホに触れている時間がしばらく続いた。さすがにいつまでも待ち続けているわけにもいかず、洗い物をしようと食器を持って立ち上がろうとしたとき、航太郎が思わずというふうに口を開いた。

「やっぱり寮生活っていうわけにはいかないよね？」

菜々子はゆっくりと振り返った。航太郎はあいかわらずスマホの画面に見入っている。菜々子の顔など見ていない。

「何？　寮のある学校に入りたいの？」

「べつに。そういう意味じゃないけど」

「じゃあ、どういう意味よ」

「聞いてみただけ」

「いや、航太郎。やっぱりダメだ。きちんと話そう。大切な話だ。いま話そう」

狭い流しに食器だけ置いて、ダイニングテーブルをキレイに拭き上げて、菜々子はイスに腰かけ直した。

意外にも航太郎も覚悟を決めた顔をした。スマホをおもむろにポケットにしまい、上目遣いに菜々子を見つめる。

そして、ポツリとつぶやいた。

「山藤(やまふじ)……。行けるなら行きたいかも」

菜々子はすっと息をのむ。驚きはあったものの、案の定という思いの方が強かった。

「やっぱりそうか。航太郎の口から高校の名前なんて他に聞いたことなかったもんね」

「そんなことないだろ」

「あるよ。私、山藤以外の学校の名前なんて聞いたことない」

山藤学園は、大阪にあるいわゆる甲子園の常連校だ。高校野球にまったく関心のなかった菜々子でさえ、学生時代からその名前は知っていた。

とくに意識するようになったのは、やっぱり航太郎が野球を始めてからだ。まだ生きていた健夫と小さなソファに横並びになり、テレビで見ていた夏の甲子園で、山藤学園は圧倒的な強さを誇っていた。

「すごい！　山藤、すごいね！」

神奈川県の代表校との決勝戦だった。大会を通じて航太郎は京浜高校という地元の学校を応援していて、決勝戦でも当然声援を送っていた。

それが、試合の途中から航太郎は唐突に無口になった。十点差以上をつけて山藤がリードしているという展開に、退屈しているのか、ふて腐れているかのいずれかだろうと思っていたが、航太郎の様子は少し違った。瞳を爛々(らんらん)と輝かせてテレビにかじりついているのだ。静かな興奮を感じ取った。

健夫は昼間からビールをのんで、すっかり眠りこけていた。その父を起こすわけでもなく、結局、航太郎は試合が終わるまで一人で試合を観戦していた。そして、ようやく目を覚ました健夫に向かって言ったのだ。「山藤、すごいね」と。

試合が始まるまで山藤は憎き仇でしかなかった。その学校に賛辞を送る航太郎に、菜々子は意外な思いがした。

健夫は大あくびをしながらテレビを一瞥し、山藤が優勝したという状況を把握してから笑みを浮かべた。

「ああ。すごいよな、山藤は。無敵だよ」

「無敵だよね！　いいなぁ、僕もここで野球がしたいな」

「ここでって、なんだよ。山藤で？」

「うん！」

航太郎を見ていた健夫の目が、不意に菜々子に向けられた。その視線の意味がわからず、首をひねった菜々子をボンヤリと見続け、健夫は我に返ったように笑みを浮かべた。

「そうかぁ。いいよな、山藤。航太郎が山藤の選手として甲子園なんて出たら、お父さん泣いちゃうだろうな」

健夫は航太郎の坊主頭を撫で回した。その手を鬱陶しそうに払いのけて、航太郎は凜と胸を張った。

「だろ？　俺、絶対に山藤で野球する！　お父さんを泣かせる！」

それから夏が来るたびに、二人は山藤学園を応援するようになった。自分の少年野球と重なったときなどは、情報を完全にシャットアウトし、ハードディスクに録画した試合を観戦するという熱の入れようだった。

黄金期を迎えていた山藤は毎年甲子園に出場していた。航太郎が意識した小一から、健夫が亡くなった小四の夏まで、ずっと。その連続出場が途切れたのは、航太郎がリトルシニアのチームに移籍した、そして健夫のいないはじめての夏だった。

どういう心境からかはわからなかったが、五年生の夏だけは航太郎はテレビで甲子園を観ようとしなかった。

そしてそれ以来、ただの一度も航太郎から「山藤」という言葉を聞いたことはなかった。甲子園で優勝してプロ野球選手になりたいという夢を綴った小学校の文集にも、ドラフト1位で、契約金は一億五千万円で、八球団から指名を受けて……などと事細かに記していたが、具体的な高校名については書かれていなかった。

それでも、航太郎が山藤に行きたいと口にするのを意外とは感じなかった。他に意識する高校がある気はしなかったし、山藤を特集した動画を見ている形跡を確認したこともある。何より亡き父と交わした約束なのだ。航太郎がそれを忘れてしまったとは思えなかった。

「いいじゃん。行こうよ、山藤」

菜々子は逸る気持ちを抑えて口を開いた。航太郎は呆れたように息を漏らす。

「そんな簡単なことじゃないよ」

「なんで？　野球で行けないなら受験して行けばいいじゃない」

「だから、そういうことじゃないんだって。山藤は一般受験の人は野球部に入れない」

「そうなの？　全員野球推薦？」

「うん。それだって毎年十七、八人くらいしか採らないし、基本的に関西の選手ばっかり。何人かは全国からも来てるみたいだけど、セレクションが開催されているっていう話を聞いたこともない」

「つまり、どういうこと？」

「だから、どうしたら山藤の野球部に入れるかわからないっていうこと。当たり前だけど、西湘シニアの先輩で行った人もいない」

　航太郎は力なく肩を落とした。菜々子の知らないところでいろいろと調べているようだ。息子の意外な一面を垣間見る気持ちだった。

「私、ちょっと監督に聞いてみようか」

　大竹博司というシニアの監督を、菜々子は、おそらくは航太郎もあまり信頼していない。表面上の関係性が悪いわけではなく、指導者として一目置いている面はある。気になるのは、レギュラー選手とそうじゃない選手との扱いの違いだ。大黒柱の航太郎はずいぶん目をかけてもらっているけれど、だからこそ試合に出られない仲間に対して航太郎はひどく気を遣っている。引け目を感じていそうな雰囲気は、見ていて不憫に感じるほどだ。

　年齢は、三十八歳の菜々子の五つ上。当然のように求められるお茶当番に、遠征先までの車出し。母子家庭であることを理由に免除してもらうことなど許されず、ましてや一年生から試合に出させてもらっている身だ。給料の良かった総合病院から、土日が休みのクリニックに職場を変えてまでチームを手伝ったが、報いは少ない。数ヶ月に一度回ってくる監督の弁当作りが本当に苦痛だ。子どものように緑のものをすべて残して返されたときは、なんとも言えない気持ちになった。

会費の半分を月謝として抜かれることも正直グレーだと感じるし、酒グセも良くない。思うところの多い父母も少なくないだろうが、それでも大竹はチームを勝たせる監督だ。たかだか中学野球で勝ち負けがそれほど重要なのかという疑問はあるが、表立って監督を批判する親はいない。菜々子としては、かかわらないでいられるのならそうしていたいという思いがずっとあった。

その監督と話をしてみるという言葉に、航太郎も何かを感じたようだ。しばらくは無言を貫いていたが、ささやくように口を開いた。

「もし、本当に俺が山藤に行けるとしたら、お母さんはどうするの？」

「私？　私はべつに――」

「俺がいなくなっても平気？　大阪だよ？　寮生活するんだよ？　お母さん、この家に一人になっちゃうよ？」

きっと夫の健夫に似たのだろう。心根はやさしい子だ。その気持ちはうれしかったが、もちろん自分のために行きたい学校に行かせないなんてあり得ない。

「ありがとう。でも、私は平気。航太郎のやりたいようにやればいいよ」

「本当に平気？　俺とお母さん、もう二度と一緒に住めなくなっちゃうかもしれないよ？」

「どうして二度となの？」

「だって、大阪の高校に行って、寮生活で、卒業したらプロに行くのか、大学に行くのかはわからないけど、野球は続けたいし、そうしたらまた寮に住むことになるんだろうし。そうしたらもう母さんとは住めないじゃん」

　航太郎のいない生活が、不意にリアリティを持って胸に迫った。生まれてきた日のことをつい先日のように思い出せる。とくに健夫が亡くなってからは、航太郎が生活のすべてだった。秋山菜々子という人間の替えはいくらでも利くが、航太郎の母親は自分しかいるはずがない。

　その息子と一緒に暮らす時間があと一年ちょっとしかないのだという。唐突に芽生えかけた喪失感を、菜々子はビールを流し込むことで封じ込めた。

「大丈夫。私の生活は変わらない。航太郎のご飯を作らなくていいだけ楽になる」

　航太郎は大人びた笑みを口もとに浮かべた。

「わかった。そうしたらお願いしていいかな。あの監督、俺の言うことはあんまり聞いてくれないから」

「なんで？」

「さぁね。行かせたい高校でもあるんじゃない？」

　菜々子は言葉に詰まった。中学生の指導者が、教え子の意向を無視して自分の考えを押し通す道理などあるはずがない。

「大丈夫。私がちゃんと伝えてくる。航太郎は何も気にせず、自分のやるべきことをやってなさい」

　健夫の仏壇には、航太郎が取り上げられた新聞や雑誌の切り抜きがところせましと並べられている。

　そこにちらりと目を向けて、航太郎は「ありがとう」とつぶやいた。

その週の土曜日、菜々子はタイミングを見計らってグラウンドで大竹に声をかけた。

「監督さん、近く、航太郎の進路についてお話しできませんか」

大竹と話すときはいつも緊張する。入部当初はそんなことはなかったのに、年々声が震えるのが自分でもわかる。選手の父親と話すときと、母親と話すときの大竹の態度は少し違う。本人にその自覚があるのかは知らないけれど、母子家庭である菜々子に対する態度はまるで弱みを握っているかのように常に不遜だ。

グラウンドで話せることではないからと、大竹は食事することを求めてきた。二人でいるところを誰かに見られたくなく、それ以上に二人分の食費を持つ義理を感じず、菜々子はやんわりとその誘いを断った。

結局、翌日曜日の練習終わりにチェーンの喫茶店で落ち合った。ユニフォーム姿のままやって来た大竹は、挨拶するより先に「ビールのみたい」と独りごちたが、菜々子は聞こえないフリをした。

それぞれオーダーしたものが届いたところで、菜々子は単刀直入に切り出した。

「航太郎がやっと自分の意思を表明しました。ただ、その学校に入る方法がわからなくて困っています」

大竹は興味を示すわけでもなく、菜々子を見もせずスプーンでパフェを突いている。

「そうですか。ちなみにどちらに？」

「山藤学園です」と、菜々子は慎重に口を開いた。鼻で笑われることも覚悟していたが、大竹は顔色も変えずに「そう、山藤ね」とつぶやくだけだ。

不穏な沈黙が立ち込める。大竹は生クリームの頂点にあるイチゴを落とさないよう、注意深く下のアイスをほじっている。

世間からは「中学野球界の名将」などと呼ばれている人だ。西湘シニアを率いるようになって十年。全国大会には何度も出場しているし、四年前には優勝もした。そのときの教え子が高校で全国に散らばり、数年後の甲子園で次々と再会した。

西湘シニアの名前が全国区になったのは、はじめてプロ入りした選手が出たときだ。その選手が「僕の野球の原点は大竹監督の教えです」とインタビューで答えた頃から、県内各地から有力選手が集まってくるようになったという。

ようやくパフェをほじることにも飽きたらしく、大竹は湯気の立つコーヒーに口をつけてから首をひねった。

「あのですね、秋山さん。仮に首尾良く山藤に決まったとして、年間いくらくらいかかるか、ちゃんと計算していますか?」

思ってもみない質問が飛んできた。

「すみません。考えてもいませんでした」

「僕も正確な数字はわかりませんけど、山藤は高いって聞きますよ。年間の授業料がおそらくは七、八十万。初年度は入学金や制服代なんかで百数十万になるでしょう。それに野球部の活動費が三十万はかかってくるはずです。もちろん用具代はべつですよ。高校野球は、とくに山藤のような名門校が使用する用具は中学とは比べものにならないくらい高額です。それに本当に重くのしかかってくるのが寮費です」

「寮費……」と、菜々子は無意識のまま繰り返す。大竹はつまらなそうにうなずいた。

「山藤のシステムについてくわしく知っているわけではないですけどね。育ち盛りのスポーツマンを三食面倒見なければならないわけですから、そりゃ食費だけでも相当かかりますよ。学費と同じくらい見ておかなければいけないでしょうし、月々の仕送りも必要になります。ケガをすれば病院代、トレーナー代なども当然別途かかります。そして意外とバカにならないのが、大阪との往復の移動費です」

「移動費って、でも寮生活なんですよね？　往復なんて、そんな……」

「ああいった名門校は父母会もしっかりしているものなんですよ。そうですね、下手をすれば月に一度は集まりがあるでしょう」

「けど、全国から選手が集まってくる学校なんですよね？」

「基本的には関西圏の選手が中心です。それでも他地域からその門を叩こうとするのは、親の相当の覚悟と経済力が必要になってくるんでしょう。学校は違いますが、私の知っているある選手の両親は学校の近くにマンションを借りていましたよ。金曜の夜に仕事が終わると車でそのマンションに入り、二泊してこっちに戻ってくるという生活を三年間送っていました」

菜々子は次の言葉が出てこなかった。健夫が遺してくれた生命保険の五百万円は、一円も手をつけずに取ってある。まさに航太郎の高校の費用にと考えていたお金だったが、大竹の話を鵜呑みにするなら絶望的に足りないだろう。

よほど追い詰められた顔をしていたに違いない。大竹は上目遣いに菜々子を見つめて、あわてたようにつけ加えた。

「いや、まぁ一例ですからね。山藤が実際にどうなのかはわかりません。子どもを高校野球に預ける親の覚悟の話をしただけです」

「でも、だとしたら私たちのような母子家庭の人間はどうしたらいいんですか？　高校野球なんてお金持ちの家の子しかできなくなっちゃうじゃないですか」

「それは、いくらでも方法はありますよ」

「たとえば？」

「簡単なのはそのへんの公立高校で野球をすることですかね」

「それは、でも甲子園を目指そうという野球とは違いますよね？」

「まぁ、それは当然そうですね」と、大竹はこくりとうなずいた。そして突然バッグからシステム手帳を取り出し、思ってもみないことを言ってきた。

「もう面倒くさいので単刀直入に伝えますが、いまの段階で航太郎を欲しいと言ってくれている学校が八校ほどあります」

「え……？　ああ、はい。ありがとうございます」と、条件反射的に菜々子は礼の言葉を口にする。

大竹は退屈そうに鼻を鳴らした。

「もちろん野球で選手を採ろうという学校ばかりなので、どこも甲子園への道は拓けていると言っていいでしょう。やっぱり神奈川の学校が多いですが、東京や埼玉、群馬や宮城といった学校も声をかけてくれていますよ。最近は全寮制にすると選手の集まりが悪くなるらしく、通える学校がほとんどですが、遠方の生徒にはきちんと下宿を用意してくれているところが多いです」

「でも、それだと結局お金がかかってしまうということですよね。あの、具体的にはどういった学校が声をかけてくれているのでしょうか。航太郎にも説明してあげたいので」

大竹は仕方ないというふうに手帳を見せてくれた。菜々子でも聞いたことのある高校の名前がずらりと並んでいる。同じ神奈川県内の京浜高校に、御池大付属高校、横浜海成高校などはたしかに甲子園を狙うことのできる学校だ。

菜々子はスマホを手に取り、綴られた高校名をメモしようとした。大竹はなぜかそれを許そうとしなかった。あわてたように手帳を閉じ、これが本題というふうに目に力を込めた。

「秋山さん、千葉に共成学院という学校があるのをご存じですか？」

「はい？　いえ、すみません」

「二年前にはじめて千葉大会の決勝まで勝ち進んだ高校で、全国的な知名度はたしかにまだまだではあるんですが、いままさに飛ぶ鳥を落とす勢いで力をつけています。野球関係者で知らない人間はおりません。去年、グラウンドを全面リニューアルして、また福岡の城央高校から監督を招聘したりして、近い将来、間違いなく甲子園で結果を残すだろうと言われています。その学校が、航太郎をぜひ受け入れたいと言ってきてくれています」

まるで学校案内のような説明を、菜々子は黙って聞いていた。なぜ大竹がいきなり共成学院なる学校について話し始めたのかわからない。航太郎に声をかけてくれているだけなら、他の学校と違いはないのではないだろうか。

そんな菜々子の疑問を嗅ぎ取ったように、大竹は目を細くした。

「完全特待生でという話なんですよ」

「特待生……？」

「ただの特待生ではありません。三年間の学費に寮費、食費、用具代も年十万までは面倒を見てくれるとのことでした。何年か前に社会問題になったこともあり、いまは私立といえども、なんでもかんでも選手を採るというわけにはいかなくなってしまいました。そんな中では破格の条件だと思います。グラウンドでお話しできない理由がこれでした。甲子園に行って、活躍して、その後の野球人生を開拓しようと思うのなら、わざわざ山藤に行って厳しい競争にさらされる必要はありません。共成に行けば、三年のうちに必ず一度は甲子園に行ける。航太郎の野球人生は切り拓かれる。それは私が約束します。それに全額免除で進学できるのなら、お母さんに迷惑をかけなくて済む。航太郎だって喜んでくれるんじゃないですか」

大竹は勝ち誇ったように微笑んだ。たしかにそうだ。航太郎は喜ぶに違いない。母親に迷惑をかけることなく、好きな野球に思う存分打ち込むことができるのだ。甲子園に出られるチャンスがちゃんとあって、その先のステージにも通じているというのである。

でも、だからこそだ。菜々子は絶対にうなずくことができなかった。普段ほとんど自己主張しない子が、自ら山藤で野球がしたいと言ってきた。そもそも「母親に迷惑をかける」という考えが気に入らない。息子が人生を賭してやりたいと願うことを、迷惑と感じる親がどこにいる。

人の弱みにつけ込むかのような大竹の態度も気に食わなかった。これくらいのエサを撒けば尻尾を振って食いついてくる。そう甘く見られているのだろう。父親がいないことで軽んじられているようで腹が立って仕方がない。

そもそも大竹はなぜこれほど共成学院を強く推してくるのか。断りにくい人間関係によるものか、それとも今後のためのルート作りか。まさか大竹の懐にお金が入ってくるわけじゃないことを願いたいが、いずれにしても善意だけで言っているわけではなさそうだ。

ため息を一つ吐いて、大竹はダメ押しというふうに言ってきた。

「ちなみにこれは航太郎自身に伝える必要のないことですが、最初の夏からベンチ入りを約束してくれています」

「どういう意味でしょう?」

「言葉のままですよ。仮に実力が足りなかったとしても、将来を見据えるという名目で一年生からベンチ入りさせると言ってくれています。交渉次第では、甲子園のベンチ入りだって可能になると思いますよ」

乾いた笑いが漏れそうになった。この国の夏を象徴するような甲子園の、あのさわやかな汗と涙の裏側にこんなつまらない大人たちの思惑が渦巻いているのだとしたら、子どもたちがあまりにも不憫だ。その取り決めによってベンチ入りできなくなる三年生も、実力不足なのに背番号を与えられる一年生も、どちらも等しく傷を負う。

「それで、山藤にはどうやったら入れるのでしょうか?」

くだらない前口上は終わりだ。菜々子は姿勢を正して毅然と言った。大竹はおどろくような素振りを見せず、眉を下げる。

「ちなみに、こういう学校にも枠はあります。いつまでも待ってはくれません」

「すみません。もう一度うかがいますね。航太郎はどうすれば山藤学園にチャレンジすることができますか?」

声はかすれたし、手も震えた。決して気の強い方ではない。健夫が生きていた頃は対外的なやり取りはほとんど任せていたし、こんなふうにケンカ腰でモノを言うことには慣れていない。

さすがの大竹の顔からも笑みが消えた。しばらくは向かいの席から凄むように見下ろしていたが、少なくともいまは菜々子が折れないと悟ったのだろう。諦めたように肩をすくめた。

「可能性があるとしたら十一月の和歌山県知事杯ですかね。山藤の内田監督は毎年必ずあの大会を観戦にきてますから。目についた選手がいたときは自ら声をかけるという話ですけど、滅多にないことですよ。私はそんな現場を見たことがありません」

「十一月の、和歌山県知事杯ですね」と確認しながら、菜々子はメモに書き留めていく。出過ぎたことをしているという自覚はあったが、航太郎のためと思えば振り切れた。

「すみません、監督さん。先ほどの八校の一覧をもう一度見せてください。ひとまず、お金のことはあとから考えます」

「あとから って……」

「まずはフェアにあの子に判断させてあげたいんです。十一月の大会が終わったら必ず進路を決めますので、お願いします。それまで待っていただけるとうれしいです。声をかけてくれている高校にもそうお伝えください」

大竹はもう菜々子を見ようともしなかった。お好きにどうぞというふうにそっぽを向いて、自分の肩を揉んでいた。

和歌山県知事杯とは、毎年秋の終わりに行われるリトルシニアの全国大会の一つだ。神奈川県の予選を勝ち抜いた西湘シニアも二年ぶりの出場が決定しており、航太郎もその日が来るのを心待ちにしていた。

　その大会に、憧れる山藤学園の内田泰明監督がやって来る。選手をスカウトする可能性まであるのだという。そのことを航太郎に伝えるべきか、菜々子は悩んだ。

　ただでさえ緊張する全国大会だ。余計なプレッシャーをかけたくないし、何を伝えたところで航太郎のやるべきことは変わらない。ならば、ありのままのプレーを見てもらって、それでお眼鏡にかなうのならそのときに縁が生まれればいいという気持ちは拭えなかったが、菜々子は包み隠さず打ち明けた。

「いい？　航太郎、よく聞いて――」

　現状で八校から推薦の話が来ていることや、その学校名などをまず伝え、特待生の話だけは明かさなかったが、共成学院のこともきちんと伝えた。その上で、山藤についての話をした。

「十一月の和歌山県知事杯に、内田監督が観にくるかもしれないって。チャンスがあるとしたらそこで声をかけてもらうことくらいしかないだろうって。可能性は低いかもしれないけど、ここに懸けよう。航太郎、がんばりなよ」

　つい熱くなった菜々子とは裏腹に、航太郎はずいぶん冷静だった。菜々子の広げたメモに目をやりながら、ポツリと言う。

「すごいね。もうこんなにたくさんの高校が声をかけてくれてるんだ」

「ああ、ね。監督はこれからもっと増えるみたいなこと言ってたけど」

「京浜なんて、すごいよなぁ」

「え、そうなの？」

「いやいや、もちろん本命は山藤だけど、俺もともとは京浜のファンだったわけだし。あのダークグレーのユニフォームには憧れる」

「じゃあ、万が一山藤から声がかからなかったら、京浜に行く？」

同じ神奈川県の高校でありながら、京浜高校は全寮制を貫いていると聞いている。学費が高いことでも有名だが、そこは覚悟を決めるしかない。大阪ではなく、神奈川の学校ならば、試合を観にいくことも簡単だ。

航太郎はなおも食い入るようにメモを見ていた。明言は避けるのだろうと思っていたが、意外にもやわらかい笑みを滲ませた。

「そうだね。もし山藤に行けなかったら、京浜に行くよ。あそこはピッチャーを育てるのが上手だっていう話だし、なんとなく俺に合っている気がする」

「そうか、わかった。じゃあ、そうしよう。でも、まだ監督にそのことは伝えないよ」

「うん。黙っておいて。いまは和歌山大会に集中する」

「そうだね。私、なんとなくうまくいくんじゃないかって思ってるの」

「うまくって何？　山藤に行けるってこと？」

「うん。甲子園で活躍できるし、プロにも行ける気がする」

「ハハハ。絶対にそんな甘いもんじゃないよ」と口にしながらも、航太郎の表情は自信に満ちあふれていた。

その口もとにうっすらとヒゲが生えている。菜々子にはそれすら愛らしい。

「あとどれくらい一緒に住めるのかわからないけどさ、その一分一秒を大切にしようね」

さすがに航太郎はもうつき合ってくれなかった。

菜々子は素直な気持ちを口にした。


十一月の和歌山にはすでに冬の風が吹いていた。全国から計三十六チームが参加した和歌山県知事杯で、決して順調とは言えなかったものの、航太郎の所属する西湘シニアは紀三井寺公園野球場で行われる決勝戦に駒を進めた。

この大会に懸ける航太郎の気持ちは並々ならぬものだった。希望する山藤学園の内田泰明監督が、いつ、どの試合を観にくるかわからなかったことに加え、大会の結果が同級生たちの進路に大きく影響することを知っていたからだ。

いや、西湘シニアの大竹監督がそう焚きつけていた。

「みんながみんなお前のように行きたい学校に行けるわけじゃない。名門校に行けるのか、そうじゃないのか、そもそも高校で野球を続けられるのかもこの大会の結果に懸かっている。お前と一緒に野球をしてきた仲間のためにも、ここは思いきり行ってくれ」

さらに大竹はこんな言葉もつけ加えたという。

「ま、わざわざこんなこと言わなくても、お前は山藤に行きたいんだもんな。イヤでも必死にやるんだろうが」

そのときのうすら笑いがすごく気持ち悪かったと、航太郎は呆れたように言っていた。実際に口に出すわけではないけれど、菜々子同様、航太郎もまた監督に不信感を抱いている。

「べつに俺のやることは変わらないし、どうでもいいけど」

そう口にする航太郎は平然としたものだったが、菜々子はモヤモヤした。わざわざ二人きりのときに言うのもどうかと感じたし、山藤の名前を出すのも違うと思った。もっと言えば、こうしてプレッシャーをかけることが好結果につながるとも思えない。

事実、和歌山県知事杯の航太郎は本調子ではなかった。筋肉質のせいか、そもそも夏場に強いタイプで、寒くなってくると調子を落とす子ではあるが、それを差し引いてもやけに投げるのが苦しそうに見えた。

それでも、航太郎はすべての試合を一人で投げきった。予選のリーグ戦から六対五や、八対六といった接戦続きで、「下級生のピッチャーにも投げさせる」という大竹の約束が実践されることはなかった。

中学野球くらいなら、一人いいピッチャーがいれば大抵強いチームが作れるのだそうだ。「同い年に航ちゃんがいてくれてラッキーだったわ」と、いつか同級生の口さがないお母さんが悪びれるふうでもなく言っていた。

その言葉に自分は何を感じただろう。少なくとも優越感などではなかったはずだ。菜々子自身はチームスポーツというものを経験したことがない。最後の大会に負けて子どもたちが泣くのはともかく、保護者まで一緒になって涙を流すのを見るといまだに気持ちが冷めてしまう。ムードに流されて感極まっている親たちの中で、どう振る舞っていいかもわからない。

どちらかと言うと、航太郎も同じタイプだ。先輩たちが最後の大会で負けたとき、同級生たちが号泣する中で、航太郎は一人ボンヤリと宙を見ていた。打線の援護がなく、一失点しかしていないということも関係しているのかもしれなかったが、チームメイトの中には「冷たいヤツ」と茶化してくる子もいたようだ。

その航太郎が、和歌山県知事杯では間違いなくチームの何かを背負っていた。ずっとつけている背番号「1」がいつもより大きく見える。ちぎっては投げ、またちぎっては投げて。めずらしく航太郎はマウンドで喜怒哀楽を表現していた。その意味では、大竹のプレッシャーのかけ方は正しかったのかもしれない。こんなに打たれる息子を見るのははじめてだったが、こんなに楽しそうに野球をする姿もはじめて見た。

その甲斐あって、チームは決勝戦に駒を進めた。そしてその試合の前夜、菜々子と航太郎は大竹に呼び出された。場所は宿舎となっている和歌山市内のビジネスホテルのロビーだ。

めずらしく興奮した表情を浮かべながら、大竹はもったいぶったように口を開いた。

「航太郎、ここまでよく一人で投げてくれた。このチームは間違いなく航太郎が引っ張ってきたチームだ。本当にありがとう」

まだ優勝する前のこのタイミングで大竹が何に舞い上がっているのかわからず、思わず航太郎と目を見合わせた。

一人だけソファに腰かけた大竹は何かを確認するように二度、三度とうなずき、航太郎と菜々子の顔を順に見つめた。

「明日、山藤の内田監督が観戦にくるそうです」

「え、本当ですか?」と、菜々子は思わず声を上げた。大竹はまるで自分の手柄のように胸を張った。

「たしかな情報です。ただ、ぬか喜びさせるようで申し訳ないのですが、基本的には航太郎を見にくるわけではありません」

「どういう意味でしょう？」

「対戦相手の東淀（ひがしよど）シニアの原凌介（はらりょうすけ）というピッチャーと、キャプテンをしている西岡蓮という選手をマークしているというウワサです。もうすでに東淀の試合には何試合も足を運んでいるようですし。ま、実際に今大会ナンバーワンのピッチャーですよ、原くんは」

なんとなく航太郎の顔を横目で見る。菜々子がいまだに好きになれないチーム共通の丸刈りの頭に、秋だというのにこんがりと焼けた肌。口を真一文字に結び、じっと大竹を見下ろす航太郎の表情から心の内は読み取れない。

もちろん感じることはあるのだろう。原くんという同い年のピッチャーを、航太郎がずっと意識していたのは知っている。西湘シニアが出られなかった八月の東京ドームの大会で、並み居る強豪を打ち倒して優勝したのが東淀シニアだったというし、そのチームで大車輪の活躍を見せたのが同い年の原くんだった。

明日、そのピッチャーを山藤の内田監督が見にくるという。その意味を菜々子はすぐに認識できなかったが、航太郎はピンと来たようだ。

「わかりました」

大竹は満足そうに目を細める。

「絶対に勝てよな。ただ勝つんじゃなく、原なんかよりお前の方がずっといいピッチャーであるってことを証明するんだ」

「はい」

「ある選手を目当てに観にいった試合で、違う選手が引っかかるなんてよくある話だよ。プロのスカウティングでも起きることだっていうからな。明日からしばらく大会はないし、思う存分放ってこい」

「はい」

「もしお前が本当に山藤に引っかかれば、うちとも正式に縁ができる。今後、後輩たちが山藤に進む足がかりにもなる。航太郎、みんなの期待に応えてやれよ」

最後の「はい」の声だけ、一瞬の間があったことを菜々子は聞き逃さなかった。

「話は以上だ。今日は早く休みなさい」という言葉を置いて、大竹は先に部屋に戻っていった。

二人きりになったロビーには不思議な緊張感が立ち込めていた。外での航太郎は家にいるとき以上に口数が少ない。例によって「それじゃ」もなくエレベーターに向かおうとしたところを、菜々子は思わず呼び止めた。

「ちょっと、航太郎」

無言で振り向いた航太郎はひどく気怠そうで、怯みそうにもなったけれど、このまま部屋に戻しちゃいけないと思った。

菜々子は持っていた自分のバッグを指さし、「ちょっとつき合って」とだけ口にする。航太郎はすぐに察したようで、うんざりと「いい加減やめろよな」と言いはしたものの、素直に応じてくれた。

幸いにも正面玄関脇の喫煙所に人はいなかった。菜々子にとってタバコはお守りみたいなものだ。航太郎の願いを聞いて家ではベランダでしか吸っていないし、それだって大抵は航太郎の寝たあとだ。本数なんて週に数本というレベルであり、和歌山に来てからはまだ一本も吸っていない。それでもどうしても手放すことができないのは、タバコの煙に亡き健夫の匂いを重ねるからだ。航太郎は「そんなのやめられない人間の言い訳だろ」と手厳しく、実際にそういう面もあるのだろうが、どうあれやめようとは思えない。

吹きさらしの喫煙所はかなりの寒さだった。明日、大切な試合を控えているというのに、航太郎はウインドブレーカーを脱ぎ、菜々子に渡そうとしてくれる。

「いや、いらないよ。これで風邪なんかひかれたら私が怒られる」

「こんなところにつき合わせておいてよく言うよ。大丈夫だって。俺べつに寒くないし」

「いいから着てなさい。私も大丈夫だから」

菜々子は震える手で懸命にタバコに火をつけ、航太郎から顔を背けて煙を吐いた。二人の間に沈黙が降りる。呼び止めはしたものの、特別伝えたいことがあるわけじゃない。もちろん航太郎から何か言ってくることもない。

菜々子がタバコを吹かすだけの時間が延々と続いた。結局、それ以上の言葉を交わすことのないままタバコは早々に短くなり、菜々子はそれを揉み消した。

「ごめんね。戻ろうか」

なんだったんだよ、という不満が飛んでくると思ったが、航太郎は「うん」と言うだけだ。そしてボンヤリと空を見上げたあと、思わずという調子で切り出した。

「人格者なんだって」

「えっ？　ごめん、何？」

「山藤の内田監督。現役の選手も、OBの人たちもみんな尊敬してるんだって。それってすごいことだと思わない？　野球部の監督が尊敬されてるなんて、俺ちょっと想像できなくて。そんな監督の下で野球をするの、いいなと思って」

突然の航太郎の饒舌に、菜々子は一瞬ついていけなかった。頭の中で言葉を反芻し、それが痛烈な大竹批判なのだとようやく認識して、たまらず噴き出した。

「航太郎、明日がんばりなね」

なんとなくしたくなって、丸刈り頭を思いきり撫で回した。絶対にイヤがると思ったのに、航太郎は素直に「うん」と応じる。

菜々子はうれしさを止められなくなった。

「チームのためなんて思わなくていいからね。自分のためだけにがんばりな」

「わかってる」

「明日は航太郎の人生が決まる日だよ」

勝手に熱くなっている母親に辟易することなく、航太郎は最後までまっすぐに「そうだね。悔いのないようにやってくる」と言い切った。

冷たい北風はあいかわらずだったが、翌日の決勝戦は雲一つない快晴の下で行われた。大阪代表の東淀シニアが夏の全国大会の優勝チームということもあってか、会場となった紀三井寺公園球場のスタンドにはこれまでと比較にならないたくさんの観客が詰めかけていた。

どことなくアウェーの雰囲気を感じる中、菜々子を含む西湘シニアの親たちはいつも以上に声援を送った。

その甲斐あってとは言わないけれど、航太郎の調子は最近の中では良さそうだった。一〜三回までランナーを一人も出さない完全投球。三振も六つ取った。一方の東淀の原くんの調子はいまーつのようで、西湘シニアは三回に三点を先制する。

異変があったのは、ちょうどその三回の攻撃が終わった頃だ。バックネット裏の一角がにわかにどよめいた。

吸い寄せられるように目を向けると、見覚えのある姿がそこにあった。胸がトクンと音を立てる。テレビで見るよりもずっと小柄で、年齢は五十前後といったところか。紺色のジャージに白いウインドブレーカーという格好で、山藤学園の内田泰明監督がゲートそばの通路に立ち、顔見知りらしき年輩の男性に向けて笑顔で腰を折っている。

「うわぁ、すごい。あれ、山藤の内田監督よね?」

となりのお母さんが思わずというふうに尋ねてきた。

「え？　そうなの？」と、菜々子は思わずしらばっくれたが、母親の興奮は収まらない。

「絶対そうよ！　わぁ、すごい。きっと航太郎くんを視察に来たのよ」

「それは違うでしょう。原くんだよ」

「いやいや、絶対に航太郎くんだって。すごいねぇ。何年か後には航太郎くんが山藤のユニフォームを着て、甲子園で投げているのかもしれないのよね」

「ちょっと待ってよ。そんなことあり得ないから」と口にしながら、菜々子は動揺を隠せなかった。きっと小さい頃から航太郎自身が意識していたせいだ。左胸に「山藤」と漢字で入った、歴史を感じさせる純白のユニフォームを着た息子が、真夏の甲子園で躍動している姿が目に浮かんだ。

自分が舞い上がってどうすると、菜々子は小さく首を振る。グラウンドに視線を戻すと、西湘の選手たちはベンチ前で円陣を組んでいた。航太郎は仲間たちより頭一つ背が高い。きっとスタンドの異変に気づいているはずなのに、集中して監督の話を聞いている。

その後、東淀の原くんも調子を取り戻し、二人の投げ合いで試合は進んだ。前半から飛ばしていた航太郎の方が後半に差し掛かって打ち込まれる場面が目立ち始め、一点、また一点と詰め寄られはしたものの、めずらしくマウンドで叫び声を上げるなどして、ギリギリのところで踏み止(とど)まった。

三対二で迎えた最終回も満塁のピンチを背負った。ツーアウトではあるが、相手バッターは三番を打つ原くんだ。

「ああ、ダメ。見てられない」

菜々子は誰にともなくつぶやいた。信仰があるわけでもないくせに、五回が終わった頃からずっと手を胸の前で組んでいる。

いつもだったら目をつぶり、その手を額に押しつけていたに違いない。航太郎が投げない試合はまだ余裕を持って観ていられるが、ピッチャーをしていて、接戦のときなどはほとんど直視できない。

それでも、今日は目を背けてはいけないと思った。航太郎が一生懸命投げているから。そんな単純な理由ではない。

手を伸ばせば届く距離で航太郎が野球をしている。その姿を見る機会はもう何度もないというずっと存在を意識していた同い年のスター選手を相手に、航太郎は楽しそうだった。中学野球とは思えないほどスタンド全体が異様な熱気に包まれる中、2ストライクから航太郎が投じた渾身のストレートを原くんは見逃した。

審判の右腕が高々と上がる。原くんが天を仰いだその瞬間、菜々子たちのいる一塁側のスタンドは大きく沸いた。

控えの選手たちがいっせいにベンチから飛び出してきて、マウンド上の航太郎はあっという間に揉みくちゃにされる。

同じようにスタンドで父母たちが抱き合う中で、菜々子は航太郎の様子を見続けていた。なぜかあまり喜んでいるように見えないのだ。

仲間たちの輪の中で、航太郎は一人あらぬ方向を見つめていた。釣られるようにして目を向ける。バックネット裏の人気の少ない上の席で、内田監督はノートに何かを書き留めながら、チームの関係者らしき人と熱心に話し込んでいる。

その内田監督のもとに近づいていく者がいた。社会人野球の選手だろうか。白地に赤と紺のストライプの入った派手なユニフォームに、真っ赤なウインドブレーカーを着た二十代にも見える男が、内田監督に向けて頭を下げている。

なぜかその光景が気になったが、菜々子は振り切るようにして視線をグラウンドに移した。他の選手に抱きつかれ、ようやく航太郎も喜びを爆発させている。小さい頃から行きたいと願っていた高校の監督の前で、ライバルのピッチャーに投げ勝ち、優勝というこれ以上ない結果を手にしたのだ。うれしくないはずがない。

その後、閉会式を終え、キャプテンの航太郎が優勝旗を受け取って、選手たちが球場の外に出てきた。

親たちの拍手に迎えられ、どの子も誇らしい笑顔を見せている。航太郎もまたやりきったという表情を浮かべていた。ゲートを出てきたところで目が合うと、めずらしく航太郎の方から小さく拳を突き上げてきた。

さすがの大竹もうれしそうだ。普段は試合に勝ったときに限って、気を引き締めるように厳しいことを口にする監督が、今日はめずらしく手放しで選手たちを褒めている。

とくに航太郎に対する賛辞を惜しまなかった。

「今日はやっぱり航太郎に尽きる。あんなふうに気合を前面に押し出して投げる姿をはじめて見たぞ。もちろん航太郎に限らず、みんなも本当によくがんばった。お前たち、日本一になったんだ。今日は思いきり喜ぼう！」

そんな熱っぽい大竹の言葉や子どもたちの歓喜の声を、菜々子は上の空で聞いていた。航太郎の様子も気にならない。西湘シニアの選手たちが組む円陣のちょうど向こう側に、内田監督の姿が見えているのだ。

しかも、内田監督は東淀シニアの監督と一緒にいた。決して親しそうというふうではないものの、二人が旧知の間柄であるのはあきらかだ。

その東淀の監督に手招きされて、一人の選手が近寄っていった。それが原くんだと気づいたときには、菜々子はいてもいられなくなった。

「ちょっと、航太郎」

ようやくミーティングが終わり、子どもたちの輪がほどけた瞬間、菜々子は航太郎に声をかけた。いつもグラウンドではあまり話しかけないようにしているし、たとえ呼びかけたとしても航太郎は聞こえないフリを決め込んでいる。

しかし、きっと母の異変に勘づいたのだろう。航太郎は怪訝そうにしながらも素直にこちらに歩いてきた。

おめでとう、がんばったねといった声をかけるより先に、菜々子は航太郎の耳もとでささやいた。

「あそこに内田監督がいる。ちょっと行こう」

「行こうって、何しに」

「何しにでもいいよ。挨拶するだけでもいいし、会釈だけでもいい。ちょうどあそこにトイレがあるから、とりあえず行ってみよう」

もし推薦や特待生の声がかかるとしたら向こうからその機会を得ようとするはずだ。菜々子自身、行ったからといって何かが起きるとは思っていなかったが、どうしても航太郎を内田監督に引き合わせてやりたかった。こんなチャンスはそうはないと心が先に反応した。

航太郎は航太郎で、内田監督からアドバイスを受けている原くんを見て何かを感じ取ったのだろう。唇を軽く噛みしめ、それ以上何も口にせずに、無意識というふうに彼らが談笑している場所へ向かっていく。

試合を観ているときのように……、いや、ある意味ではそれよりはるかに緊張した。わずか数十メートルの距離がやたら長く感じられて、その間に全身に汗をかき、のどが渇いた。

航太郎の方がずっと肝が据わっていた。

「こんにちは！」

三人の脇を通り過ぎようとするとき、わざわざ立ち止まって帽子を取った。最初に反応してくれたのは、こちらに背を向けていた東淀シニアの監督だ。

「ああ、秋山くんか。いやぁ、君いいピッチャーだねぇ。今日は完全にやられたよ。ホントにまいった！」

年は内田監督よりもずっと上、六十は超えているだろう。東淀の監督は好々爺のようにからりとした笑みを浮かべ、航太郎の右肩を気安く叩いた。

その様子を内田監督は無言で眺めていた。直視するのが憚られるような険しい表情で、じっと航太郎を見つめている。

航太郎はそのことに気づいていない。直立不動のまま東淀の監督と言葉を交わし、となりにいた原くんに目配せして、結局内田監督を一瞥もできないままその場を離れようとした。

その航太郎を、内田監督は思わずといったふうに呼び止めた。

「ああ、ちょっと君——」

航太郎の背中がピクリと震える。おずおずと振り向きながら、「はい」と口にした声は見事に裏返っていた。

内田監督はなおも難しそうな顔をしていたが、しばらくすると何かを振り切るように小刻みにうなずき、不意に菜々子に目を向けた。

「お母さんでいらっしゃいますか？」

横並びになると、身体の小ささは顕著だった。同世代の女性の中では決して背の低い方ではないけれど、菜々子よりも目線は下にある。

だからこその凄みを感じた。ひょっとしたら山藤学園の野球部監督というバイアスがかかっているだけのことかもしれないが、内田監督の視線はかつて見たことがないほど鋭い。心をすべて見透かされているようだった。

平静を装おうとしたものの、「はい、そうです」という菜々子の声も上ずった。内田監督はようやく白い歯を見せ、人のいない近くの場所を指さした。

「ちょっとお話よろしいですか？」

本音を言えば「来た！」という気持ちが大きかった。そう声に出ていない自信がない。たまらず航太郎の顔を見やる。逸る気持ちを抑えて、菜々子は「もちろんです」とうなずいた。

そうして場所を移したやわらかい陽の差す芝生の上で、内田監督はあらためて厳しい視線を航太郎に向けた。

「いつから痛めてる？」

一瞬、三人の間に冷たい静寂が流れた。「え……？」という間の抜けた声を漏らした菜々子に力のない笑みを浮かべながら、内田監督はさらに航太郎に問いかける。

「べつに誰かに報告するわけじゃないから、本当のことを言っていいよ」

それでもしばらく黙っていたが、航太郎は何かを諦めたように息を漏らした。

「大会が始まる少し前からです」

「それを誰かに話した？」

「いいえ、話してません」

「そう。だとしたら、ちょっと意識が低いかもしれないな。もちろん気づいてあげられない監督やコーチにも問題はあるけど、もう中学生ならまず自分で自分を守らなくちゃ。優勝してうれしいのはわかるし、閉会式やミーティングもあっただろうけど、ピッチャーが真っ先にするべきこともしていないよね」

そう言って、内田監督は航太郎の右肘を指でこんこんと叩いた。まずはアイシングをすべきだということなのだろう。

悔しいのか、こわいのか、航太郎はそれ以上何も答えなかった。内田監督はやさしい表情を取り戻し、仕切り直しというふうに尋ねてくる。

「もちろん高校で野球をするつもりはあるんだよね？」

「はい」

「そうか。そうしたら、いよいよちゃんと自己管理しなくちゃダメだよ。チームのためとか、仲間のためとかは言い訳にならない。僕は『犠牲』という言葉が大嫌いなんだ。一人の選手の野球生命は、もっと言うとその子の人生は、たかが高校野球のために潰されるべきじゃない」

自分の身は自分で守らなくちゃダメだからね。最後にそう繰り返し、しかし菜々子たちが何よりも期待していた言葉は結局口にしないまま、内田監督はゆっくりと東淀シニアの二人の待つところへ戻っていった。

その小さな背中を見届けたあと、菜々子はため息を吐きながら航太郎を見上げた。

「どうして言わなかったの？」

航太郎が肘を痛めているなんて知らなかった。そもそも菜々子は「肘が痛い」というのがどういう感覚なのかもよくわからない。肘が痛くてもボールを投げられるものなのか。こうして一人きりで投げきって、チームを優勝させられるものなのか。

航太郎はやりづらそうに鼻先に触れた。

「そこまでひどいわけじゃない。我慢できないレベルじゃなかった」

「内田監督に見抜かれてたじゃない」

「ね。やっぱりすごいや」

「いや、すごいとかすごくないとかいう話じゃなくて。見る人が見たらわかるレベルなんじゃないの？」

「ううん。そんなことないよ。実際にうちの監督は気づいてないし」

「それはそうかもしれないけど……」と漏らした菜々子を楽しそうに一瞥して、航太郎は肩を回しながら空を見上げた。

「うーん、やっぱりダメだったかぁ。俺、山藤で野球がしたかったな」

咄嗟（とっさ）に言葉が出てこなかった。まだ諦める必要はない、きっと他にもルートがあると、かけるべき言葉はいくらでもあったかもしれないけれど、素人の自分がうかつなことを口にしたら航太郎をさらに傷つけてしまう気がした。

「ごめんね、航太郎」

代わりに口をついたのがそれだった。航太郎は目を細めたまま首をひねる。

「何が？」

「肘。お母さんも気づいてあげられなくて」

内田監督も、航太郎やチームの指導者を批判はしたが、菜々子に対して非難めいたことは言わなかった。

でも、間違いなく自分も同罪だ。なぜなら、菜々子は気づいていた。大会を通じて航太郎が苦しそうだったのを知っていた。それが不調によるものでなく、肘の痛みから来るものと想像してあげられなかった自分を責めたくなる。

航太郎は呆れたような目で菜々子を見つめた。

「お母さんに謝られる筋合いはないよ。それに内田監督は一つ勘違いしてる」

「何？」

「べつに俺はチームのために無理したわけじゃない。自分のためだった。内田監督が見てくれてるって思ったら、がんばるしかなかったよ。その結果、呆れられちゃったけど。でも、やるべきことはやり切ったし、悔いはないかな」

その言葉に悔しさが滲み出ている。だからといって、やっぱりうかつなことを口にすることはできない。ひとまず肘をアイシングしなければという気持ちが働いて、無言のまま航太郎の背中に腕を回した。

そしてチームの輪に戻ろうとした二人に、声をかけてくる者がいた。

「ああ、良かった。秋山くん、ここにいたのか」

背後から近づいてくる男を振り返り、菜々子は小さな息を漏らす。気安い調子で語りかけてきたのは、先ほどスタンドで内田監督と挨拶を交わしていた若い男だ。

間近で見ると、ウインドブレーカーの赤がさらに鮮烈だった。こんがりと焼けた肌に、白い歯がよく映えている。眉毛も整えているようだ。やはり二十代に見える男性は視線をゆっくりと航太郎から菜々子に移し、さわやかな笑顔を見せつけてきた。

「お母さまでいらっしゃいますか？」

その問いにどう応じたか、菜々子は覚えていない。男性が手渡してきた名刺には、見慣れない学校名が綴られていた。

『希望学園中学・高等学校　体育科教諭――』

なぜか先に「大阪府羽曳野市」という学校の所在地を視界に捉え、大きく綴られた本人の名前は最後に目に入ってきた。

『佐伯豪介』

名刺を受け取った手も、「いや、あの……」という声も震えていた。佐伯という男性がユニフォーム姿であることが意識から飛んで、知らない学校の体育教師がどうして自分たちを呼び止めるのかと素っ頓狂なことを思った。

佐伯は菜々子をまっすぐ見つめたまま微笑んでいた。その表情から自信に満ちあふれていることが伝わってきて、そこに警戒心が芽生えた。

「希望学園という大阪の高校で野球部の顧問をしております、佐伯と申します。突然お引き止めして申し訳ございません」

「いえ、あの……。お世話になっています」

「すみません。お時間もないと思いますので、単刀直入にうかがいます。航太郎くんの進学先はすでに決まってますでしょうか？」

「えっ？　あの、それって……」と言葉に詰まった菜々子に代わって、航太郎が毅然とした態度で返事をした。

「まだ決まってません」

佐伯がおどろいたように目を見張る。

「どうして？　行きたいと思っている学校があるの？」

「それもないです」と即答した航太郎の言葉を、菜々子はあわてて遮った。

「いや、ちょっと待ちなさい。航太郎。なんで？」

「いいんだ。大丈夫」

「大丈夫って、だってあなた――」

こうして高校の関係者に直接声をかけられるのははじめてだった。自分が昂ぶっているだけかもしれないと自制する気持ちもあったけれど、それ以上に、この佐伯との出会いが運命的なものに思えてならなかった。

だからこそ、思うことはきちんと伝えるべきだ。願いにも似た思いを込めて、菜々子は冷静に口を開く。

「たぶん航太郎の将来にかかわることだよ」

佐伯は二人のやり取りを興味深そうに見つめていた。それでも航太郎が何も口にしないのを確認して、決めつけたように言ってくる。

「ひょっとして山藤ですか？」

顔つきはやわらかいままだったが、確信を得ているようだ。菜々子も、航太郎も即座に答えられない。

佐伯は二人の返事を待たずに話を進める。

「いえ、それを聞くのはやめておきます。いずれにしても、我々は秋山くんを是が非でもうちの学校に欲しいと思っています。リーグ戦からずっと投球を見させてもらいました。我々はもともと女子校で、そのときは北陸女子高校という名前でした。共学になって校名が変わってまだ六年ほどしか経っておらず、野球部の歴史も同じです。この一、二年は大阪や近畿大会でもそこそこの結果を出しているのですが、まだ全国区とはいえず、神奈川県の秋山くんはおそらく名前も知らないだろうと思います」

「いえ、知ってます」と、航太郎は我知らずというふうに口を開く。小さい頃は高校野球マニアといえるくらいあらゆる情報を集めていた。ここ数年の動向も菜々子の与り知らぬところで押さえているのだろう。

佐伯は意外そうに口をすぼめる。

「そうか。それは良かった。だったら、秋山くんには駆け引きせずに伝えさせてもらう。僕たちと一緒に野球をしてもらいたい。希望学園は共学化十年目にあたる四年後に本気で甲子園出場を目指している。君も知っているだろうけど、大阪はかなりの激戦区だ。いまは山藤が天下を取っているけど、いつも楽勝というわけではない。勢いのある学校はどんどん出てきているし、うちもその一つに名を連ねていると思っている。いい選手も集まってきてくれているし、とくに創部十年目の三年生、つまり秋山くんの代は全国にスカウティングの網を張り巡らせている」

本来は言いにくいであろうことを、佐伯はさらりと言ってのけた。それがもっとも航太郎の気を惹くことだと知っている。

案の定、航太郎はかすかに肩を震わせ、はじめて自分から質問した。

「どんな選手が入るんですか？」

「まだ正式に決定しているわけではないからくわしくは言えないんだけど、関東圏のシニアからも一人来てくれると思う。君が試合をしたことのある選手も少なくないはずだ。そうだな、たとえばさっき試合をした東淀シニアのキャプテンの——」と佐伯が言ったところで、航太郎が「えっ？」と割り込んだ。

「本当ですか？　西岡くんも？」

佐伯は誇らしげに胸を張る。

「ああ。彼もうちに来てくれる」

「そうなんですか。それはちょっとすごいです。そうなんだ、西岡くんは山藤に行くっていうウワサだったのに」

航太郎は放心したようにつぶやいた。東淀シニアでキャプテンをしている西岡蓮という選手の名前は、菜々子も知っている。大会が始まる前から他のお母さんたちがウワサしていたし、何よりさっき終わった決勝戦で航太郎はことごとくヒットを打たれていた。その選手が進学する高校というなら、本当に甲子園を目指せるのかもしれない。

確実に心の動いた航太郎を逃すまいとするように、佐伯は早口で言葉を連ねた。

「チームの監督を通じた方がいいならそうさせていただきますし、お母さんが窓口になっていただけるならそちらの方が助かります。可能ならうちの練習や設備を見てもらいたいとも思っていますが、もし希望学園で野球をしてくれる可能性があるようでしたら、なるべく早くその旨を教えていただけたらと思っています」

「あの、それって……」

「もちろん、一般の選手と同じ条件で来てもらおうとは思っていません。うちの学校でいうところの特別特待生という待遇で息子さんを招き入れたいと思っています」

そこまで一息に言うと、佐伯はおもむろに首をひねった。

「大変失礼ではありますが、ご家庭の状況も耳に挟んでおります。特別特待生ならば入学金に授業料など全額免除されますし、本来、規則で寮費は学校側で負担することはできないことになっているのですが、そこもある方法を使うことでクリアできます。どうでしょう、お母さん。神奈川と大阪で離ればなれになってしまいますが、ここは我々を信じて三年間、大切な息子さんを預けていただくことはできませんか」

率直にいえば、気分がいいとは言えなかった。子どもの進路に家庭環境は関係ない。父親がいないことも、お金がないことも切実な問題に違いはないが、それを大人が切り札とすることには違和感が拭えない。

「ありがたいお話だとは思いますが、すぐにはお答えできません」

「それは心得ております。ですが、お母さん――」

「わかっています。枠に限りがあるということですよね？　他の学校からも似たようなお話はいただいているので知っています。どちらにしてもゆっくり考えさせてあげたいので、仮にこの子がそちらの学校に行くと決めたとき、もしその枠が埋まってしまっていたとしても、入学することと自体は許していただけるのでしょうか？」

「それはもちろん可能ですが」

「では、あらためてこちらから連絡させていただきます。なるべく早く回答したいとは思いますが、待っていてくださいとは申しません」

そう言って菜々子が腰を折ろうとするのを、航太郎がすっと手で制した。

「いや、いいよ。お母さん」

「いいって、だって――」

カッとなった菜々子をいなすように微笑んで、航太郎は佐伯に頭を下げた。

「僕、希望学園でお世話になります」

「えっ、本当？」と、さすがの佐伯も面食らった顔をする。

「そう言ってもらえるのはうれしいけど、もっと練習を見学したり、先輩の話を聞いたりしてからの方がいいんじゃない？　それこそ君の将来にかかわることだよ。お母さんの言う通り、もう少しちゃんと考えてからの方がいいと思うけど」

航太郎は大人びた笑みを口もとに浮かべた。

「でも、いい選手がたくさん集まってくるんですよね？　山藤を倒して、甲子園に行けるんですよね？」

「もちろん、そのつもりでチームを作ってるけど。とくに秋山くんたちの代は三年計画で仕上げていこうと思っている」

「それなら、僕はお世話になります。レベルの高いところで野球をして、甲子園に出て、高卒でプロに行くのが僕の夢です」

航太郎は覚悟を決めた目をしていたが、それでもやはり性急すぎる。菜々子は即答することを拒んだ。

佐伯も納得のいく様子で菜々子と連絡先を交換し、「後日またこちらからも連絡させていただきます」という言葉を残して去っていった。

佐伯のうしろ姿が見えなくなるまで口を開けなかった。菜々子には航太郎にどこの学校で野球をしてほしいといった気持ちはない。山藤学園でやれるのならばやればいいし、神奈川県の高校でも、地元の公立高校だとしても、もっと言えば野球をしないという選択だって、本人が望んでのことなら背中を押してあげたいと思っている。

「どういうつもり？」

でも、だからこそだ。少なくとも菜々子は今日まで名前すら聞いたことがなく、当然航太郎の口から出てきたことのない高校に行くのを本人が望んでいるとは思えなかった。山藤から声がかからなかったから自棄（やけ）になっているようにしか見えない。

同じように佐伯の背中を無言で見届け、航太郎はいたずらを見つかった子どものようにおどける仕草を見せた。

「特待生の枠って、一つの学校に五つしかないんだよ」

「だから何？」

「その一枠を与えるって、かなりのことだと思う。とくに大阪みたいな激戦区って、有望選手の囲い込みのために使ったりするみたい。ライバル校に進みそうな大阪の選手に特待生の枠を割り振るのが本当は鉄則なんだ」

航太郎が何を言おうとしているのか、菜々子にはさっぱりわからなかった。

「つまり、どういう意味よ」

「かなり期待してもらってるってこと」

「そんなの当たり前でしょう？　あなた、たったいま全国大会で優勝したピッチャーなのよ。いや、そんなことじゃなくさ、航太郎、あなた本当は私のためにいまの話を受けようとしてるでしょ？」

「それこそどういう意味だよ」

「だから、お金のことで迷惑をかけまいとしてるんじゃないのってこと。そんなの絶対に許さないからね。お父さん、そのくらいのお金は残してくれてるんだから」

航太郎は呆れたように眉根を寄せた。

「そんなんじゃないよ。そんなわけない。お母さんは知らないかもしれないけど、希望学園っていま全国的に注目されている高校なんだよ」

「そうなの？」

「うん。さっきの佐伯監督って高校時代から有名な選手で、ケガさえなければプロにでも行けたっていう人だったはず。大学や社会人でもレギュラーとしてバリバリ活躍してたんだけど、あるとき突然引退して、資格を取って高校野球の監督になったんだと思う」

「ずいぶんくわしいのね」

「俺、たぶんお母さんが思うより高校野球マニアだからね」と声に出して笑ったあと、航太郎は自分を納得させるようにうなずいた。

「そんな人の指導を受けてみたい。希望学園っていう名前はあんまりカッコ良くないけど、その学校で山藤を倒すのは悪くないでしょう?」

それでも、佐伯は航太郎の肘の痛みを指摘してこなかったではないか。自分のことを棚に上げて、菜々子は釈然としなかったが、航太郎はそれ以上の質問は受けつけまいというふうに肩をすくめた。

「戻ろう。さすがに少し冷えてきた」

そう言って先を歩き出した航太郎のうしろ姿に、希望学園のユニフォームを重ねてみる。

赤が目立つ今風のデザインが似合う気はしなかった。


家に帰れば、あるいは何日か寝れば、航太郎から「あの日のことは気の迷いだった」と言ってくることを期待していた。

そんな心の内に気づいて、菜々子ははじめて自分が希望学園という高校にあまりいい印象を持っていないことを知った。

ひょっとしたら、自分という人間は自分が思っている以上に保守的なのかもしれない。たとえばこれが山藤じゃなかったとしても、菜々子でも名前を知っている京浜高校や横浜海成高校だったりしたら、素直に受け入れられただろう。あの浮ついたようなストライプ柄のユニフォームを息子に着せたいとは思えない。

何かを念じるようにしてネットを開き、検索窓に『希望学園』や『希望学園　野球部』と打ち込んでみても、ワクワクする結果は得られなかった。むしろなりふりかまわない選手集めや、時代錯誤の長時間の練習、丸刈り頭の強制、寮生活や上下関係の厳しさなど、否定的な書き込みが多く見られた。ネットの意見などそういうものだと頭では理解しながらも、気は晴れない。

せめて航太郎が心から望む学校であるのならば、笑って背中を押してやりたいという気持ちは本当にある。本人は「そんなわけない」と否定するが、どう考えても佐伯が口にした「全額免除」という言葉に色気を感じているのはあきらかだ。

菜々子はあの手この手で翻意するよう促したが、航太郎の気持ちは少しずつ、確実に希望学園へと向かっていた。

例年より寒い冬がやって来て、瞬く間に新しい年を迎え、「必ずそれまでに答えを出す」と佐伯と約束した春が近づいてきた頃には、菜々子の苛立ちはピークを迎えていた。逆恨みと自覚はしつつ、このときには大阪という街そのものに対してまで嫌悪感を抱くようになっていて、テレビでお笑い芸人が大阪弁を話していると無意識にチャンネルを変えていた。

一度、そうした気持ちをきちんと打ち明けようと思っていた。すべてを話した上で、それでも航太郎があの学校を望むのならば、そのときはきちんと受け入れようと決めていた。

しかし菜々子が覚悟を決めるより一足早く、先方が手を打ってきた。

「なんか今日家に電話がかかってきた」

三月のある日、勤務先の病院から戻った菜々子に、航太郎が自分から声をかけてきた。頬がかすかに紅潮し、表情も緩んでいる。こんなに機嫌が良さそうなのは記憶にないほどで、菜々子は荷物を床に置きながら首をかしげた。

「電話？　誰から？」

「西岡蓮くん」

「西岡くんって……、あっ」

やられた、と真っ先に思った。西岡蓮くんは、和歌山県知事杯の決勝を戦った東淀シニアのキャプテンで、希望学園への進学が内定しているという選手だ。その子が電話をかけてきた。もちろん佐伯から連絡先を聞いてのことに決まっている。用件は一つしかないはずだ。

「西岡くんって、大阪のあの子よね？　なんだって？」と、聞くまでもないことだったが、菜々子は冷静に質問する。

航太郎はやけに照れくさそうだった。

「なんか、すごく口説かれた。秋山くんも希望学園に来なよって、俺たちと一緒に甲子園に行こうって」

「俺たち？」

「うん。西岡くん、いっぱい情報を持ってたよ。やっぱり大阪の選手が多いみたいだけど、俺でも名前を知ってる選手がたくさんいた。もちろんシニアからだけじゃなくて、ボーイズとかポニーリーグとかからもジャパンクラスの選手がたくさん入ってくるって。本気で創部十年目の甲子園を狙ってる感じだった」

「すごいね」

「山藤を蹴って入ってくる子もいるみたいだよ。西岡くんもそうだって。山藤からも声はかかったけど、特待生じゃないから断ったらしい。同じチームの原くんは特待扱いなのにめちゃくちゃ腹が立つわって、めちゃくちゃ関西弁で怒ってた」

そう言って思い出し笑いをする航太郎の表情は、すっきりと晴れ渡っている。それでも菜々子は子どもの手を使って口説き落とそうとする佐伯のやり方に疑問を抱いたが、航太郎の前向きな気持ちを削ぎたいとまでは思えなかった。

ふと仏壇の遺影に目を向ける。いつ、いかなるときでも健夫はのんきに笑っている。最愛の妻に大変なことを押しつけておいて、いい気なものだ。

「仕方ない。じゃあ、とりあえず行ってみようか」

笑顔の健夫を見ていたら、菜々子も思わず笑ってしまった。

「行くって、どこに？」

「そんなの大阪に決まってるじゃん。希望学園という学校を実際に見てみなきゃ話は何も進まないでしょう」

「いいよ、そんなの。俺一人で行ってくる」

「は？　そんなのダメに決まってるじゃん。私も行く」

「ええ、なんかちょっと恥ずかしいなぁ」などと言いながら、航太郎もまんざらでもないという表情を浮かべていた。

大阪に行くのは、航太郎が幼稚園に通っていたときの家族旅行以来だ。あのときはまだ生きていた健夫が張りきり、あれやこれやとスケジュールを組んでくれたので、菜々子はただついていくだけで良かった。

健夫が亡くなってからは、チームの遠征で他県に行くことはあったが、航太郎と二人で旅行したことはない。本当は新幹線を使いたかったが、これから何かと入り用になることが想像できるので夜行バスを選択した。

百八十センチを超える航太郎には窮屈そうで、申し訳ないという気持ちが芽生えたが、本人に不満はなさそうだ。それよりもこれから希望学園を見学できるのがうれしくて仕方がないというふうに瞳を輝かせている。

〇時過ぎに横浜を出発して、難波には九時前に到着した。前もって連絡しておいた佐伯からは「十三時以降にグラウンドに来てほしい」と言われている。目についたファストフード店で朝食を摂っても、まだ時間は充分あった。

「せっかくだからレンタカーでも借りようか」

朝っぱらからハンバーガーを三つも平らげる息子に呆れながら、菜々子は提案した。「それはいいけど。こんな土地勘のないところで大丈夫？」と、航太郎は菜々子をちらりとも見ずに尋ねてくる。

たしかに大阪という街にくわしいわけではない。希望学園のある羽曳野市が、大阪の南の方にあることだけは地図で確認していたが、そこに行くためにバスを梅田で降りるべきか、難波なのかもわからなかった。

それでも、チームの送り迎えで慣らした身だ。運転には自信がある。

「まぁ、まだ時間もあるし、ゆっくり行けば大丈夫でしょう。いい天気だし、車で行こう」

スマホで格安のレンタカー会社を探し出し、ネット予約で小さな車をさらに五パーセント引きで借りた。ナビをセットし、おそるおそる発車させる。すれ違う車の運転がとくに荒いとは思わなかったが、見慣れない〈なにわ〉ナンバーにハンドルを握る手が汗ばんだ。

それでも車を借りたのは正解だった。不慣れな大阪を少しでも肌で感じられたし、快晴に恵まれたのが何より良かった。

途中でコンビニに寄って飲み物を買い、決して会話が弾んだわけではなかったけれど、気まずい沈黙が立ち込めることもなく、一時間ほどで羽曳野に到着した。

まだ時間はあったので、学校近くの高台に車を停め、街を見下ろした。想像していた街並みと少し違った。というより、馴染みのない風景だと感じた。

自分が生きてきた中であまり見覚えのない景色だ。はじめて来たのだから当然だけれど、違和感がなかなか拭えない。川の流れる方向がイメージと違うのだろうか。この先に海があるという気がしない。

この街で航太郎は一人で暮らすのだ。もちろん不安は大きいが、それほど憂鬱な気持ちにならずに済むのは、きっと暖かく、空が青々としているからだ。万一これが重たい雲が垂れ込め、山から冷たい風が吹き下ろしでもしていたら、街の印象はまったく違っていたはずだ。

石川という街を東西にわける川沿いには、桜の木が立ち並んでいる。その木々が見事な花を咲かせていたこともきっと関係している。

「いい街じゃない。私は気に入った」

この数ヶ月抱えてきたモヤモヤを吹っ切るように言い切った。そんな菜々子を上目遣いに見やって、航太郎は思ってもみないことを口にした。

「お母さん、池田さんと結婚していいからね」

「は？　何よ、急に」

「俺のためにこれまで再婚しないでいたんでしょ？　これからはもうお母さんの好きにしたらいい。好きに生きて」

池田豊樹は、亡くなった健夫の友人だ。早々に離婚した池田は健夫の生前からよく家に遊びに来ていたし、彼が亡くなったあとも菜々子たち母子を支えてくれた。

わかりやすい告白があったわけではなく、つき合っているという自覚もない。特別な存在であるのはたしかだが、それが一人の男性としてなのか、亡き夫の友人としてなのかは直視しないようにしてきた。

いずれにしても、菜々子に池田と一緒になる気持ちはない。少なくとも、このタイミングではあり得ない。

なぜなら、菜々子の胸にはまったく違う思いがあるからだ。

「じゃあ、私も来年からここに住む」

一瞬の沈黙のあと、航太郎の顔がぐにゃりと歪んだ。その口が動き出すより先に、菜々子は矢継ぎ早に続けた。

「好きに生きていいんでしょう？　だったら、私もこの街に住むよ。幸いにも私にはどこでもやれる仕事があるわけだし、べつにあんたが寮生活をしてたって関係ない。あと三年は航太郎の近くに住んでたい」

怪訝そうにしていた航太郎の顔に、呆れたような笑みが広がった。直前までそんな気持ちはなかったのに。やっぱり空が青く澄んでいるからだ。

「勝手にすれば？」

航太郎がつぶやいた。

言われなくても勝手にする。

近くに桜の木は見当たらないのに、どこからか花びらが一枚降ってきた。

❖
❖
❖

卒業式で散々泣いて、さびしいという気持ちはすべて捨て去ったつもりでいた。

事実、その日を最後にさびしがっている余裕はなくなった。三月十一日に航太郎が三年間通った中学校の卒業式に参加し、翌十二日には先に荷物を大阪に送った。

すっかり空になった部屋を大家さんに確認してもらった。

「この壁はちゃんと弁償しますので」

指摘される前に、菜々子から切り出した。リビングの壁に直径二十センチほどの穴がある。二年ほど前、もう何に怒ってのことかも覚えていないが、航太郎が殴ってできたものだ。

その穴を大家さんは食い入るように見つめていた。年季もののメガネを上げ下げして、たまに手で触れたりした上で、ゆっくりと視線を航太郎に向けた。

「これ、航太郎くんがやったわけ？」

なかなかの迫力に怯む素振りを見せながらも、航太郎は素直に頭を下げた。

「はい。僕がやりました。ごめんなさい」

「そうか。だったら、こいつには価値があるな。このままにしておこうか」と、大家さんはおどけたように口にする。

「どういう意味ですか？」と、思わず声を上げた菜々子をちらりと見やり、大家さんはさらにいたずらっぽく微笑んだ。

「だって、これ、未来のプロ野球選手が作った穴だよ？　将来プロに行く選手にもこういう多感な時期があったんだって、いい教材になるじゃない。次にこの部屋に入る人も喜ぶでしょう。いや、喜んでもらいますよ」

なんとなく航太郎と目を見合わせる。とくに航太郎が思春期に突入してからは手狭と感じていた部屋だった。

学校や職場から近いわけでもなく、何度となく引っ越すことを考えたが、結局ズルズルと住み続けてしまった一番の理由は、大家さんのこの人柄にあったと思う。

「そうはいきません」「いや、いらない」というやり取りを何度か繰り返し、最後は菜々子の方が根負けした。引っ越し費用や新しい家電を買いそろえるなど何かと入り用の時期である。本音ではとてもありがたかった。

「本当にありがとうございます。それでは、お言葉に甘えさせていただきます。その代わり、航太郎、あんたちゃんと活躍するのよ。大家さんを甲子園にご招待するんだからね」

「もちろん！　必ず招待します！」

調子のいい航太郎の言葉に三人で笑い、鍵を返却して、部屋を出た。まるで母子の旅立ちを祝福してくれるかのように、春の空には雲一つ浮かんでいない。

慣れ親しんだアパートを、そして街を離れる瞬間だ。菜々子も、おそらくは航太郎も感慨深くなりかけたが、それを許してくれない者がいた。一人は、わざわざ受験直前というタイミングでつき合い始めた航太郎の恋人の恵美。もう一人は、結局最後までつき合う、つき合わないという話に至ることさえなかった池田豊樹だ。

大家さんは何かを悟ったように目を細め、「それでは、お二人とも。くれぐれもお達者で。向こうでもお元気で過ごしてください」と去っていった。

不思議な四人で取り残された。すぐに二対二になるのも気まずく、なんとなく四人で話をしていたが、それはそれでおかしな雰囲気で自然と二組にわかれていた。

池田とはつかず、離れずの距離を保ち続けた。いいことがあったときも、その逆のときも、自らの離婚後は独身を貫く池田に大抵のことを打ち明けてきたし、常に気を張って生きている菜々子にとってその時間はかけがえのないものだった。

池田の方に好意がなかったとは思っていない。いまにも何かを告げられそうな雰囲気になったことは一度や二度じゃなかった。菜々子にも惹かれる思いはずっとあったが、池田が亡き夫の友人であったことや、それ以上に航太郎のこともあり、気づかぬフリをし続けてきた。

菜々子が大阪に行くことを告げたあとも、池田は変わらず接してくれた。むしろこれまで以上に健夫の話題をわざと口に出したりして、二日前に最後の夕食をともにしたときさえも湿っぽい空気にしないでくれた。

「じゃあ、行ってきます。池田さん、本当に今日までありがとう」

のどかな春の陽に照らされながら、菜々子は凜とした笑みを浮かべた。「あと三年間だけ待っていてほしい」と言うこともなければ、同じように図々(ずうずう)しいという思いから「私のことは気にせずに素敵な人を見つけてほしい」と伝えることもできなかった。

そんな菜々子の気持ちを、池田はきっと理解している。

「これ、行く途中にでも食べて」

そう言って差し出してきたのは崎陽軒(きようけん)のシウマイ弁当だ。

「大阪では手に入らないと思うから」

「そうなの？」

「知らないけど」とおどけたように首をひねり、池田はハグするわけでもなく、ただゆっくりと右手を差し出してきた。

菜々子はその手を両手でつかみ取った。

「ありがとう。行ってきます！」

そして、こちらは若さの特権か。今生の別れかのように涙を拭う恵美の背に腕を回している航太郎に、菜々子は容赦なく声をかけた。

「そろそろ行くよ、航太郎！」

驚いたように全身を震わせた恵美に、菜々子は笑顔で語りかける。

「恵美ちゃんもありがとうね。こんなヤツのために来てくれて」

「いえ、私は……」

「向こうに行っても航太郎にちゃんと連絡させるから」

「はぁ？　簡単に言うなよ。スマホは持っていけないし、寮からだってなかなか連絡できないんだから」

「そのくらいなんとかしなさいよ。毎日手紙を書いてクラスメイトに預けてもいいし、携帯を借りてもいいしさ。どうにかできるでしょう？」

恋人の手前、ふて腐れた顔をする航太郎の背中を叩き、菜々子は優に十万キロ以上走っている車のドアに手をかけた。

「二人とも見送りありがとう。がんばってきます。ほら、航太郎！」

そそくさと車に乗り込もうとする航太郎を呼び止め、二人に最後の挨拶をさせる。

「行ってきます！　がんばりますので応援してください。甲子園で会いましょう！」

照れくさそうにしながらも、その声にはしっかりと自信がみなぎっていた。


途中で休憩を挟みながら、七時間。ボロボロの車を注意深く走らせ、ようやく到着した大阪市内のホテルにこの日は一泊した。

その夜から落ち始めた雨は翌日になっても降り止(や)まず、さらに慎重を期しながら向かった羽曳野の街は、はじめて訪れた一年前や、アパートを探しにきた先月とは打って変わって、暗い雰囲気を漂わせていた。

この縁もゆかりもない街で、しかも一人で生きていくのだという事実をいまさらながら突きつけられる。唐突に不安が押し寄せてきた。

「どうしよう、航太郎。私、なんかちょっとこわくなってきたかもしれない」

航太郎は「何が？」とも「なんで？」とも尋ねてこない。あえて外の景色を見まいとするように、野球のためにと自分のお小遣いで購入したブルーライトカットのメガネをかけ、無言でスマホをいじっている。

不安なのはこの子も同じなのだと自分に言い聞かせて、個人で営む不動産屋に新居の鍵を受け取りにいった。しかし、どういうわけか約束の十時になっても店は開かず、教えられていた携帯にかけても一向に出てくれない。

豪雨の中、コインパーキングで店主が来るのを待っている間に、前日出した家財道具が到着したという連絡が入ってしまった。『もうアパートの前に到着してるんですけどね。奥さん、いまどちらにいてはります？』という大阪弁が妙にドスが利いているように感じられ、菜々子は状況を説明しながら何度も謝る。

不動産屋の店主がようやく現れたのは、約束の時間を一時間以上過ぎた頃だった。しかし謝罪の言葉はない。むしろ大雨なのに来てやったとでも言いたげな雰囲気を撒き散らしている。部屋を契約したときの愛想の良さとのギャップに面食らうだけで、菜々子は文句を言うことができなかった。

引っ越し業者からも散々イヤミを言われた。家に運び込んだ家具は大半がずぶ濡れだった。とりあえず早急に必要な衣類を洗濯しようと思ったが、洗濯機のホースが取りつけられていないことにあとから気づく。契約書にはそうあったはずなのに。

早々に途方に暮れた。呆然としたまま、段ボールの積まれた部屋を見渡す。四・五畳のキッチンに六畳の部屋があるだけの家がやけに広く感じられた。外にいるかのように雨の音が聞こえてくるこのアパートで、自分はこれから三年も過ごすのだ。

菜々子はまだカーテンのかけられていない窓辺に歩み寄った。ここから見渡せる石川沿いに咲く桜に思いを馳せることができたのが、この家に決めた一番の理由だった。

しかし、大雨の煙る川にはいつか桜が咲くという気配すら感じられない。

その向こうの高台にある希望学園の校舎も、滝のような雨に遮られて見ることができなかった。

記録的ともいえる大雨は、それから二日間降り続いた。ようやく天候が回復したのは、航太郎の入寮を五日後に控えた三月十五日の朝だ。

羽曳野の街を東西にわける石川越しに、共学化を機に建て替えられたという近代的な校舎が少しだけ見える。

一瞬、感傷的な気持ちになりかけたが、しんみりしているヒマはない。入寮時に必要な細々としたものを買い出しにいかなければならなかったし、航太郎がいる間に運び込んでしまいたい大きな家具も購入したい。

夕方には、湘南のクリニックの先生から紹介を受けた個人医院の面接も控えている。新天地での職場は懸念事項の一つだったが、前職の先生の医学部時代の友人がとなりの藤井寺(ふじいでら)市で開業しているということで、トントン拍子で話が進んだ。

昼前には家を出て、午後はまるまる買い物に当てた。途中で立ち寄ったショッピングモールのスポーツ量販店の前で、航太郎が思わずというふうに足を止めた。

「どうかした？　何か必要なものがあるの？」

やはり高校でも野球を続ける同じシニアチームのお母さんたちから、いろいろな話を聞いている。やれ新しいグローブをオーダーメイドさせられただの、新しいバットを三本も買ってあげただの。中には自分で身体のメンテナンスができるマシンを寮に持ち込ませるという親もいて、さすがにその家は特別であるようだったが、どの母親もお金がかかると嘆いていた。

航太郎は何一つねだってこなかった。中学から高校に上がると道具がどう変わるのか、これまで使っていたグローブなどは使えなくなるものなのか。菜々子にはそういった事情がわからないが、変な気を回さずに必要なものがあるなら言ってほしい。しかし何を尋ねても、航太郎は「いまあるやつで充分だから」と、取り合おうとしてくれない。

その航太郎が、スポーツ店の前で歩を止めた。「必要なものがあるの？」という菜々子の問いかけに、身体をぴくりと震わせはしたものの、何事もなかったように「ああ、ううん。べつに」と口にするだけだ。

菜々子はもどかしい気持ちを思い切ってぶつけた。

「いや、いいよ。ちゃんと言ってよ。何か欲しいものがあるんでしょ？」

「欲しいものっていうか……」

「何？　グローブ？」

「は？」

「いいよ。グローブくらい買ってあげる。どういうのが欲しいのか私はわからないから、とりあえず中に入ろう」

なかば無理やり腕をつかんで入店しようとした菜々子の手を、航太郎は申し訳なさそうに振りほどいた。

「いや、お母さんさ。気持ちはうれしいけど、ホントに違うから。ちょっと悩んだのはテーピングがもうすぐ切れそうだと思っただけ」

「うん？　テーピング？」と、拍子抜けした菜々子の目を、航太郎はやはりやりづらそうに一瞥する。

「うん。あと数日で切れちゃいそうなんだけど、そのときにはもう寮にいるかと思って。部にそんなものいくらでもあるだろうし、わざわざ買うのはもったいないでしょ」

一人っ子だからといってワガママに育てたつもりはないけれど、だからといって昔からこんなに聞き分けのいい子ではなかったはずだ。

航太郎が必要以上に「物を欲しい」と言わなくなったのは、明確に健夫が亡くなったあとだった。極端に菜々子に気を遣うようになり、なるべく迷惑をかけまいと、場合によっては力になろうともしてくれるようになった。

忘れもしないのは『ぼくの将来の夢』という実直なタイトルがつけられた小学校の卒業文集に寄せた作文だ。

『高校生になったら甲子園で優勝して、ドラフト会議では八球団から1位指名されます。そして僕は契約金一億五千万円、推定年俸一千五百万円をもらって、クジを引き当てた球団と契約します。そして、そのときにもらうお金を全部お母さんにあげたいと思っています。

それは契約金だけではありません。これまでもいっぱい心配をかけてきて、これからもきっとたくさん迷惑をかけてしまうお母さんに、ぼくは大人になって野球で稼ぐお金を全部あげたいと思っています。

野球をするのはすごくお金がかかることです。ぼくたちが当たり前のように投げたり、打ったりしているボールが一七〇〇円もします。たった一球が、ぼくのお小遣いの三ヶ月分よりもするのです。

野球をすることは当たり前じゃありません。ぼくはそのことに感謝しています。

それでも野球をさせてくれるお母さんのために、ぼくは弱音をはかず、自分に負けずに、立派なプロ野球の選手になりたいと思っています。』

少年野球チームの指導者の口グセが「野球をするのは金がかかる。だから、親御さんたちに感謝しなさい」というものだった。その指導者に無理やり言わされているとは思わなかったが、それ以上にこれが航太郎の本心とは感じられなかった。

健夫が亡くなったあとの航太郎は、わかりやすくいい子だった。落ち込んでいる姿をほとんど菜々子に見せなかったし、それどころか自分が母を支えなければいけないのだと、常に肩に力が入っているように見えた。

心根のやさしい子に育ってくれたことには感謝しつつ、一方ではずっと悶々とした思いも抱えていた。

父のいないさびしさをぶちまけてもらいたかったし、感情的になって泣いてくれてもかまわなかった。いっそその方が母としての役割を全うしている気になれたかもしれない。航太郎が周囲の人間に「いい子」と評されるたびに、うれしく思う半面、どうしようもない無力感も抱かされた。

この作文はある種の決定打だった。頼りない母親で申し訳ない。そうした卑屈な思いから涙はこぼれたが、直後に航太郎が短い反抗期に突入してくれたこともあり、そうしたネガティブな感情を吹っ切ることができた。ふがいない自分をまず認め、しかし変に卑屈になることなく、いつかの自分が後悔しないために航太郎のやりたいと願うことを可能な限り叶えてあげたい。そう開き直れるようになった。

この期に及んでテーピングを買うかどうかで悩んでいる航太郎に、もう申し訳ないという気持ちは抱かない。

「テーピングなんていくらでも持っていけばいいよ。いいから買おう。あとグローブも買う。あなたのためじゃなく、私が自分のために買う」

突然の母の勢いに気圧された様子を見せつつ、航太郎は毅然と首を振った。

「いや、グローブはいらない」

「だから買うって言ってるの」

「違う。そうじゃなくてさ、お母さん」と、航太郎の顔が申し訳なさそうに歪む。菜々子はほとんどムキになっていた。

「違うって、何よ。言いたいことあるなら言いなさいよ」

「あの、だからね。もし俺がいまグローブを欲しいと思ったとしても、たぶん俺に必要なグローブはここにはない」

「どういう意味?」

「なんていうか、俺がこれから使うグローブって、本当に牛のいい革を使った、ものすごく高いヤツなんだ。こういうショッピングセンターとかで売っているようなヤツじゃなくて」

「そうなの? そういうもの?」

「うん。そういうもの」

「でも、だったらそれこそいいグローブを用意しとかなきゃいけなかったんじゃないの? あなた古いのしか持ってないじゃない」

「ううん。俺が中学に入ってから使ってるやつ、それこそすごくいいヤツだから」

「そうなんだっけ? っていうか、あれってそもそもいつ買ったもの? 私、全然覚えてないんだけど」

「ああ、うん。もう言ってもいいと思うから言うけど、あれ、お父さんが事故に遭う前に買ってくれたやつなんだよね」

「そうなの?」

「うん。硬式用のやつをオーダーメイドしてくれた。いつかこれをはめて甲子園に行ってくれとか言ってた。なんか想定してたよりはるかに高かったみたいで、お母さんには内緒なって言われてた。だから隠してたつもりはないんだけど、なんか言う機会がずっとなかった。ごめんね。大切に使ってきたし、これからも余裕で使えるから」

航太郎は頭まで下げてきた。菜々子は呆然としつつ、腑に落ちる思いもした。振り返れば、航太郎のグローブに対する執着は普通じゃなかった。一度、シニアのチームメイトがなんの気なしにはめたとき、目の色を変えて怒声を上げたことがあったという。

菜々子はその場に立ち会っていなかったが、他のお母さんから「あまりの剣幕にビックリしたよ」という報告を受け、航太郎に事情を尋ねた。すでに冷静さを取り戻していた航太郎は「べつに深い理由はない。あいつ道具の扱いが雑だから、型を崩されるのがイヤだった」と平然と言っていた。

それは半分本当で、もう半分はウソだったのだろう。というよりも、もう半分は隠していたのだ。実際は亡き父との思い出の品を粗雑に扱われたのが許せなかった。そう考えれば「あまりの剣幕」の理由に納得がいく。

「ごめん。私、何も知らなくて」

大量に並ぶ色とりどりのグローブの前で、菜々子は自分が何に謝っているのかもわからないまま口を開いた。

久しぶりに卑屈な思いにからめ捕られそうになった。健夫が生きてくれていたら。この先もあらゆる場面で、きっと自分は感じ続けるのだろう。

「たかがグローブのことで大げさだな」

航太郎は困惑したように肩をすくめ、すたすたと先を歩き出した。

買い物に思っていたより時間がかかってしまった結果、夕方に面接を予定していた「本城（ほんじょう）クリニック」に航太郎も一緒に連れていくことにした。

もちろん面接をしている間は車で待たせていたが、本城和紀（かずき）という五十代の先生との会話のほとんどが航太郎の高校野球のことになってしまい、つい「実はいま外で待たせているんです」と口にしてしまった。

高校野球も、阪神タイガースも大好きだという本城先生は、目の色を変えた。そして「ちょっと僕、挨拶させてもろてええ？」と言って部屋から消えたかと思うと、どこからかグローブを二つ持ってきて、菜々子より先に診察室を出ていった。

駐車場に停めていた車に歩み寄り、本城先生は窓ガラスをノックした。

「航太郎くん？　ちょっとキャッチボールせぇへん？」

子ども同士の遊びの誘いのような声をかけられ、航太郎はあからさまに虚をつかれた表情を浮かべたものの、素直に従った。

西に傾いた陽に染められながら、二人は延々とキャッチボールをしていた。

「僕もな、こう見えて中学時代は市で準優勝したことがあるし、高校でも野球してたんで」

「やっぱり？　いいボール投げるなって思ってました」

「ホンマ？　そんなん言われたらうれしくなるわ。でも、やっぱり航太郎くんすごいわ。球が生きとる」

「先生ケガさせたらいけないから三割程度で投げてます」

「ハハハ。言うやん。でも、たしかにな。本気で来られたら、僕、間違いなくケガするわ」

二人は旧知の間柄のように親しげだ。どちらかと言うと人見知りする航太郎が屈託なく笑っている。キャッチボールの効力によるものか、あるいは人の懐にするりと入ってくる大阪人の特性なのか。

「よっしゃ、そしたら秋山さんが仕事を始めるんは、航太郎くんが入寮してからということでええね？　次の日から来られますか？」

ようやくキャッチボールを終え、航太郎からグローブを受け取ったところで、本城先生が尋ねてくる。こちらからお願いしようと思っていたことだったので、菜々子はありがたくその提案を受け入れた。

「他にスタッフの女性が三人いて、みんな秋山さんより年上やけど、気のいい人たちやから。何も心配せんと働いてください」

「はい、ありがとうございます」

「本当にありがとうございます」

本城先生はうれしそうに目を細め、あらためて航太郎に視線を移す。

「お母さんのことは僕たちに任せて、君は安心して野球に打ち込みなさい」

「はい」

「僕もな、こう見えて母子家庭で育ったんや。それを理由に医者になることを諦めかけたこともあったんやけど、あのとき諦めへんで良かったと大人になってから何度も思っとる。いかなることも理由は理由であるけれど、言い訳にはならへんよ。おっちゃんの戯言(たわごと)に聞こえるかもしれへんけど、胸に留めておいてな」

「はい。わかりました。あの、先生――」

殊勝にお礼を口にして、航太郎は思わずといったふうに口を開いた。「なんや？」と、小首をひねった本城先生を上目遣いに見つめ、航太郎は何かを諦めたように腰を折った。

「僕、絶対にがんばります。先生にも甲子園に応援に来てもらいます。だから、母のことよろしくお願いします。絶対にさみしい思いをするはずなので、よろしくお願いします！」

本城先生は声に出して笑った。

「わかったわ。君は野球をがんばって必ず甲子園に行く。僕はお母さんがさみしくならへんようにたくさん話をする。それでええな？　約束や」

健夫を失ったことは、もちろん菜々子たち母子にとってこれ以上ない心の傷だ。航太郎には無理を強いてしまっているし、菜々子は自分のふがいなさをずっと呪ってきた。こんなときに健夫がいればと、彼が亡くなってからの五年で何度思ったかわからない。

それでも……と思えることなど滅多にないが、それでも菜々子が心から笑える瞬間があるとすれば、こうして周囲の人たちのやさしさに触れるときだ。

母子家庭だから同情されているだけ。冷静にそう思う自分もいるけれど、健夫が生きていたらきっと出会うことのなかった人たちのやさしさに、自分たち母子は間違いなく生かしてもらっている。

「俺、マジでがんばります！」

一気に砕けた、しかし快活な航太郎の一言に、本城先生は本当に楽しそうに身体を揺すった。

「おう、しっかりきばらんかい！　一生懸命練習して、甲子園に行って、そして行く末はタイガースのエースピッチャーや！」

それから数日はまだまだ忙しない毎日を過ごした。ようやく家の中も落ち着き、ふっと息を吐くことができたのは、航太郎の入寮二日前のことだ。

そして、その日から菜々子は延々と涙をこぼし続けた。中学校の卒業式で周囲の親たちをギョッとさせるほど号泣し、その夜は家事をしていても、布団にくるまっても泣き続け、翌朝起きたときに我ながらビックリするほどむくんだ顔と引き換えにして、妙にすっきりした頭を手に入れていた。

さびしがるのはそれで終わりと思っていた。いや、それで終わるはずだと期待した。実際、その日以降は気が塞ぐことはあっても涙までは流さなかったのに、それは気持ちを整理できたからというわけではなかったらしい。ただ余計なことを考えないでいられるよう、いそいそと動き回っていただけだった。

「ちょっともう勘弁してくれよ。いくらなんでも泣きすぎだって」

いよいよ入寮を翌日に控えた夕食時、しびれを切らしたように航太郎が眉をひそめた。せめて航太郎には悟られないようにと気を張っていたつもりだったが、あまりに狭い家の中で隠し通すことなんて不可能だ。

「いや、ごめん。わかってるんだけど。本当にごめん」

食卓には航太郎の好物をこれでもかと並べた。お寿司に、ステーキに、カルボナーラのスパゲティ、なぜか昔から大好きだったほうれん草のおひたしと、明日からしばらくは作ることのなさそうな豚汁、炭水化物ばかりとわかっていたが白いお米もいっぱい炊いた。

航太郎と共にする最後の夕飯。本当は焼き肉を食べにいくつもりでいた。そのために本城先生からおいしいお店の情報を仕入れ、航太郎も楽しみにしていたはずだったのに、昼頃になって突然恥ずかしそうに言ってきた。

「あのさ、やっぱり最後はお母さんのご飯が食べたいんだけど、ダメ？」

今日一日はなんとか笑顔でやり過ごそうと思っていたのに、その言葉が引き金となった。

「ダメじゃない。実は私もそう思ってた。ちょっと買い物いってくる。航太郎の食べたそうなものの全部作る」

一人でハンドルを握っている間も、商店街で買い物をしている間も、アパートに戻ってキッチンに立っている間も泣いていた。

自分の涙腺はどうなってしまったのかと仕組みを調べたくなるほど涙が流れ続け、涸(か)れるのを阻止するようにビールを体内に流し続けた。

温かいものを温かいうちに食べさせたくて、航太郎を先にテーブルにつかせた。できたものから次々と料理を並べていって、菜々子がようやくイスに腰かけたのは最後のステーキが焼けたあとだ。

最後の晩餐(ばんさん)と言ったら大げさだろうか。航太郎もまたこの夜の食事を記憶に刻み込むように黙々と料理を口に運んでいく。一方の菜々子はまったく食欲が湧かず、ビールを流し込むだけでほとんどおかずに手をつけなかった。

今日までの当たり前が、明日から当たり前じゃなくなる。明日から三年間……、いや、いつか航太郎は「もう二度と一緒に暮らせないかもしれない」と言っていた。下手をすれば本当にこれが最後の「当たり前」なのかもしれない。

不意にそんなことを思ったとき、航太郎に「もう勘弁してよ」と呆れられた。ごめん、本当にごめん……と繰り返しながら、どうしても泣くのを堪えることができなかった。それならばと開き直ったつもりはなかったけれど、菜々子は思ったままを口にした。

「でも、これはもう仕方ないよ。私、いまが一番さびしいかもしれないもん」

思いきりティッシュで鼻をかんだ菜々子を、航太郎は冷たい目で見つめてくる。

「一番って、なんの一番だよ」

「人生で」

「ウソ吐けよ。そんなわけないだろう。お父さんが死んだときの方が絶対にさみしかったよ」

「それはそうなんだけど、でも、なんだろう。質が違う」

「何が？」

「あのときは突然のことだったし、一気にいろいろなことに巻き込まれたでしょ？　もちろんあとからジワジワ来たし、いまでもそれは続いてるんだけど、今回のことってなんか違う」

「だから何が？」

「なんだろう。もう一、二年くらい真綿で首を絞められ続けてきて、ついに今日とどめを刺されようとしているって感じ」

粛々と動かし続けていた箸を止め、航太郎はこれみよがしに息を漏らした。

「大げさな」

「わかってるんだけどね」

「俺、消えてなくなるわけじゃないからね」

「わかってるよ。縁起でもないこと言わないでよ」

「っていうか、そんなメソメソするくらいなら大阪なんかついてくるなよ。向こうに残ってたらまだ孤独にならずに済んだのに」

「だからわかってるって言ってるでしょ。うるさいな。っていうか、べつに私がどこに住もうがさみしいものはさみしいわよ。知ったようなこと言わないでよ」

「いやいや、なんでお母さんがキレてるんだよ。俺は俺で明日から入寮で憂鬱な気持ちだっていうのにさ」

「そうなの？」

「何が？」

「入寮するのって憂鬱？」

「はぁ？　憂鬱に決まってるだろ。明日から自分のことは全部自分でするんだぞ。洗濯とか、食器洗いとか、寮のルールとかはまだよく知らないけど、希望学園は上下関係が厳しいっていう話だし、憂鬱じゃないわけないじゃん。マジで目覚まし時計なんかで起きられる気がしないよ。超ビビってるよ」

そうまくし立てると、航太郎は再びご飯に手をつけた。

菜々子はその姿を呆然と見つめる。たしかにそうだ。明後日(あさって)からこの子は自力で起きなければならないのだと、そんなことをいまさら思う。

昔から寝起きの悪い子だった。中学校に入ってからはとくにひどく、「明日は朝練するから六時に起こして」と自分で言っていたくせに、いざ起こそうとすると「わかってるよ！」「だから起きてるって！」「しつこいって言ってんだよ！」「うるせぇな！」と、悪態の限りを吐くだけ吐いて絶対に起きようとしなかった。

朝はいつも戦争だった。「もう知らない！」「私は起こしたからね！」「勝手にしろ！」と、売り言葉に買い言葉で放っておくと、遅刻するギリギリの時間に起きてきて、それでも律儀にご飯をかき込みながら「なんで起こしてくれなかったんだよ！」と、さらなる怒りをぶつけられた。

そんな子が、明後日から一人で起きるのだ。そこにはきっと厳しい指導者がいて、こわい先輩がいる。憂鬱じゃないはずがない。自分のことで頭がいっぱいになっていて、そんなことにも気が回らなかった。

「たしかに。なんかごめん。私、ただただうれしいものなんだと思ってた」

「うれしいって何が？」

「やっと高校野球をやれることが。甲子園を目指せることが。うれしいだけなんだと思ってた」

そんな単純な話じゃないんだろうな。そう自戒の念を込めたつもりで言ったのに、航太郎はなぜかハッとした顔をした。

二人の間に不思議な静寂が舞い降りる。その意味がよくわからず、菜々子がおずおずと首をひねると、航太郎は我に返ったように目を瞬かせた。

そして、やはり怒ったように言い放った。

「そんな単純な話じゃないんだよ」

そうこぼした航太郎もなぜか気まずそうな表情を浮かべていた。

思い描いていた最後の夜とは違ったが、おかげで夕飯をとってからは凜とした気持ちでいられた。

憂鬱とこぼしていたわりには、航太郎はずいぶん早く眠りに就いた。菜々子の方はやはりなかなか寝入ることができなかったが、気づいたときには朝を迎えていた。

数日前の嵐がウソのように、カーテンを開くと青い空が広がっていた。石川の向こうに希望学園の校舎が見える。目と鼻の先と呼べる距離だ。さびしがる必要はないと自分に言い聞かせる。

昨夜のことが気まずかったわけではないけれど、菜々子は数時間後に迫った入寮についていっさい触れなかった。

航太郎も同様だ。昨夜のやり取りなど忘れたというふうにワイドショーを見ながら、芸能界のゴシップに小言を述べている。

二人とも必死に普通を装った。そうすることで、目の前に迫った人生の一大事を直視しないようにした。

いつもと同じ炊きたての白いご飯を、いつもと同じツナ缶や目玉焼き、そして残り物の豚汁で平らげて、いつもと同じように腹筋と背筋と腕立て伏せとスクワットをする。その姿を脳裏に焼きつけようとするでもなく、菜々子は背を向けて洗い物をする。

時間は刻々と過ぎていった。部から指定されている時刻は十一時。スマホの時計は十時を示そうとしている。

「よしっ。じゃあ、そろそろ出ようか。忘れ物ないね？」

菜々子の方から声をかけた。これから大事な試合に臨むかのように伸びをして、部からもらった真っ赤なジャージを着た航太郎はからりとした笑みを浮かべる。

「大丈夫。何度も確認した」

ゆっくりと立ち上がると、航太郎は部屋を凝視した。数日程度しか過ごしておらず、もちろん思い入れがあるわけではないはずなのに、名残惜しそうな表情を浮かべている。

「うん、大丈夫。行こうか」

新品の布団一式に衣装ケース、数組の衣類に大量のハンガー、洗剤や歯ブラシなどの生活必需品、もちろん野球道具も。大方のものは昨夜のうちに車に詰めておいた。

コンパクトカーの後部座席とトランクにはもうほとんど隙間がない。「これじゃまるで夜逃げだね」と、どちらともなく言っては笑い、菜々子はエンジンを吹かす。スポーツメーカーのロゴの入ったボストンバッグを大切そうに胸に抱え、助手席の航太郎は顔を背け、窓の外を眺めていた。

家から学校まで車なら十分もかからない。そのちょうど中間地点にある橋の上で車が信号につかまったとき、菜々子も反対側の窓に目を向けた。

ちらほらと桜のつぼみがほころび始めている。ずっとおそれていた朝だ。何年も前から不安に感じていた春の日は、やわらかい太陽の光にさらされ、深く息を吸い込めるような穏やかな雰囲気をたたえている。

橋を通過し、街を抜け、木々の立ち並ぶ急坂を上りきったところに、希望学園高校の正門はある。

その広大な敷地を行き、外れにある野球部の寮に到着すると、車から荷物を運び出している家族の姿が何組もあった。無意識にナンバープレートに目を向けると、〈大阪〉や〈なにわ〉が多かった。中には〈岐阜〉や〈広島〉、〈大分〉といった地名もある。

駐車場は大半が埋まっていたが、ちょうど寮の目の前に空いているスペースを見つけ、そこに車を横づけした。街にいたときはさびしさが優っていたが、坂を上っている頃からなんとも言えない緊張感が胸を侵食し始め、寮が見えてからはピークに達した。

おはようございます、おはようございます……と、まだ顔も知らない保護者たちに挨拶をしながら、菜々子はいまにものみ込まれそうになっていた。航太郎と同じジャージを着て、髪の毛を五分刈りにしている子たちの身体がやけに大きく見える。一緒に来ている親たちが妙に自信ありげなことも気になった。

大半が父親も同伴していた。多くのお父さんが立派な体格で、なんとなく過去に本格的に野球をしていたという雰囲気を漂わせている。

それ以上にインパクトがあったのが、お母さんたちの様子だった。家を出る前、菜々子は何を着ていくべきか散々悩んだ。子どもの入寮というシチュエーションにふさわしい服装がイメージできなかったのだ。

紺のパンツスーツという考えも過(よぎ)ったが、入学式ならいざ知らず、重い荷物を寮に運び込むのに適しているわけがない。万が一、他のお母さんがみんなカジュアルな格好をしていたら浮いてしまうと思い直し、結局当たり障りのない白いシャツにカーディガン、黒いパンツというスタイルを選択した。

そんなふうに頭を悩ましていた自分がバカに思えるほど、派手に着飾った母親が多かった。とくに目を惹いたのは、荷物を運ぶ父子を尻目に、入り口付近でしゃべっている五人ほどの女性たちだ。「おはようございます」という声が聞こえていないのか、他の母親たちを一瞥もせず、何かをアピールするように大きな声で笑っている。

「あれ、たぶん大阪のシニア連中のお母さんたちだよ」

徒党を組む母親たちに違和感を抱いたのだろう。航太郎が寮に入ったところでボソッと言った。

「同じチームから来ているヤツはいないはずだから、リーグが一緒だったんだと思う。すごいよね、もうあんなふうに仲がいいんだね」

自分のこととして考えてみる。もちろん、航太郎と同じ西湘シニアに所属していた同級生のお母さんたちとは親しかった。でも、たとえ同じリーグだからといって、他のチームのお母さんたちと楽しく話したことはない。仮に航太郎が神奈川県の高校に進学していたとしても、この段階であんなふうに大笑いできる相手はいないだろう。

それが、どういうわけかみんな仲が良さそうで、格好も同じようなものだった。当然、示し合わせてきたはずだ。彼女たちが身にまとう服装に、子どもの晴れ舞台に親が着飾って何が悪いといった開き直りのようなものを感じてしまい、少し気恥ずかしくなった。

最後の荷物を運び込んだところで、ようやく小さく息が吐けた。共学化を機に新築されたという寮は、想像していたよりずっとキレイだ。扉を開くと両サイドにタンスが二つずつ設置されていて、その先に二段ベッドが一つずつ。部屋の最奥部にはエアコンもきちんと取りつけられていて、その下に勉強机がやはり二つずつ並んでいる。

高校生の男の子だけが生活しているという雑然とした気配はなかった。危惧していた不潔さもまったくと言っていいほど感じない。

「いい部屋ね」

身体を縛りつけていた緊張がほぐれかけたとき、バタバタと中年の男性が入ってきた。

「ああ、この部屋や、この部屋や。どうもすみません。東淀シニア出身の西岡蓮の父親です。今日から三年間こちらの学校でお世話になりますー」

　両手に大荷物を持った男性が笑顔で話しかけてきた。強い大阪弁に面食らいながらも、なんとか「あ、はじめまして。秋山航太郎の母です」と頭を下げたが、咄嗟に中学時代のチーム名までは出てこなかった。

　男性の顔になぜかおどろきの色が浮かんでいる。

「秋山くんって……。え、ほんなら君が西湘シニアの秋山くん？」

「あ、はい……」と、航太郎は菜々子よりさらに気後れしたようにうつむいた。男性の勢いは止まらない。

「うっわぁ、そうかぁ！　君かぁ！　いや、秋山くんも希望に来るとは聞いとったけど、まさか蓮と同じ部屋とはなぁ。あ、なるほど！　さてはこの部屋は特待生組の有望株に与えられたっちゅうことなんか」

　男性が荷物を床に置き、親しげに航太郎の右肩に手を置いたとき、遅れて母子が現れた。息子の蓮のことは覚えている。一年半前の和歌山県知事杯の決勝を戦った相手チームのキャプテンであり、航太郎を「一緒に甲子園に行こう」と希望学園に誘ってきた子でもある。

　蓮は航太郎を見つけると、親しげに「よっ」と手を挙げた。それに航太郎が同じように応じたとき、菜々子は蓮の背後にいた母親に視線を移した。

　さっき寮の入り口でしゃべっていた、その中心で笑っていた女性だ。年齢は菜々子の五つほど上、四十四、五歳といったところだろうか。痩せぎすで、目つきが鋭く、白いブラウスに真っ赤なパンツという服装に負けない濃いアイラインに目がいった。

蓮の母親は菜々子を認めると、なぜか意外そうに口をすぼめた。

「はじめまして。西岡宏美でございます。こうしてご挨拶するのははじめてですけど、たぶん同じ球場にいたんですよね？」

「あ、はい。和歌山の」

「そうそう。あの日、たしかうちは負けてしもたんですよね。あれが本当に悔しくて、いつかやり返したいと親子で思っとったのに、結局二度と当たることはなかったんですよね。いやぁ、あのときのピッチャーの子が来てくれたなら百人力やわ」

一気にまくし立てられて、うまく頭が回らなかった。妙になれなれしい口調であることに思うところもあったけれど、菜々子は自分を奮い立たせるようにして姿勢を正す。

「あの、今日からよろしくお願いいたします。秋山航太郎の母でございます」

「お名前は？」

「はい？」

「航太郎くんのお母さんである前に、あんたにも名前はあんのやろ？」

「あ、すみません。秋山菜々子です」

「菜々子ちゃんね。そしたら、ちょっと連絡先でも交換しとこか」と言って、宏美は唐突にブランド物のバッグからスマートフォンを取り出した。

「いや、あの……。連絡先って、それはまだ——」

早いのではないかという気持ちが、うっかり口をついて出てしまう。宏美に気にする様子は見られない。

「何ボヤボヤしてんの。スマホくらい持ってるやろ？」

「それは、まぁ……」

「早よ、しぃ。どうせすぐに学年のグループ作ろうと思っとるし」

菜々子は言われるまま自分のスマホを取り出した。そうこうしているうちに航太郎と蓮、それに父親が先に部屋を出ていってしまう。

胸が大きな音を立てる。それが聞こえないか不安に思っていると、コードを読み取っている宏美がなぜか小声で言ってきた。

「車、動かした方がええよ」

「なんですか？」

「秋山さんが車を停めた場所、監督さんのスペースなんやて。他のお母さんが言ってたわ。じゃなきゃ、あんな一等地空いてるわけないやんって文句言うてる人もいた」

「あ、そうなんですか」

「ごめんなぁ。航太郎くんのお母さんやとわかっとったらあの場で言ってあげることもできたんやけど、まだなんも知らんかったし」

「いえ、とんでもないです。教えてくれてありがとうございます」と応じながらも、心の奥底を何かが突く。宏美の視線から逃れるようにして、なんとか窓の方に目を向けた。

さっきまであんなに晴れていたのに、空にはうすい雲が広がっている。

航太郎同様、自分もまた憂鬱な何かが始まろうとしている気配を感じて、菜々子は無意識に唇を嚙みしめた。

車を移動させている間に、子どもたちはミーティングルームに集められたらしい。航太郎と最後に言葉を交わすことのできないまま、菜々子は希望学園野球部の専用寮〈蒼天（そうてん）寮〉前の駐車場に立ちすくんでいた。

すると、宏美が「秋山さん、こっち、こっち、こっちや！」と手を振ってきた。彼女を取り囲む三人ほどの母親の目に怯みそうになったものの、無視するわけにもいかず輪に加わる。

「はじめまして、秋山航太郎の母の秋山菜々子と申します。よろしくお願いいたします」

たどたどしく頭を下げると、すぐさま頭上から「申します、やて」「やっぱり標準語ってよそよそしいんやね」「えらい冷たい感じがするわぁ」といった声が降り注いできた。

頰が熱くなるのを自覚しながら顔を上げると、菜々子を助太刀するように選手たちが表に出てきた。

みなキレイに五分刈りに頭を丸め、同じ真っ赤なジャージに身を包んだ様は、軍隊のような威圧感があった。総勢三十人くらいだろう。三年生、二年生が併せて四十人くらいだと聞いていたから、想像していたよりも多い。

直前までざわついていた父母たちも一様に口をつぐんだ。蒼天寮前の駐車場に、にわかに緊張感が立ち込める。

選手たちに続き、顧問で監督を兼ねる佐伯豪介が姿を現した。はじめて和歌山で話をしたときや、学校見学時に浮かべていた温和な笑みはない。三十一歳という若さも感じさせない。

もちろん入学前の愛想の良さが本質だなんて思っていない。高校球児など、ある意味では体力を持て余した猛獣だ。甘い顔をしているだけで手懐(てなず)けられるほど生やさしいはずがなく、小、中学校の指導者を見ていても、普段の人間性はきっと厳しいのだろうと思っていた。

そんな菜々子でさえ、思わず自分の目を疑うほど佐伯は雰囲気が一変している。なかなか一列に並ばない子どもたちに向け舌打ちしたかと思うと、「何をモタモタしとんねん。いつまでも中学生気分でおったらあかんぞ」と凄んだ。

それは選手の前に立ち、父母と向き合ってからも同じだった。

「いよいよ今日からこいつらの高校野球が始まります。私は本気でこいつらと甲子園に行くことを考えております。もちろん暴力を振るうことは時代が許してくれませんが、理不尽やと思うこともたくさんあるでしょう。そこはこいつらも、親御さんたちも歯を食いしばって耐えてもらわんと困ります。入学おめでとうございますとは言いません。おめでとうは、大阪大会を優勝したときまでお互いにとっておきましょう」

菜々子はたまらず眉をひそめた。厳しいのは厳しいに決まっている。それでも、今日はともに生きてきた親と子が離ればなれになる日だ。そんな日くらい、気持ち良く「おめでとうございます」「心配なくお子さんを預けてください」と言えないものだろうか。

佐伯は三人いるコーチの一人に耳打ちすると、「それでは、グラウンドで上級生が練習していますので」とだけ言い残し、車に乗って去っていった。

佐伯の指示を受けた田中秀夫(たなかひでお)というコーチはやさしい表情を浮かべている。

「そしたら、一年生もグラウンドに行ってくれるか。場所はわかるよな？　今日はまだ練習に参加するわけじゃないから、グローブやスパイクは置いていっていいぞ。そのまま駆け足で行くように」

『はい！』という威勢のいい返事をして、一年生たちはそのままグラウンドに向けて駆けていった。

ほとんどの子が親を振り返らなかった。そんな中ただ一人、菜々子の願いが通じたように航太郎だけがこちらを見た。

どちらからともなくうなずき合う。

菜々子を勇気づけるように航太郎は微笑んで、みんなのあとを追っていった。その姿が視界から消えるまで、菜々子はまばたきをしなかった。

選手が去るのを確認すると、田中が父母の前に立った。佐伯と同年代の田中の顔には、年齢相応のあどけなさが残っている。

「それでは、本日はここまでとなります。事前にお伝えしていた通り、子どもたちの親離れを促すためにも、しばらくはご父兄のみなさまにグラウンドに来ていただくことができません。次にお越しいただくのは五月、最終週の土曜ですが、その日は練習を見学していただいて、夜は懇親会という運びになっています。くわしくはみなさんの一学年上の父母会長から伝えていただきますので、佐々木さん、よろしくお願いいたします」

田中が笑顔でうなずくと、一年生の親たちをかき分けるようにして、一人の大柄な男性が列の前に出てきた。

「えー、みなさま。このたびは希望学園の野球部へのご入部、おめでとうございます。みなさまもご存じの通り、希望学園は創部してわずか八年目にして激戦区大阪でも名の知れた強豪校に成長しました。これはひとえに、佐伯監督、田中コーチをはじめ、指導者の方々の熱心な指導の賜に加え、部を支えてきた父母会の力によるものも大きいと思われます。甲子園出場もいよいよ現実味を帯びてきた中、父母会の果たすべき役割も大きく変わろうとしています。上級生、下級生関係なく、これから手を取り合っていくつもの難題に向き合っていかなければなりませんが、まずはみなさん、名門校に息子さんを預けている親であるという自覚を持ってください」

そこで一度言葉を切って、佐々木は小さく手を挙げた。すると、やはり父母会の役員なのだろう、数名の男性と女性が手分けして一年生の親たちにプリントを渡していった。

それを見ながら佐々木会長が続けた。

「遠方の方であっても、五月の父母会には必ず参加していただきます。その日までに、いまお渡ししたプリントを頭に叩き込んできてください」

ホチキスで一辺を留められたプリントに目を落とす。のどがカラカラに渇いていた。やっぱり航太郎だけじゃないらしい。自分もまた今日を境に、特別な、特殊な世界に身を置くことになったのだ。

一枚目の『父母懇親会のお知らせ』の紙をめくってみる。

出てきたのは、十数ページにも及ぶ〈希望学園高等学校野球部・父母会心得〉なるものだった。

❖
❖
❖

三月のあの日、航太郎の入寮日と性質の同じため息が自然とこぼれた。

「どうしたのよ、ナナちゃん。ため息なんて吐いて」

菜々子の勤める本城クリニックの看護師長、富永裕子が目ざとく指摘してくる。金曜日の終業後、いつもだったら自分から積極的に裕子を「のみにいこう」と誘っている時間だが、今日は気分が晴れない。

裕子は手際よく書類を整理しながらさらに突っ込んでくる。

「明日なんでしょう？　息子さんと会えるの。二ヶ月ぶりに姿を見られるってあんなに楽しみにしてたのに」

「そうなんですけどね」

「何よ？　憂鬱そうにして」

本城クリニックには、菜々子以外に三人の看護師がいる。みんなやさしく、新しく入ってきた菜々子に親切に仕事を教えてくれるが、菜々子がもっとも心を開いているのは裕子だった。

理由はいくつかある。他の二人がまだ子育ての真っ最中で気を遣う中、五十代なかばの裕子の二人の息子はすでに独立しており、夫も単身赴任中と聞いている。

「毎日わびしい生活を送っていたからね。いつだって誘ってくれていいのよ」

仕事のときの厳しさとは裏腹に、裕子は母親のような包容力でいつだって菜々子と向き合ってくれる。

その懐の深さも菜々子が懐く理由の一つではあるが、一番はきっとそれではない。菜々子自身も正確には理解できていないけれど、裕子が東京出身ということが大きいのではないかと思っている。とくに最近はやわらかい標準語が耳に心地いい。

いや、それは言葉だけの問題ではないのだろう。菜々子は裕子が保ってくれる距離感が好きだった。それは西だの東だのといったことが原因ではないのかもしれない。たまたまそういう人たちと出会ってきたというだけで、そこに土地柄は関係ない。はじめのうちは自分に言い聞かせていたが、さすがに二ヶ月も大阪で生活していたら認めざるを得なくなった。

本城先生も、他の二人の看護師も本当にいい人だ。行きつけになった居酒屋の女将も、青果店のお母さんもみんな菜々子を可愛がってくれる。最初はそれに救われた。いまだってずっと救われている。だから、決して悪い意味だけで捉えているわけではない。ただ、ずっと大阪で生きてきた人たちは、菜々子の感覚よりも距離感が半歩近い。

「ちゃんと食べてるん？　ガリガリやん」と、太ったときに限って大量の煮物を渡されたり、「来週の土曜日は空けといてや。一人やし平気やろ？」と、こちらの予定などお構いなしに歓迎会を開いてくれたり。

ぐいぐい来るとか、おせっかいとか、最初のうちはなかなかしっくり来る表現を見つけることができなかった。「半歩近い」という言葉を見つけてからは、そうとしか表現することができなくなった。

油断していると、彼ら、彼女らは、愛嬌たっぷりの笑みと巧みな話術で菜々子のパーソナルスペースに入ってくる。一歩以上踏み込んでこられたら毅然とはね除けられるかもしれないが、半歩であるのがタチが悪い。

裕子にはそれがない。放っておいてほしいときはきちんと放っておいてくれる。そのくせ異変にはちゃんと気づいてくれる。

「どうしたの、本当に。今晩ご飯でも行く?」

明日は五月の最終土曜日だ。顔を見るどころか、手紙一つ送られてくることのなかったこの二ヶ月。ようやく航太郎に会えるのだと、ずっと待ち望んでいた日だ。

それなのに、同じように気重にも感じている。練習後に開催される父母懇親会なるものが憂鬱で仕方がない。

「いやぁ、でも今日行っちゃったらすごいのんじゃいそうな気がするんで。明日に備えて今日は控えておこうかな」

「そ? じゃあ、やめときましょう」

「えー。もっと強く誘ってくださいよ」

「はぁ? 何よ、それ。じゃあ行こうよ」

「うーん、でもなぁ……」と、煮え切らない菜々子に業を煮やした様子も見せず、裕子はからりとした笑みを浮かべた。

「っていうか、じゃあもう一人呼んでいい? 今日の今日で来られるかわからないけど、ずっとナナちゃんに会いたがってた人がいてね。私、今日はお肉が食べたい気分だから、そうね、それぞれ一回車を置きにいって、十九時半に富久にしましょうか。予約しておきます」

いつもと違って気乗りはしなかった。たとえ食事に行くとしても、裕子と二人でリラックスした状況の方がありがたい。たとえ誰かに引き合わされるとしても、べつに今日でなくてもいいではないか。それを悟れない裕子じゃないだろうに。

約束の時間に十分ほど遅れて、富久の扉を開いた。本城先生の行きつけの焼き肉店で、驚くほど良質なお肉が、こちらも目を見張るほどリーズナブルに食べられることはうれしいけれど、店内に立ち込める煙だけが難点だ。

金曜の夜。案の定、店には視界が利かないほどの煙が籠もっている。裕子のとなりに、菜々子と同年代の女性が座っていた。心が瞬時に強ばるが、女性の方にも緊張した様子が見て取れて少しだけ安心する。

「遅れてすみません。ちょっと準備に手間取っちゃって」

「ううん。私たちもいま来たところだから」

「あの、はじめまして。秋山です。この春から裕子さんと同じクリニックで働かせてもらっています」

菜々子の姿を確認して律儀に立ってくれた女性に、頭を下げる。女性も釣られるように腰を折った。

「はじめまして。馬宮香澄と申します。突然押しかけてしまってすみません。裕子さんとは前に同じ職場で働いていました」

「あ、馬宮さんもナースなんですか？」

香澄と名乗った女性の言葉にも大阪訛り(なま)が交じっていたが、「同じ職場」という一言にふと心がほぐれかける。

しかし、気安い口調で尋ねた菜々子を、香澄はなぜかやりづらそうな目で見つめてきた。裕子が二人の間に割って入る。

「香澄ちゃんはこう見えてドクターよ。立派な開業医」

「え、そうなんですか？」

「私が前に働かせてもらっていたとこの先生。その頃はちゃんと馬宮先生って呼んでたんだけどね、辞めてからはそれを許してくれなくて。本当にお世話になったのよ」

「いえいえ。私の方がお世話になりましたよ。裕子さんがいてくれた頃は本当にいろいろ助けてもらいました」

香澄は懐かしむように目を細める。品の良さを感じさせる所作に好感を抱きはしたものの、そうなるとまたわからないことが出てきてしまう。自ら開業するような医師が、なぜ自分などに会いたがってくれるのか。

香澄は敏感に菜々子の疑問を悟ったようだ。「あ、すみません。秋山さん――」と口を開こうとしたとき、再び裕子が口をはさんだ。

「とりあえず先に注文してからにしない？　突っ立ってても仕方ないし、私もうお腹ペコペコだから」

香澄と目を見合わせる。ほとんど同時に苦笑し合った。疑いを知らないような透き通った瞳が印象的で、あ、この人のこと好きかも……と、瞬時に思う。

いかにものみそうな気配を漂わせていたが、意外にも香澄は一滴も酒をのめないとのことだった。

菜々子と裕子は遠慮なくビールを注文し、ウーロン茶の香澄と乾杯する。一週間がんばって働いてきた身体に、心地よい泡が染み渡る。それでも「ぷはぁ」と声に出さずに済んだのは、初対面の香澄がいたからだ。

各々の食べたいものを聞くだけで、裕子は「あとはご自由に」というふうに黙々と肉を焼いていった。

その姿を頼もしそうに見つめながら、香澄がゆっくりと切り出した。

「お忙しいところ本当に申し訳ありません。あの、秋山さんとお話ししたかった理由はほかでもないんです」

「なんでしょうか」

菜々子は唇の泡を舐(な)めながら、姿勢を正す。正直にいえば、スカウトなのだろうと思った。香澄の病院の看護師が足りておらず、旧知の裕子を頼ろうとした。裕子から色よい返事はもらえなかったが、代わりに菜々子のことを教えられた。クリニックに新しい看護師が入ってきた。ひょっとすると彼女ならば病院を変わってくれるかもしれない。そんな話を聞いたのではないだろうか。

もし裕子がそんなことを伝えていたのだとしたら、とてもさびしい。菜々子は本城クリニックを気に入っているし、裕子と一緒に働けることに喜びも感じている。万一、香澄からそんな誘いを受けたら毅然と断ろうと、自然と背筋が伸びていた。

一瞬、口ごもるような仕草を見せたが、香澄は振り切るように顔を上げた。そして、その口から出てきたのはあまりにも意外なものだった。

「うちも母子家庭なんですよ」

「え……？　はい？」

「あ、ごめんなさい。個人情報を聞いて申し訳ないという気持ちはあったんですけど、だからどうしても秋山さんと話してみたくて」

「それは全然いいんですけど。え、それだけが理由ですか？」

「いや、それだけって……」

どうにも話が嚙み合わない。菜々子と香澄は同時にとなりに目を向ける。二人の視線を受けた裕子はおいしそうに牛タンを頰張りながら、「私、ナナちゃんにまだ何も話してないよ」と平然と口を開いた。

しらふのはずの香澄の頰がみるみる赤く染まっていく。

「あっ、ごめんなさい。だとしたら、私ワケのわからへんことを……。あの、そうですね。実は私にも陽人（はると）という一人息子がおりまして、その子もこの春に希望学園の野球部に入部させてもらってるんです」

「えっ、そうなんですか！」

思わず大きな声を張ってしまう。一瞬、立ち上がりそうになるほど高揚したが、菜々子はすぐに冷静になった。

三月の入寮時に香澄の姿は見かけなかった。そのときにもらった二十八人の一年生のリストにも「馬宮」という名前はなかったし、母親たちのメーリングリストも同様だ。きっと何かの間違いなのだろうと思い直す。

香澄は察しよく微笑んだ。

「一般入試組なんですよ」

「え、一般？」

「はい。最初はうちの子を含めて五人ほどいたようです。入学後にグラウンドに行って、すでに同級生たちが練習をしていて、しかもその子たちがビックリするほど上手やったって、顔を青ざめさせながら帰ってきました」

香澄は何かを思い出したようにくすりと笑う。

「結局、他の四人のお子さんたちは仮入部の段階で辞めてしまったみたいです。陽人は一人だけ別メニューの練習やったそうなんですけど、ようやく入部が認められて。ゴールデンウィーク中に入寮もさせてもらいました」

「そうだったんですか。おめでとうございます。あの、すみません。私、何も知らなくて」

「連絡、禁止ですもんね。うちも寮に入ってからはいっさい声を聞いていないので、いまどうしているのか心配しています。何せ一人だけ遅れての入部なので。同級生たちとうまくやれているのかなって。あ、でも秋山くんだけは良くしてくれるっていう話をずっと聞いてたんですよ」

「そうなんですか？」

「ええ。同じ一年生とはいえ、やっぱりみんな相当ピリピリしてるらしく、ほとんど誰も話しかけてくれへんって。シニア上がりの子、ボーイズ上がりの子、関西圏の子、それ以外の子というふうに関係性ができているみたいで、うちの子のような中学の部活から来ている子というのもほとんどいないと言ってました」

「はぁ」

「そうした中で、秋山くんだけが周りの視線を気にかけずに話しかけてくれるってうれしそうに言ってたんです」

言葉を頭の中で反芻して、鼻先がツンとした。困っている人がいれば自然と手を差し伸べてあげられる。航太郎らしいとうれしく思う。

香澄は流れるように続けた。

「入寮からしばらくして、ちょっとさびしくなって久しぶりに裕子さんに連絡してみたら、本城クリニックにも希望学園の野球部に子どもを入れている方がいらっしゃると。名前を聞いてみたら秋山さんだというじゃないですか。私もうホントにビックリしちゃって。だから、ムリ言ってお願いしたんです。あつかましくて申し訳なかったんですけど」

「いえ、そんな。こちらこそ心強いです」

「心強い?」

「はい。野球部の親御さんに知り合いはいなかったので。ちなみに馬宮先生、明日はグラウンドに行かれますか?」

「ええ、それはもちろん」

「懇親会にも?」

「はい。数日前に佐々木さんとおっしゃいましたっけ、二年生の会長という方から電話をもらいまして、懇親会に出るようにと」

「あの、少し居丈高な方ですよね?」

「ハハハ。そうですね。正直、ちょっとムッとしました。まるで私があの方の後輩であるかのようなしゃべり方で」

「わかります、わかります。ああ、良かった。うれしいです。本当にうれしい」と、菜々子は思わず口走った。

三月の入寮時に見た、母親たちの刺すような視線が鮮明に残っている。どの母親も気が強そうで、連日連夜飛び交うメッセージの応酬では付け入る隙さえ見つからず、これから三年間どう接していいものかと不安に思っていた。

香澄のような人がいてくれるなら心強い。しかも、彼女もまた菜々子と同じように母子家庭というのである。

「子どものことがなかったとしても、二人はたぶん仲良くなるんじゃないかと思ったから。私が太鼓判を押すわよ」

裕子が引き続き牛タンを焼きながら豪快に笑った。

「本当によろしくお願いします。馬宮先生」

「こちらこそ。よろしくお願いいたします。その上で、馬宮先生はおかしいので変えてもらっていいですか」

「あ、たしかにそうですよね。じゃあ、馬宮さん？　というか、私も香澄さんって呼ばせてもらおうかな」

人との距離感に悩んでいたのがウソのように、気づけば前のめりになっていた。香澄は苦笑しながら鼻先に触れる。

「じゃあ、私も菜々子さんで。会えて良かった。本当に心強いです」

「こちらこそです。香澄さん、明日は……、いや、これから三年間ですね、どうぞよろしくお願いします」


結局、前夜は店が閉まる〇時までお酒をのんだ。そのせいで目覚めは最悪だったが、香澄のおかげでずっと感じていた憂鬱は消えていた。

湯船に熱いお湯を溜め、入念に顔のマッサージをし、水のシャワーを頭から思いっきり浴びてから身支度を整える。

そうして意気揚々とアパートをあとにして、学校へは公共のバスで向かった。入寮時にもらった〈父母会心得〉にそういう文言があったからだ。

・一年生の保護者は車での来校禁止

希望学園行きのバスには、入寮時に見かけた親の顔がちらほらあった。どの家も夫婦同伴のようで、小さく会釈はしてくれるものの途中のバス停から乗り込んだ菜々子に話しかけてくれる人はいない。

丘の上の終点に到着すると、数組の夫婦のあとに続いてグラウンドに向かった。野球部のグラウンドは、バス停からさらに十分ほど山を登ったところにある。

立派なサッカーやラグビーの専用グラウンドに囲まれるようにして、野球場は一際存在感を放っている。六基あるナイター設備に、ブルーが印象的なフェンス。プロ野球で使用されるような電光掲示板に、打球よけのネット。バックネット裏と、一、三塁側それぞれに千人は収容できるような観客席があって、外野には美しい人工芝が敷き詰められている。

特筆すべきは内野を覆う黒土だ。なんでも甲子園球場の土とほぼ同じ配合のものを使っているのだという。

グラウンド見学に訪れた日、わざわざ案内役を買って出てくれた監督の佐伯は「すべては本番のため、甲子園でいつも通りの野球をするためです」と言っていた。航太郎のみならず、菜々子もその言葉に感銘を受けたものだが、なぜだろう、あの日は興奮するばかりだったグラウンドが今日はひどく威圧的に映る。

グラウンドでは子どもたちのかけ声が響いていた。レフト後方のネット越しに、すぐに航太郎の姿を探そうとしたが、「秋山さん、こっちや!」という声が聞こえてきた。まだ集合時間の三十分前だというのに、西岡宏美をはじめとする関西圏のシニア出身の親たちがすでに輪を作っている。

無視するわけにもいかず、挨拶しながら近寄った。みんな笑顔で「おはよう、秋山さん」「ええ天気で良かったね」などと声をかけてくれる。はじめはみんな腫れ物に触るような扱いをしてきた人たちだ。

見れば、他の親たちもいくつかのグループにわかれていた。父親たちの中には一人でグラウンドを眺めている人もいたが、母親たちはまるでそんな決まりでもあるかのようにどこかの輪に加わっている。キレイに描かれたその円が大海原に浮かぶ大きな浮き輪のようで、みんなが必死にしがみついているようにも見えた。

そんな中で、一人だけグループに入らずグラウンドを見つめている女性がいた。いつの間に来ていたのだろう。香澄の姿を確認して、菜々子はようやく肩の力が抜けた気がした。そして、彼女のもとに近づこうとしたときだった。それを許すまいとするように、宏美が小声で話しかけてきた。

「秋山さん、ちょっと二人でええ？」

宏美は背後の茂みを指さした。

「あ、はい。なんでしょう？」と応じながらも、なぜか香澄にこの姿を見られたくないという気持ちが働く。

そっと輪から離れると宏美は親しげな笑みを浮かべた。

「大丈夫やった？　この二ヶ月、航太郎くんおらんなってさびしかったやろ？」

「ああ、はい。そうですね。でも、それは西岡さんのところも同じですから」

「同じことあるかいな。うちにはまだチビが二人おるし、旦那かて一緒になって好きなことばっかり言っとるわ。秋山さんとこはご主人も兄弟もおらんし、何よりもはじめての大阪での生活やろ？　落ち込むこともあるんやない？」

「いやぁ、でも仕事もしてますし、みなさん良くしてくれますから」

宏美が何を言いたいのか理解できず、警戒心が働いた。他の母親たちがちらちらとこちらを見ているのも気になり、菜々子の方から問いかける。

「あの、西岡さん。私に何か？」

宏美はそれに応じない。なぜかバッティング練習をしているグラウンドを怒ったような目で見つめ、無意識というふうに口を開く。

「ホンマはこんなとこ来させたくなかったんや」

「はい？」という菜々子の声に我に返ったように、宏美は目を瞬かせた。そして心の内をうかがうように菜々子をじっと見つめていたが、何かを諦めたようにこうべを垂れた。

「秋山さんにだから本当のこと言うわ。誰にも言わんとってな。うちの子、ホンマは山藤から声かかっててん。もちろん最初は完全特待生でっていう話やったんやけど、途中でその話が立ち消えになってな」

「そうなんですか？　どうして」

「原さんとこの子がその枠を奪ったんや」と、宏美は吐き捨てるように口にする。

「知っとるやろ？　原凌介。もともとたいしたピッチャーでもなかったくせに、ちょっと目立ったからってな。私、あそこの親子がどうしても許せんくて。一般推薦扱いなら山藤に行けるってシニアの監督には言われたんやけど、そんなんお断りやって言ってやったわ。他にもらったたくさんの話の中から、この学校はあの子自身が決めたんや」

菜々子は何も言えなかった。どの枠を誰に割り振るかなんて、もちろんその学校の指導者が決めることだ。東淀シニアの原くんが悪いわけでは当然ないし、宏美がそれを批判するのは正しいとは思えない。

「そうなんですね」

そうとしか言えなかった菜々子を一瞥だけして、宏美は唐突に話題を変える。

「いま、二、三年生に交じってAチームの練習に参加しとんの、うちの子と秋山くんだけなんやってな」

「そうなんですか？」

「知らんかった？」

「知りませんよ。航太郎から一度も連絡来てませんから。西岡さんはどうしてそれを知ってるんですか？」

「ま、それはいろいろとな。問題はそうやなくて、おかげで二人はわりと先輩たちからキツく当たられとるらしいんやわ。それだけやなく、私と秋山さんのことも上の親がおもしろく思っとらんらしいで」

「は？　私？」

「な？　意味わからんやろ？　私、そんなもんに絶対に負けへんから。高校野球も、甲子園も通過点や。絶対にプロ行かせよな。意識の低い親なんかにかまってられへんわ」

まくし立てるように言い放つと、宏美はようやく目尻を下げた。

「そんでな、秋山さん。これはお願いなんやけど、私と一緒に一年生の父母会の幹部やってもらえへん？」

「え？　ああ、ごめんなさい。私そういうのはちょっと……。あの、それこそうちは主人も亡くなってますし」

「それは大丈夫や。それもあって、会長をうちのじゃなくて私がやるんやし。なぁ、頼むわ。こんなん頼めんの、やっぱり試合に出ることが決まっとるような選手の親しかおらへんやん？　やることなんてそんなにないっていう話やし、悪いことばっかりでもないんやで。父母会の親は平日でもグラウンドに来ることができるんやて」

「そうなんですか?」

「ええやろ?　菜々子ちゃんとこ、学校の近く言いよったもんな?　なぁ、頼むわ。私も安請け合いで会長みたいなもん引き受けてしもた手前、ちゃんとした人にそばにおってほしいんよ。ホンマにお願い、この通りやから」

宏美は顔の前で手まで合わせ、大げさに頭まで下げてくる。

「ちょっと、やめてくださいよ」と、懸命に宏美の身体を引き起こそうとしながら、菜々子はため息が漏れるのをなんとか堪えた。

「とりあえずわかりましたから。そんなことしないでください」

うっかり口走ってしまう。宏美は満面に笑みを浮かべ、ようやく頭を上げた。

「ホンマに?　ありがとな」

「あ、いや、それは——」

「ホンマ、絶対に勝とうな。私、負けるの大嫌いやねん。がんばろな、秋山さん」

心地いい打球の音がようやく耳によみがえる。

あれほど楽しみにしていた航太郎の姿を、そういえばまだ一度も見ていない。

その後、一年生の親はバックネット裏の観客席に集められた。希望学園の練習着に身を包んだ息子の姿に多くの父母が頬を紅潮させる中、菜々子は大きなショックを受けていた。

おそらくは監督の計らいで、練習内容は一年生対二、三年生の紅白戦だった。ほぼすべての一年生がベンチ入りしたこの試合で、航太郎は先発ピッチャーを任された。

二ヶ月ぶりに目にする姿だった。でも駆け足でマウンドに上がる航太郎を見て、菜々子は自分の目を疑った。大げさでなく、違う子なのではと勘違いした。それくらい航太郎は痩せ細っていた。

たしかに入学する前に「高校に入ったらたぶん肉が落ちると思う。いまのうちになるべく太らせてほしい」と頼まれたことがあった。きっと過酷な練習に身体が悲鳴を上げてのことなのだろうが、だとしてもいくらなんでも痩せすぎている。他の一年生もみな研ぎ澄まされた顔をしているが、航太郎のようにユニフォームのサイズが合っていないということはない。

「さすがやね、秋山くん。こういうときはちゃんと先発や」

となりの宏美が話しかけてきた。もらった心得には「グラウンドでの父母の私語は厳禁」の文言があったが、菜々子は尋ねないわけにはいかなかった。

「すみません、西岡さん。息子さんに何か変化ってありますか？」

「変化？　どういう意味？」

「だから、元気がなさそうだとか、たくましくなったとか、逆に痩せたとか」

「うーん、そやね。言われてみるとたしかに少し痩せた気はするけど」と、宏美は三塁で大声を張り上げている蓮に目を向ける。

もともとの体形がどういうものか知らないけれど、少なくとも航太郎のようにユニフォームがダブついているということはない。

「どしたん？」

「あ、いえ……」

「秋山くん、調子悪そう？」

そう宏美に問いかけられたとき、観客席の一番上から二年生の母親の声が降ってきた。

「ちょっと、一列目のお二人。グラウンドでは私語禁止ですよ」

なんとも言えない気まずさが立ち込めた。頭上には五月のさわやかな青空が広がっている。

航太郎を直視することができなくて、菜々子は肩で息を吐いた。


高校生になった航太郎のユニフォーム姿をはじめて見たあと、学校の食堂でチームの関係者を交えた一年生の親たちの懇親会が行われた。監督の佐伯も参加していたが、パイプ椅子にどっしりと腰を下ろし、不機嫌そうに腕を組んでいるだけだ。

仕切ったのは入寮の日に挨拶をしていた田中コーチだ。まだ三十代という若さではあるものの、保護者に対して常識的な愛想を振りまいていて、佐伯などよりよほど好感が持てる。

「みなさん、本日は遠方から駆けつけてくださった方もいらっしゃると思いますが、ありがとうございます。ご覧いただいた通り、一部ケガ人も出ておりますが、希望学園野球部十期生は順調なスタートを切ることができました。ご父兄の方々はこの二ヶ月さみしい思いをされたかと思いますが、ご安心ください。子どもたちはとっくに親離れを果たしております。どうかご心配されませんように」

田中の冗談に、一部の父親たちから笑い声が上がった。田中は満足そうに手元のメモに目を落とす。

「この春、残念ながらチームは府大会の準々決勝で敗れ、近畿大会に駒を進めることができませんでした。ですが、夏の本番に向けてすでに動き出しておりますし、最近は戦力の入れ替えも積極的に行っています。一年生からも何人かはメンバーに入ってくるでしょう。ご存じのように歴史の浅いチームです。OBも少なく、伝統校に比べて協力者の数が圧倒的に足りていません。これからはみなさまのお力添えを必要とする機会も増えてくることと思います。不満もあるかもしれませんが、何とぞよろしくお願いいたします」

田中はうやうやしく頭を下げた。釣られるように頭を下げながらも、言っている意味がよくわからなかった菜々子に、となりの宏美が「お金のことや」と小声で言い、さらに「あとは補欠の子の親に対するフォロー」とつけ加えた。

その後、田中はいくつか事務的な連絡を伝えたが、佐伯は最後まで口を開かなかった。二人が食堂を去っていくと、親たちの間に弛緩（しかん）した空気が流れかけた。

宏美がそれを許さなかった。直前まで田中が立っていたホワイトボードの前まで歩いていったかと思うと、再び口をつぐんだ父母に向けて言い放つ。

「ええ、こんにちは。まだお話ししたことがない方もいらっしゃいますので、はじめましてと言った方がええかもしれませんね。西岡蓮の母の西岡宏美と申します。つい先日、二年生の佐々木会長からうちの夫に一年生の父母会長を務めてくれないかという打診がありました。正直、荷が重いという気持ちではあったのですが、誰かが引き受けなければあかんものやと思い直し、あることを条件に引き受けることにいたしました。もちろん、学年が上がるタイミングなどで変更することは可能とのことなんですが、うちでは不満やという方は先におっしゃってください。いかがでしょう？」

　宏美が挑発的な視線を投げかける。異論を唱える親はいない。

「ありがとうございます。もともと佐々木会長とは蓮のシニア時代に少しだけ面識があり、今回こういう話をいただきました。ただ、うちは主人が出張がちなこともあり、ご迷惑をおかけしてしまうことがあるかもしれません。そこで、一つ条件を出させていただくことにいたしました。当面の間、一年生の取りまとめを母親である私が務めることはできないかと相談させていただいたのです」

　菜々子は先に聞いていたが、他の親たちにとっては意外なことだったのだろう。再びざわつき始めた会場を余裕たっぷりの表情で見回し、宏美はつまらなそうに鼻を鳴らした。

「たしかに、これまで父母会長はすべて父親が担っていたそうです。私自身も男性がやる方がしっくりきますが、いまの時代に女性じゃダメというのもおかしいと思っています。当たり前ですが、息子たちの力になりたいという気持ちに父も母もありません。この点についても、とくにお父さま方ですね、不満やというならどうぞおっしゃってください。無理に大役を担おうとは思っていません」

　ここでも反論する声は上がらなかった。当然だ。そもそも一筋縄でいきそうにない父母会の大役など誰も積極的に担いたくはないだろうし、この強気な宏美に立ち向かってまで名乗り出る者などいるはずがない。

　静まり返る食堂内を宏美は鋭く見つめている。

「では、当面の間、私がこの代の会長を務めさせていただきます。至らぬことは多いと思います

「〜つきましては数人の役員も用意してほしいと佐々木さんから伝えられているのですが、どなたかいらっしゃいますでしょうか。子どもたちが甲子園に行くためです。もちろん、お父さま方も含め、挙手していただけるとありがたいのですが」

そんな人がいるのだろうかと眺めていると、前方でパラパラと手が挙がった。いつも宏美と一緒にいる、関西圏のシニア出身の母親たちだ。

人数は充分なのではないだろうか。できれば先に進んでほしい。ほのかな願いを込めて、菜々子は拳を太ももの上に置いていた。

宏美は逃がしてはくれなかった。

「秋山さん、いかがでしょう？　協力していただくことはできませんか？」

室内の緊張が一段増す。なぜ特定の名前が？　そんな空気が大半だったが、一部からは上級生に交ざって練習しているのだから当然だという雰囲気も感じた。

「わかりました。やらせていただきます」

無言の圧力に屈して、菜々子はしぶしぶ手を挙げた。宏美が今日一番の笑みを浮かべ、挙手した母親を呼び集める。一年生の親たちと対峙するようにして、菜々子を含めて計五人の名前が役員としてホワイトボードに書き込まれた。

「先ほど田中コーチもおっしゃっていた通り、歴史の浅い野球部です。学校のバックアップも万全とは言えませんし、人手も、お金も強豪校に比べると足りていないと聞いています。今日以降は一年生の親も土日は自由にグラウンドに来られるそうですが、ボンヤリ練習を見ているだけでなく、積極的に何か手伝いができないかと考えています。もちろんこれは三年生が引退して、新チームが発足してからの話にはなりますが、野球部そのものと同じように父母会の歴史も浅いので、私たちで何かを変えていけたらと考えてます」

その後、さすがに宏美ほどではなかったが、自ら役員に名乗り出たそれぞれの母親たちもやる気に充（み）ちた挨拶を口にした。

平山貫太（ひらやまかんた）というキャッチャーの子の母親は、感極まって涙まで流していた。ポジションが航太郎と同じピッチャーの原田俊樹（はらだとしき）の母親は見るからに気が強そうで、話をしているだけで他の保護者たちを緊張させた。

最後に順番の回ってきた菜々子は、誰の目も見ることができず、頭を下げることしかできなかった。

「か、神奈川県からまいりました、秋山航太郎の母です。至らないことはあると思いますが、よろしくお願いいたします」

宏美のため息が頭上を漂った。なぜこんなことに巻き込まれなければならないのだろう。役員なんかをするために大阪に引っ越してきたわけじゃないのに。

宏美よりはるかに大きなため息が、菜々子の口から漏れて出た。


土日が来るのが憂鬱で仕方がなかった。グラウンドに行っても航太郎に声はかけられない。さらに痩せ細ってしまった息子を案じ、どうにか話しかけるチャンスをうかがってはいるが、なぜか航太郎の方に菜々子を避けている気配がある。こちらを見ようともしないのだ。

それでも姿を見られることは純粋にうれしくはあったものの、それを凌駕（りょうが）するほど父母とのつき合いが煩わしかった。

　不安に思っていた三年生の親たちは、想像していたよりもやさしかった。航太郎がAチームのオープン戦に登板し、打ち込まれてしまったとしても「まだ一年生やもん。仕方ないわ」「それでも秋山くん、ようやっとるで」と、まだ顔と名前の一致しない親たちが菜々子に声をかけてくれる。

　はじめて練習を見学した日から一ヶ月が過ぎようとして、少しわかってきたことがある。おおまかに三年生、二年生、一年生の親というふうにカテゴライズするとしたら、三年生の親たちは基本的に余裕があり、やさしく、二年生の親たちは陰険で、一年生の親たちは力が入りすぎていて、疲弊する。

　たまたまこの年代にそういった特徴があるのか、毎年そういうふうに分類されるのかはわからないけれど、一つ理解できたのは、そうした年代の空気を作っているのはそれぞれの代の会長であり、役員たちということだ。

「あなたが秋山さん？　お一人？　ご主人は？」

　五月にあったはじめての懇親会のあと、近くの居酒屋に場所を移し、三学年合同の父母会が開かれた。

　絶対にとなりに座ろうと思っていた馬宮香澄と離ればなれになってしまい、一年生の役員に両サイドをがっちり固められ身を小さくしていた菜々子に、話しかけてくる男性がいた。

「あ、はい。そうなんです。夫とは死別しておりまして」

　思ってもみない答えだったのだろう。前田という三年生の父母会長は仰け反るような仕草を見せた。

「それは申し訳ないことをお尋ねしました。申し訳ない。三年生のキャプテンをしている前田裕吾の父です」

その訛りのない語り口でぴんと来た。前田は関東圏の出身だ。きっと菜々子がハッとしたことを悟ったのだろう。前田はどこか照れくさそうに鼻先に触れ、菜々子の返事を求めることなく続けた。

「横浜から来ていて、伜は本牧ボーイズの出身です。私は自分で会社を経営していて、本社は向こうなのですが、部下たちに無理を言ってこの二年だけ大阪の支社勤務にさせてもらっているんですよ」

「そうなんですね。いや、あの、秋山航太郎の母の秋山菜々子と申します。よろしくお願いいたします」

前田は目を細めたまま周囲をうかがい、菜々子の耳もとでささやいた。

「大変でしょう？　他の親御さんたち」

「え……？」

「うちの妻、左端のベージュの服を着た人間なんですけど、いまだに馴染めないらしいです。家では野球部の文句ばっかり言っていますよ」

弱々しい前田の視線を追って、左端のテーブルに目を向けた。品のいいベージュのワンピースを着た女性が大笑いして、率先して場を盛り上げているように見える。

前田は菜々子に視線を戻し、あらためて微笑んだ。

「子どもたちもそうですが、親も同じです。やり切った先にきっと何かが待っているんだと思いますよ。そうじゃないとやってられませんからね」

前田は自分で言って笑い声を上げる。

「理不尽と感じることはたくさんあると思います。一人で抱え込み過ぎず、なんでも相談してくださいね。応援しています。がんばってください」

そう言って会長が目をかけてくれたからだろうか。あるいは夫を亡くしていることを同情してくれてのことかもしれないけれど、いずれにしても直後から三年生の親たちは事あるごとに話しかけてくれるようになった。

とくに菜々子にフランクに声をかけてくれたのは、前田の妻の亜希子だった。菜々子を「菜々子ちゃん」と下の名で呼び、まるで古くからの友人であるかのように接してくれた。

だからといって、自分の居場所ができたという気持ちにはなれなかった。絶対にそれをおもしろく思わない親がいるはずだ。警戒を怠ることなく、グラウンドでは常に細心の注意を払って行動していたつもりだったが、それでも揚げ足を取られることは少なくなかった。

「秋山さん、グラウンドでの私語は慎んでくださいね」

「他の親が働いているときにおしゃべりしているという苦情が来ています」

「三年生の親御さんに守られているという気にならないでください」

どういうわけか、菜々子は一つ上の親たちに目の敵にされている。とくに面食らった一言がある。二年生の佐々木会長の妻、美和子に言われたものだった。

「秋山さんってお住まいはどちらなん？　グラウンドに来るとき、一人だけ途中のバス停から乗車してきてるって話を聞いたんやけど、ホンマですか？」

はじめは何を言われているのかもわからなかった。一瞬、冗談なのかとも思ったが、美和子は笑っていなかった。これまでの彼女たちの当たりの強さを思えば、冗談であるはずがない。

「いや、あの……。たしかに自宅がこの近くなので、途中のバス停から乗っていますが。問題ありますか？」

「問題っていうか、みなさんちゃんと駅から乗ってきてるわけやないですか」

「はぁ」

「それをあなた一人だけ途中から乗ってきたら、それはいい気がしませんよ。入学時にお渡しした心得にありますよね？　一年生の間は自家用車の使用は禁止。古市駅まで公共交通機関を使用し、駅からバスを利用することって」

目の前がクラクラした。何より絶望的だったのは、美和子を囲む二年生の親たちが本気で怒っていることだった。

これがもし意地悪そうに笑ってでもいてくれたら、わかりやすいイビリなのだと諦めることができたかもしれない。

でも、彼女たちにそんな気配は微塵もない。気に食わない菜々子を吊し上げることに躍起になって、本気で指摘しているようだ。

「そうですか。申し訳ありません」

希望学園野球部の〈父母会心得〉は、一期生の親たちが作ったものだという。とはいえ、それはペラ一枚程度のものだった。それが前田たちの代にまで引き継がれ、そこに次々と新しいルールを書き足していったのが、佐々木会長ら現二年生の親たちと聞いている。さらにそこにどういった項目をつけ加えようかと、宏美を中心とした一年生の役員たちが毎晩のようにメッセージをやり取りしている。

あまりにもバカらしくて、絶対に泣くまいと歯を食いしばった。大阪に来て以来、いろいろな場面で「理不尽」という単語が脳裏を過る。航太郎もこんな思いをしているのだろうか。考えるだけで胸が詰まる。

「三年生の親に守られとるからって、いい気にならんとってな。わかっとると思うけど、もう何ヶ月もおらん人たちなんやで」

そんなつもりは微塵もないのに、美和子たちは陰湿に責めてきた。もちろん三年生の役員たちに泣きつくようなマネはできず、グラウンドに行くのが本当に苦痛になっていた。

それでも菜々子は週末が来るたびにグラウンドに足を運んだ。当然だ。そこに行かなければ航太郎の姿を目にすることができないのだから。行かないという選択肢はあり得ない。

それにもう一つ、菜々子にはグラウンドに行く大きな理由ができた。同じように親たちに馴染めていない人間をさらに孤立させないためである。

もし馬宮香澄が同じ代にいなかったらと考えると、背中に冷たい汗が広がるくらいだ。

ほぼ毎週金曜日、菜々子は香澄と食事をともにしている。二人をつないでくれたクリニックの看護師、富永裕子がたまに加わることもあるが、最近は二人で会う方が多くなった。

七月に入って最初の金曜日も、香澄と二人で落ち合った。

「おつかれ。ごめんね、車がちょっと混んじゃって」

体質的に酒を受けつけない香澄は大抵車で店にやって来るし、帰りは菜々子を自宅まで送ってくれる。

「ううん、全然。先にのませてもらってた」

「そうやろうと思っとった。菜々子ちゃん、とりあえず一週間おつかれさま」

香澄とはもうすっかり打ち解けた。

「ああ、おいしいわぁ」と、オーダーしたウーロン茶に口をつける香澄を、菜々子は見るともなく眺める。

誰もが知っている国立大の医学部をストレートで卒業して、いまは自ら個人医院を経営している。女手一つで息子を育て、性格もさっぱりしていて、身だしなみにも隙がなく、同じ女性として心から尊敬する。

しかし、野球部にそんな香澄のバックボーンを知っている人間はいない。もしそんな彼女の経歴を知ったら、みんなさぞ驚くはずだ。

いや、でも実際はどうなのだろう。そんな背景など関係ないのかもしれない。香澄がいま野球部の間でさらされているのは「一般入試で入ってきた子の母親」という視線だ。子どもたちの出身リーグや野球の実力が物差しのすべてである親たちにとって、その人自身のパーソナリティなど興味の対象ではないのだろうか。

野球部に対する不平不満だけではない。お互いの家庭環境や青春時代、恋愛事情や医療を志した経緯、結婚や出産について、それぞれの夫との別れ、そして変化していった息子との関係性など、香澄との会話のテーマは多岐にわたる。

香澄にもまた陽人しか子どもはいない。菜々子同様、陽人の入寮時は「この世の終わりかっていうくらい泣いた」と教えてくれた。

「私、ちゃんと自分が自己中やっていう認識があって、出産のときも、この子にベッタリっていう人間にはなるまいって思っとった。実際、旦那と別れたあとも開業やなんやで忙しくしとったし。その分あの子にはかわいそうな思いをさせてしまったかもしれへんけど、母と子どもの距離感はそんなに悪くないと思っとった。そやから、あの子から全寮制の野球部に入りたいって言われたときも、二つ返事で賛成した。まさか自分があんなに取り乱すことになるなんて夢にも思ってなかった」

それぞれが自立した母と子の向き合い方は、菜々子と航太郎とは少し違った。それでも、香澄の言葉は胸に落ちた。

「わかるよ。本当にさびしかったよね、あれ」

「地獄のさびしさやったわ」

「たった二年半くらいのものなのにね」

「でも、貴重な高校時代の二年半やで」

「そうなんだよね。私たちは息子が飛躍的に成長する時間に立ち会えないんだ。もう一生立ち会えない」

どちらからともなく重い息を漏らした。しみったれるのはいつものことだ。傍（はた）から見たらさぞ辛気くさい光景に違いない。

むろん菜々子たちにもその自覚はある。辛気くさいと自覚している上で、あえてしみったれている部分もある。家で一人で鬱々と思い悩むより、こうして一緒になって悶々としてくれる仲間がいるのはありがたい。

「ああ、イヤだ、イヤだ。湿っぽい」「ホンマ。菜々子ちゃんは根暗やから敵わんわぁ」と、いつも最後は笑いに変わるのだ。

香澄がおいしそうにご飯を頬張るのが好きだ。それもホヤだの、あん肝だのと、飲んべえのようなものばかり好んで食べる。つまりは、菜々子とは食事の趣味もよく似ている。

この日もブリ大根をうれしそうにつまみながら、香澄は「ああ、そういえば」と、思い出したように口を開いた。

「聞いたよ。航ちゃん、すごいね。さすがやわ」

菜々子からたくさん話を聞いているからだろう。いつの頃からか香澄は航太郎を「航ちゃん」と呼ぶようになっていた。

そのことに気を取られ、菜々子はとっさに言葉の意味を認識することができなかった。

「何が？　何がさすがなの？」

同じように甘辛く炊かれたブリを口に運びながら、菜々子は首をひねる。香澄は料理に目を向けたまま、何食わぬ顔で応じた。

「だって、入ったんやろ、夏の大会のメンバー」

「ん？」

「一年生が七人もベンチ入りしたって、その中でも航ちゃんと西岡さんとこの息子さんの二人は一桁の番号を与えられたって、そう聞いたで。一年生でエースナンバーなんて、これは本当にすごいことやって」

動かしていた箸が止まる。

「何それ？　なんでそんなこと香澄ちゃんが知ってるの？」

「あ、ごめん。こういうのってあんまり言うべきやなかった？」と、香澄はあわてて口もとに手を当てた。

「いや、そうじゃなくて。私、何も聞いてないんだけど」

「聞いてないって、何が？　え、航ちゃんがベンチ入りしたこと？」

「うん」

「ごめん、やとしたらなんか勘違いなんかもしれん」

「勘違いっていうか、香澄ちゃんは誰からそのことを聞いたの？」

「それはもちろん陽人からやけど」

「どうやって？」

「どうやってって、だってそれは――」

香澄はまじまじと菜々子を見つめた。ひどく困惑した表情だ。菜々子が冗談を言っているのかとうかがうような目で、まっすぐこちらを見つめている。

しばらくの沈黙のあと、先に息を吐いたのは香澄の方だった。

「あの、ごめん。これ、ひょっとしたら菜々子ちゃんを傷つけちゃうかもやけど、先週くらいからちょこちょこ電話がかかってくるようになった。陽人から」

「そうなの？　どうやって？」

「なんか一年生でも先輩たちの目を盗んで外の公衆電話から電話している子がいるって。というか、一部の子は四月からやっとったっていう話やし、これは陽人もよくわからんって言ってたけど、普通に寮にスマホを持ち込んでる子もいるみたい」

　さすがにそれはないと思うけど。香澄はそう首をひねったが、菜々子は西岡蓮のことと確信した。母親の宏美が「二、三年生に交じってAチームの練習に参加しとんの、うちの子と秋山くんだけなんやってな」と言っていたのを覚えている。そのとき宏美は情報の入手先を濁していたが、そういうからくりがあったのだ。

「ごめん。航ちゃんからまだ連絡来てへんかった？　夏のベンチに入ったばかりやし、てっきり私――」

「ううん。大丈夫。あいつ、要領悪いから。なんか事情があるんだと思う。陽人くん、他にはなんだって？　生活のこととか何か言ってた？」と、菜々子は平静を取り繕った。

　香澄は本当に悔いるようにこうべを垂れた。

「ホンマにごめんね。いや、やっぱり大変みたい。練習ももちろん大変らしいんやけど、それ以上に人間関係がしんどいって嘆いてた」

「そうなんだ。もう三ヶ月も経つのにね」

「まぁ、あの子の場合は一人だけ遅れて野球部に入ってるからね。イロモノ扱いされてるんやと思うわ」

　その一言に、香澄の母親としての立場に対する不満も含まれている気がした。

「航太郎とはどうなのかな?」

「うん?」

「前にうちのが陽人くんに声かけてたって言ってたでしょ。まだ陽人くんが通いだった頃。寮に入ってからも仲良くやってるのかな」

「ああ、そうか。うん、そやね。たぶん良くしてくれてるんちゃうかな? あんまりくわしいことは聞いてへんけど」

香澄はからりと笑って、話題を戻す。

「絶対に近いうちに電話来るよ。一年生で夏の大会のレギュラーになったんやもん。しかもエースや。自分の口で菜々子ちゃんに伝えたいでしょう」

「だといいんだけどね。何を考えてるかわからないところがある子だから」

「そう? でも、陽人は感心してたよ。考え方が一人だけ大人やし、努力家やって。秋山くんがおったら僕らホンマに甲子園に行けるかもしれんって」

その言葉に充たされつつ、連絡してこないことに対する腹立たしさは消えなかった。それこそ遅れて入寮した子でさえ、先輩たちの目を盗んで電話しているというのに。いくらなんでも融通が利かなすぎだ。

「それならいいんだけど」

そんなことをつぶやきながら、明日グラウンドに行ったら他の親の目を盗んで、絶対に航太郎に声をかけようと心に誓った。

翌日、わざわざ一度駅まで歩き、そこからバスに乗って向かったグラウンドには真夏の気配が立ち込めていた。

梅雨の中休み。雲一つない空も、グラウンドを照らす太陽も理由の一つには違いないが、一番は選手たちが醸し出す雰囲気にある気がした。先週までとは違う張りつめた緊迫感に、声の大きさも一段高い。三年生にとって最後の大会が迫っているという情報がなかったとしても、これから何かが始まるのだと悟ることができただろう。

この日、希望学園の野球部は菜々子でも名前の知っている他県の強豪校を二校招き、オープン戦を行っていた。

第一試合の相手は、和歌山県の壮園(そうえん)大学付属高校だった。数年前の夏の甲子園を優勝した有名校で、お馴染みのブルーのユニフォームを見るだけで菜々子まで気持ちが高揚する。

その大切な試合で、航太郎は先発を任された。入学時に七十五キロほどあった体重は、おそらく十キロは減っている。正直、高校に入学して以降の航太郎がグラウンドの上で躍動している姿を見たことは一度もない。

航太郎がベンチ入りしたことで、外された三年生がいるのだろう。エースナンバーを剝奪されて、涙をのんだ先輩もいるのだ。胸にグッと何かが迫った。一年生の親たちに割り当てられた一塁側スタンドの後方の席で、菜々子は拳を握りしめる。

そんな菜々子の不安を嘲笑(あざわら)うかのように、この日の航太郎は見事なピッチングを披露した。一球を投じるごとに大きな声を張り上げ、その気合に圧されるかのように相手打者のバットはことごとく空を切る。

「さすがやん」

一つ前の席に座っていた宏美が小さな声で言ってきた。これまであまりいいところのなかった航太郎の実力に、疑いの目を向ける親は少なくない。エース番号まで与えられたことを不満に思っている人だっているはずだ。菜々子自身、高校では通用しないのではないかと心配したこともある。

宏美は感心したように目を細め、同調するように取り巻きの母親たちも菜々子に賛辞を送ってきた。

だからといって見返したという気持ちにはならなかった。というよりも、他の母親たちの姿はほとんど視界に入らなかった。

菜々子の視線はマウンド上の一人息子に釘づけになっていた。もともと筋肉質で、暖かくなってくると調子を上げてくる子ではあるけれど、今日の好投はそんなことでは説明がつかない。まるでこれが大阪府大会の決勝戦であるかのような鬼気迫る表情で、相手バッターをなぎ倒していくのである。

結局、航太郎は六イニングを〇点に抑え、マウンドを降りた。強豪校を相手にヒットを三本しか許さないというほぼ完璧な投球に、バックネット裏に陣取った三年生の親たちからも大きな拍手が送られる。

しばらくして、肘と肩にアイシング用のテーピングをぐるぐる巻きにした航太郎がベンチから引き揚げてきた。

周囲に他の選手はおらず、それこそ見事なピッチングを披露した直後ということもあって、話しかける場面を誰かに見られたとしてもそれほど注意はされない気がした。そうでなくても入学直後の緊張感はだいぶ消えて、要領のいい親たちはタイミングを見計らって自分の子どもに声をかけている。

どうして連絡してこないのよ。そう言ってやらないと気が済まなかった。しかし、菜々子は航太郎に声をかけることができなかった。親たちの背後を通り抜けようとする航太郎が、マウンドにいるときと同じ厳しい顔をしていたからだ。誰かの父親が「秋山くん、ナイスピッチ」と声をかけたが、それにも応じず、逃げるようにトレーニングルームへと消えていった。

航太郎は菜々子の顔すら見ようとしなかった。そもそも菜々子が来ていることにも気づいていないという雰囲気だ。

すっかり瘦けてしまった頰に、血色の悪い肌、逆に血走った目。まるで何かに追い込まれているかのようだ。航太郎の視界には何も映っていないと言われる方がしっくり来る。航太郎が自分の息子ではないかのようで、菜々子は恐怖心すら抱いた。

航太郎に何が起きているのか理解できないまま、家路についた。翌日もオープン戦は組まれていたが、どうしても行く気になれず、実際に少し熱もあったので、会長の宏美にその旨をメールして、菜々子は一日寝ていた。

グラウンドに行けるようになった五月以降、週末を自宅で過ごすのははじめてだった。そして航太郎からはじめての電話がかかってきたのも、その日の深夜のことだった。

悶々とした気持ちのせいか、それとも久しぶりに日中に寝てしまったからかもしれないが、なかなか寝つけないでいた。

スマートフォンが音を立てたのは、日づけも変わった深夜一時過ぎ。頭は働いていなかったが、その瞬間に航太郎だと確信した。

案の定、モニターには見慣れない『公衆電話』の文字が映し出されている。切れてしまったらもう二度とつながらないという予感が湧いて、あわてて通話マークをタップした。

「ちょっと、もしもし？　航太郎？」

声がかすれているのが自分でもわかった。すぐに応答する声は聞こえなかったが、ひとまずつながったことに安堵する。

テーブルに置きっぱなしだったコップの水を口に含み、キッチンでタバコに火をつける。ようやく少しだけ頭が回り始めたのを自覚すると、今度は異変に気がついた。スマホ越しに救急車の音が聞こえているのだ。

「ちょっと、あんたいまどこにいるの？」

サイレンの音がどんどんクリアに聞こえてくる。外であるのは間違いない。こんな遅くに一人で外に出ているのか。そもそもこんな時間に外出などしていいものなのか。

『なんか、よくわからない。大きい病院のそばにいる……』

引きしぼるような声が聞こえてきた。

「大きい病院って、ちょっと待ってよ」

菜々子は必死に記憶をたぐり寄せる。希望学園のある石川の東側に、総合病院などあっただろうか。

「ちょっと待ってて、航太郎。落ち着いて。私、いまから迎えにいくから」

その声は航太郎の耳に届いていない。

『ねぇ、お母さん。俺、どうしよう――』

航太郎は泣いていた。父を失った頃を境にまったく涙を見せなくなった子だ。試合に負けたときも、中学校の卒業式も。周囲がどれだけ泣いていたとしても……、いや、周囲が泣けば泣くほど航太郎は乾いた表情を浮かべていた。

その子が泣いている。自分がどこにいるのかもわからない深夜の公衆電話で、受話器を握りしめながら泣いている。

「ねぇ、航太郎。なんていう病院にいるか教えて。私すぐに行くから」

脆い針にかかった魚を釣り上げるかのように、菜々子は慎重に切り出した。その声もやはり航太郎には届かない。

『俺、もうずっと肘が痛くて』

「え？　ごめん、何？」

『ずっと肘が痛い。だましだましやってきたけど、ちょっともう本当にダメかも。これ以上は投げられない』

「投げられないって、そのこと監督には話したの？」

『田中コーチには言った』

「そうしたら？」

『管理がなってないって。たくさんの先輩の思いを背負って1番をつけているっていう自覚が足りないって』

「いまどきそんな根性論みたいなこと言う?」

『ねぇ、お母さん――』

菜々子の怒りを、航太郎の力のない声が遮った。菜々子は小さく息をのむ。航太郎との間にこんな緊迫した沈黙が流れたことはこれまでなかった。

「何?」

菜々子は覚悟を決めて水を向ける。航太郎の表情が想像できなかった。声が聞こえるまでの数秒が、ひどく長く感じられた。

『俺、もう野球やめたいよ』

その言葉に、自分がどう応じたか記憶にない。

気づいたときにはすでに電話は切れていたし、航太郎がどこにいるかわからないまま、菜々子は車のキーを握っていた。

❖ ❖ ❖

「菜々子ちゃん、ちょっといい?」

誰かに耳もとでささやかれた。振り返ると、三年生の父母会長の妻、前田亜希子がやわらかい笑みを浮かべていた。

「あ、はい。なんでしょう?」

菜々子はあわてて立ち上がる。場所は羽曳野市内にあるチェーンの居酒屋だ。三年生の親たちにとって最後となる夏の大会を終え、十日が過ぎた夜。引き継ぎと労いを兼ねた役員会が開催されていた。

涙を流している三年生の親がいる。その肩に手を置く二年生の母親も泣いている。父親たちはみなでんと腰を下ろしていて、一年生の母親たちばかりが空いた皿のチェックに、注文にと、忙しなく動いている。

そんな親たちを一瞥して、「ちょっと表出ない？」と、亜希子は親指で背後を指さした。みんなが働いているところを出にくいという気持ちはあったが、亜希子の誘いはホッとする。

「あ、はい。行きましょう」

微笑んだ亜希子が「ちょっと秋山さんお借りしますねー」と大声で言ってくれたのは、あとで菜々子が他の親に文句を言われないための気遣いだろう。

日中の暑さはずいぶんやわらぎ、最近にしては湿度も低く、過ごしやすい夜だった。当然のように店先を離れ、しばらく無言で歩いていた亜希子はコンビニの灯りを見つけるとポツリとこぼした。

「色気はないけど、あそこでいいか」

そのまま店に入り、缶ビールを二本購入する。「はい、どうぞ」と、押しつけるようにして一本を菜々子に渡し、亜希子は店の前に設置された喫煙所に歩を進め、バッグからタバコを取り出した。

「さすがにちょっとはしたない？」

タバコをくわえながら乾杯してきた亜希子に、菜々子は目を丸くする。

「いえ、はしたないとは思いませんけど。ビックリしました」

「何が？　タバコ？」

「そうですね」

「私もうずっと吸ってるよ。十五歳くらいから、妊娠したとき以外、一度もやめてない」

「ずいぶん早くから吸ってるんですね」

「こう見えてめちゃくちゃヤンキーだったからね、私」

亜希子は悪びれもせずに笑い声を上げる。学生時代は菜々子のまわりにも不良はたくさんいたし、そういう人たちは大人になってもかつての雰囲気を引きずっている。しかし、亜希子にその気配は微塵もない。

そう思ったままを伝えると、亜希子は苦笑しながら首をひねった。

「それはたぶん菜々子ちゃんがその人たちの昔のイメージを引きずってるだけだと思うよ。過去の雰囲気なんていくらでも消せるもの。菜々子ちゃんに限らず、他の親たちは私が元不良だなんて夢にも思ってなかっただろうね。希望学園の野球部のキャプテン、前田裕吾の親としてしか見られてなかった」

「そうかもしれないですね。でも、やっぱり意外です」

「まぁ、野球部ではネコかぶってたからねぇ。タバコだってグラウンドには持っていかないようにしてたし。もし持っていっちゃったら、私、間違いなく隠れて学校の敷地内で吸ってたもん」

「ストレスで、ですか？」

「わかる？」

「わかります。あの、意外かもしれませんけど、私も吸うんです。私の場合は何度もやめようとしてるんですけど、意志が弱くて。グラウンドに行くときは家で吸い溜めしてから行きます。ストレスがすごいので」

なので、良かったら一本いただけませんか？　菜々子は思いきってお願いした。三年生の親に対して図々しいかという気持ちはあったが、亜希子がそれを望んでいると感じた。

亜希子の方は意外そうな顔をしなかった。

「やっぱりね。そうなんじゃないかと思ってた」

そう平然と言い放ち、亜希子はくれたタバコに火までつけてくれる。

「私もそうだったからわかるんだけど、一年生の間って親もいっぱいいっぱいになってて、周囲の景色がよく見えてないんだよね。でも、三年生にもなるとだいぶ違う。あの親は面倒くさいだろうとか、あの親はヤバそうだとかっていうふうに顔を見ただけでだいたいわかるし、だいたい当たる」

「ええと、それはつまり私はタバコを吸いそうな顔をしてるってことですか？」

「ハハハ。ううん、菜々子ちゃんからは一度タバコの匂いを感じ取ったことがあっただけ。グラウンドで」

「本当ですか？」

「うん。いっぱい吸ってから来てるんだろうなって、二年前の自分を見てるようだったよ。憂鬱なんだろうなって」

亜希子はおいしそうに煙を吹き出した。

「正直、いまの二年生の親ってキツい人多いでしょ？　私たちの一つ上の親たちも気の強い人ばかりで、なんとなくそれに引いちゃう形で私たちの代は仲良くなれたのね。菜々子ちゃんたちの代もそれに当てはまるといいなと思ってたんだけど、一年生の親御さんたちも輪をかけてっていう感じじゃない？　父親じゃなくて、母親たちが父母会の役員をやるなんてなかなかのことだと思うし、三年生の親の中にはウンザリしている人も結構いる。巻き込まれてる菜々子ちゃんに同情している人も多いよ」

菜々子はふと息をのんだ。三年生の母親たちが妙に良くしてくれた理由だろう。不意に失うものの大きさに気づく。もうこの人たちはいないのだ。自分を守ってくれた絶対的な存在がいなくなる。

「本当にありがとうございました。こんなに良くしてもらって」

感傷的な気持ちを押し殺して、菜々子は頭を下げる。

「それなのに、全然力になれなくて申し訳ありませんでした。こんなことだったら、上級生がベンチ入りすべきだったという声があることも知っています。反論はできないと思ってます。本当にすみませんでした」

菜々子の声が、亜希子には聞こえていないかのようだ。

「こうして年々親たちがピリピリしているのって、その分、チームが強くなってるってことなのかもしれないね」

独り言のようにささやき、亜希子はゆっくりと菜々子に目を向ける。

「山藤みたいに親たちにも強烈なプライドがあって、父母会まで洗練されている学校もあるから一概には言えないけど、少なくとも希望学園は親たちがギスギスしている代の方が子どもたちの結果が出てる。一個上の代も強かったし、一個下からも六人もベンチ入りしてたでしょ。そう考えたら、秋山くんたちの代はすごい結果を出しそうな気がするし、裕吾たちの代が弱かったのも必然だったっていう気がするんだよね」

菜々子は応じる言葉を見つけられなかった。この夏、希望学園は大阪府大会の三回戦で無名の私立校にコールドで敗れている。

一昨年がベスト16、昨年がベスト4と着実に結果を出してきた中で、周囲からの期待は例年になく大きかった。

それでも、チームは初戦から苦しんだ。コールド勝ちして当然という公立高校を相手に五対三という接戦を演じてしまったのを皮切りに、二回戦でも波に乗れないまま、三回戦では七回コールド、〇対七というスコアで完敗したのだ。

その敗戦を決定づけたのが航太郎だった。肘の痛みを抱えたままベンチ入りし、一、二回戦と登板の機会はなかったが、三回戦で出番が回ってきた。

背番号「1」がマウンドに駆けていくのを見て、菜々子は「えっ？」と口走った。大会前に佐伯監督にも肘の痛みを伝えたと聞いていた。まだギリギリ登録メンバーを代えられるタイミングであったにもかかわらず、監督はメンバーの変更をしなかった。曰く「たとえこの大会で投げなかったとしても、のちのチームのためになる」とのことだった。

チームに勢いをつけようとしたのか。それとも、実際に投げるという経験を積ませたかったのか、佐伯の考えはわからない。いずれにしても七回を迎えて〇対五という状況で航太郎に出番がやってきて、そのイニングに二点を奪われた。

素人目には、航太郎の調子が悪いとは見えなかった。もちろん絶好調というわけではなかっただろうが、いつも通りの投球をしているように思えたし、失点も先輩たちのエラーが絡んだものではあった。

それでも航太郎が二点を取られ、チームがコールド負けしたという事実に変わりはない。試合終了を告げるサイレンの音を聞きながら、三年生の親たちが労(いたわ)り合うように涙を流す光景を菜々子は直視することができなかった。

そんな菜々子よりずっと責任を感じていたのだろう。グラウンドで誰よりも泣き崩れていたのが航太郎だった。

そしてベンチ前にうずくまる航太郎の肩に腕を回し、背中を叩いて励ましてくれたのが、キャプテンの前田裕吾をはじめとする三年生たちだった。

コンビニの喫煙所に他の人はいない。二本目のタバコに火をつけて、亜希子はおもむろに空を見上げる。

「当たり前だけど、秋山くんを恨んでいる子はいないよ。三年生は感謝すらしてる。『あいつが入ってきたときには、マジで一瞬夢を見られた』って、裕吾もそんなこと言ってたし。むしろ佐伯さんの判断を恨んでる」

「監督さんの?」

「うん。くわしいことは私も知らないけど、あの監督、学校との契約が一年ごとなんだって。だから結果を出さなきゃっていつもすごく焦ってるし、その焦りが肝心なところで裏目に出るって、裕吾が言ってた。もっと腰を据えてチーム作りをすれば強くなるのにって」

菜々子は再び言葉に詰まる。一瞬、否定したくなったが、その声をギリギリのところで押し留めた。亜希子に伝えるべきではないと判断したのだ。

監督と学校との契約なんて想像したこともなかったけれど、佐伯のような職業監督といった人間は目に見える結果を必要としているのだろう。でも、亜希子が吐き捨てるように口にした「一年ごとの契約」は正しくない。少なくとも、いまの佐伯はもう少し長いスパンで学校と契約を結んでいる。おそらくは三年だ。創部十年目までに甲子園に出場するといった条件が両者の間で交わされているのだろう。

航太郎の代にスカウトに力を入れたことも、そもそも入部者の数が多いことも、肘の調子が悪いにもかかわらず航太郎がベンチに入れたのも、チームの顔ともいえるエースナンバーが与えられたのもすべて同じ理由からだ。二年後の甲子園を目指すため。

「本当にすみませんでした。前田さん」

裏を返せば、前田裕吾ら三年生の世代はそのとばっちりを受けたとも言える。

亜希子は謝罪の理由を尋ねてこなかった。なんてことないというふうに肩をすくめ、これが本題とばかりに菜々子を見つめる。

「それで？　その後どうなの、秋山くん」

「どうとは？」

「肘の具合。良くないんでしょう?」

本当は誰にも言うまいと思っていた。このことだけは馬宮香澄にも、もちろん他の母親にも話していない。チーム内でもまだ公にされていないと聞いているし、指導者の中でも一部にしか知らされていないことだ。

それでも、菜々子はうなずいた。亜希子にだけは聞いてもらいたかった。

「実は来週、手術することになりました。おそらく全治一年くらいだと。高校野球をやっている間はもうピッチャーをできないのかもしれません」

亜希子の表情が凍りつく。

「そんなに悪かったの?」

「みたいです。いつからなのかはわかりませんが」

「秋山くんは? 落ち込んでる?」

「それがそうでもないんです。病院で診断が下されたときはさすがにショックを受けたみたいでしたけど、意外と引きずってなくて。監督さんにも自分の口からハッキリと症状を伝えていましたし、いまはむしろ憑きものが取れたみたいに」

「そうなんだ。どうして落ち込んでないんだろう」

「さぁ。あの子の考えていることはよくわかりません」

「あ、それはわかる。息子ってよくわからないよね。グラウンドでは明るいし、ハキハキしゃべってるくせに、家に帰ってきたらふて腐れたみたいにいつも黙ってるし。そのくせ、インタビューでは一丁前に『寮に入って親のありがたみがわかりました』とか答えてるんだよ? 帰ってきた直後は健気に洗濯とか自分でしてたけど、あっという間にやらなくなった。ホントにお前、二年半も野球部で何を学んできたんだっていう話だよ」

亜希子は次々と不満をまくし立てたが、菜々子はずっと笑っていた。その菜々子のことをも不服そうに一瞥して、亜希子はタバコを揉み消した。

「そろそろ行こうか。ホントに菜々子ちゃんの立場が悪くなっちゃう」

最後まで気遣ってくれる亜希子に、菜々子は心からの礼を言った。

「本当にありがとうございました、前田さん。それと二年半おつかれさまでした。あと二年、私もがんばります」

亜希子はいたずらっぽく微笑む。そしてやっぱり空を見上げながら、ポツリと言った。

「きっと大変な二年だけどね。でも、終わってみたらあっという間だよ。それは信じていい。あんなに嫌いだったグラウンドなのに、私もう行きたくなってるくらいだから。だからさ、菜々子ちゃん。可能な限り楽しみなね」


亜希子の口から発せられた「どうして落ち込んでないんだろう」という言葉が、しばらく頭から離れなかった。

あの夜はとっさに「あの子の考えていることはわからない」と応じたけれど、なんとなく想像はついている。

航太郎の肘の異変を最初に指摘したのは、山藤学園の内田泰明監督だった。東淀シニアの原くんというピッチャーを見にきていた試合のあと、挨拶した航太郎をつかまえて「いつから痛めてる？」と尋ねてきた。決して威圧的ではないのに、どこか冷たさを感じさせるその声を、菜々子はハッキリと覚えている。

中二の冬、和歌山から帰ったその足で横浜の病院へ向かった。そこで下された診断は「離断性骨軟骨炎」というものだった。

肘の故障というとなんとなく腱（けん）というイメージがあり、骨の問題と聞かされるとさらに重篤な何かなのかと身構えたが、担当の医師は「成長期の子どもに起きがちなケガですよ。一般的に肘は内側のケガなら腱、外側なら骨と思ってもらって間違いありません」と、安心させるように言ってくれた。

しかし航太郎と目を見合わせ、安堵したのもつかの間、医師は思ってもみないことをつけ足した。

「ただ、そこまで軽い状態ではないと思います。投げるときの負荷によって関節内の軟骨が損傷したり、剝がれ落ちたりという症状なのですが、航太郎くんの場合はまさに軟骨が剝がれ落ちかけている状況です。正直、痛みが出始めたのがこの一、二ヶ月というのが信じられません。本当はもっと前から痛みを感じていたんじゃない？」

医師の質問に、航太郎は「イエス」とも「ノー」とも答えなかった。

「保存療法といって、絶対安静を条件にメスを入れないという方法もあります。ですが、当院としましては手術することをお勧めします」

「手術？」

まさかそこまで悪いとは想像していなかった。中学生の肘にメスを入れるということがどれほど重大なことなのか、菜々子には理解が及ばなかった。

航太郎はずっと冷静だった。

「手術をしない場合はどれくらい安静にしてなきゃいけないんですか？」

「短くて半年。平均して八ヶ月というところかな」

航太郎はまばたきもせずに聞いていた。きっと頭の中で計算していたのだろう。幸いにもシーズンオフだった。半年なら六月には復帰できるが、八ヶ月かかってしまうとなると最後の大会に間に合うかギリギリになる。

「手術する場合はどれくらいかかりますか？」

しばらくの沈黙のあと、航太郎はしぼり出すように質問を続けた。医師はやわらかい笑みを崩さなかった。

「それもそう変わらない。八ヶ月から十ヶ月といったところだ。ちなみに航太郎くんは高校でも野球を続けるつもり？」

「続けます」

「だとしたら、なおさら手術を勧めるな。君の野球がここで終わるなら、見て見ぬフリをすればいいと思う。でも、そうじゃないというのなら、ここでスッキリしておくのはどうだろう。間違いなく、高校入学には間に合うよ」

それでも航太郎が口を真一文字に結んでいると、医師は気持ちはわかるというふうにうなずいた。

「もちろん決めるのは君自身だ。自分の身体の一部にメスを入れるということをリスクと感じる気持ちは理解できる。でもね、これはお母さんにも聞いてもらいたいのですが、アメリカでは中高生の投手が将来を見据えて手術するケースは増えているんです」

「そうなんですか？」と、菜々子が応じた。医師は小さく首をひねった。

「それが必ずしも正しいことかはわかりませんが、肘の内側の再建手術、いわゆるトミー・ジョン手術をする学生も増えているそうです。とくに靱帯は自然に治ることがないため、いつか手術をしなくちゃいけないのなら早いに越したことはないという考えですね。手術することの抵抗感はアメリカの方が格段に低いです」

おそらく医師は航太郎の野球に対する意識の高さを見抜いたのだろう。アメリカの例を持ち出すことで、メスを入れることのハードルを一気に低くしてくれた。

それでも、航太郎は即答しなかった。その日は「少し考えさせてください」と医師に伝え、セカンドオピニオンとしてネットで見つけた関東圏で評判の高いスポーツ整形の病院をいくつか回った。

結果は似たようなものばかりだった。手術を勧めるか、保存療法を勧めるか。医師によって判断がわかれるのはそれくらいで、基本的には半年以上は安静にしておくことが必要とのことだった。

ようやく航太郎が判断を下したのは、最後に行った静岡の病院から帰る途中、車の中でのことだった。

「俺、やっぱり手術はしない」

「そうなの？　どうして？」と、菜々子はハンドルを握ったまま尋ねた。航太郎の声がやけに透き通っているように感じられた。

「どっちが後悔しないかってずっと考えてた。安静にしていれば、ひとまずこれ以上悪くなることはないわけでしょ？　でも可能性は低かったとしても、手術は失敗することもあると思う。いまの俺にそれはキツい。それに――」

そう言ったまま航太郎は口をつぐんだ。菜々子はちらりと目を向ける。中学校に入った頃くらいから、航太郎は車での移動中に硬式ボールを握るようになった。いつもは人差し指と中指の間に押し込んでみたり、親指で弾くようにして宙に浮かせてみたりするボールを、もどかしそうに見つめていた。

「俺、みんなと野球してるの楽しいから。高校野球も大事だけど、中学の野球だって同じように大事だから。最後の大会に出られない可能性があるのはイヤだ。もし手術して最後に間に合わなかったら、たぶん後悔すると思う」

言葉は立派だったが、菜々子の気持ちは晴れなかった。航太郎がウソを吐いているとは思わない。それも本当の気持ちなのだろう。

菜々子がスッキリしなかったのは、いつかシニアの大竹監督が「仲間たちの進路はお前の肩に懸かっている」と言ったことを覚えているからだ。航太郎はきっとそのことを気にしている。自分のために手術をすることで、仲間たちの進路に影響が及ぶことをおそれている。

「それに最近はほとんど痛みも感じてないし。春までちゃんと肘をケアしたら、もっといいピッチングができる気がする」

もし手術をしないという選択をして、高校に入ってから肘の痛みが再発したとして、それでもあなたは後悔しない――？

あの日、のど元まで出かかった言葉だ。

しかし、何かを吹っ切るように笑みを浮かべる航太郎を横目にしてしまったら、菜々子は何も言えなくなった。

そのことに対する悔いが強くある。もしあのとき航太郎に手術を決断させていたら、こんな結果にはならなかったのではないだろうか。

中学最後の年は結果もついてこなかった。半年は投げさせないと約束したはずの大竹は、春にはもう内野手として航太郎を試合に使っていたし、航太郎自身も肘の痛みを感じなくなったことを理由にマウンドに立ちたがった。

夏の大会には背番号「1」をつけてピッチャーとしても復帰した。しかし、最後まで本調子を取り戻すことのないまま、チームは早々に敗れてしまった。その結果が仲間たちの進路にどう影響したのかは聞いていない。ただ野球をすることを望んだ子たちは、みんなそれなりの高校に進学した。

だとすれば、あのとき手術をしていたとしても変わらなかったのではないだろうか。万全の態勢で高校に入学してさえいたら、可愛がってくれた三年生たちの救世主になり得たのではないだろうか。そんな思いが拭えない。

羽曳野市内に野球部と関係の深い病院もあったが、手術は最初に診断してもらった横浜の整形外科でお願いした。

手術自体は一時間ほどで終わったものの、全身麻酔で眠らされた航太郎の姿はまるで重篤者のようだった。何よりも摘出された軟骨がペットボトルの蓋ほどのサイズがあって、菜々子は言葉を失った。

それでも手術は成功したと聞かされた。三十分ほどして航太郎も目を覚まし、最初は不思議そうに包帯の巻かれた右腕を見つめていたが、すぐに状況を悟ったように菜々子に微笑みかけてきた。

入院は一日のみで、翌日にはもう退院できた。あわてて大阪に戻ったからといってしばらくやることはない。ならばいっそ湘南で療養しても良さそうなものだったのに、航太郎はすぐにでも帰りたいと主張した。

「リハビリは向こうでするわ。のんびりしている時間はないよ。早く大阪に戻りたい」

航太郎の言葉の中にわずかとはいえ大阪訛りを見つけたのは、このときがはじめてだったかもしれない。

それを菜々子は指摘できなかった。ああ、まただ……と、真っ先に思ったからだ。また航太郎が透き通った笑みを浮かべている。前田亜希子に「憑きものが取れたよう」と説明したが、そうとしか表現できない表情だ。痛みがあるときも、ないときも、航太郎にとって肘のケガはずっとしこりだったのだろう。ベンチ入りした夏の大会の直前に軟骨が剝がれ落ちるという最悪の結果になってしまったが、少なくともモヤモヤは晴れたのだ。ひょっとしたら痛みを隠してプレーするという罪悪感からも解き放たれたのかもしれない。

さすがに手術間近という緊張感があり、新横浜に向かう行きの新幹線の中ではほとんど話をしなかった。

それが一転、ものものしく右腕を吊っているにもかかわらず、帰りはまるで行楽旅行に出かけるかのように航太郎の口はよく回った。

なんの気もなく、進行方向に向かって右側の座席を押さえたことも良かったのだろう。

「お、富士山」

溌剌とした声を上げて、食い入るように窓の外を見つめている。雲一つない空に富士山がよく映えていて、菜々子の胸も高揚した。

「ホントだ。すごい。いいよね、富士山」

「超いいよ。こっち住んでたときはなんとも思ってなかったけど、向こうに住むようになったら途端に恋しくなった」

「わかる。富士山がないよね、大阪って」

「古墳はいっぱいあるけどな」

航太郎は大人びた笑みを目もとに浮かべると、吊されていない左手で合掌のポーズを作り、富士山に向けて頭を下げた。

それは菜々子のクセだった。小さい頃から富士山がキレイに見えると、なぜか手を合わせてしまうという習性がある。

ようやく顔を上げたかと思うと、航太郎はさっぱりと言い放った。

「迷惑かけてごめんな、お母さん」

菜々子は「何が?」とは尋ねなかった。もちろん謝られる筋合いはなかったけれど、航太郎が何を言わんとしているのかは理解できる。

「冷静でいるつもりだったけど、バタバタしてたんだと思う。中学のときにちゃんと手術してたらこんなことにはならなかった。あのときの判断、間違ってたっていまならわかる。ホントにごめん」

「べつに私が謝られることじゃないよ」

「でも、あのときお母さんが納得いっていないことはわかってたから」

「そうなの?」

「それはそうだよ。すごく不満そうな顔してたじゃん」

自分で言ってケラケラと笑い、航太郎は菜々子の返事を待たずに続けた。

「またしばらく会えなくなると思うからいまのうちに伝えておくけど、俺べつに何も諦めてないから」

「またしばらく会えないって何?」と、尋ねるべきはそうじゃないと知りながら、菜々子は我慢することができなかった。

「何? あんたまさかこのまま寮に帰るつもり?」

「だからそう言ってるじゃん」

「なんでよ。しばらく家にいていいって監督さん言ってたじゃない。慣れるまではいろいろ不便だろうし、家にいた方がいいって」

「いや、大丈夫。寮に戻る」

「だからなんで――」

「早く練習したいからに決まってるじゃん。家にいたら甘えるもん。やることは限られているかもしれないけど、寮にいた方が焦らないで済む」

菜々子は肩で息を吐いた。野球に対するひたむきさは、航太郎の長所でもあり、おそらくは短所でもある。

「なんでそんなに焦るのよ」

「それは焦るだろ。あと二年しかないんだから。甲子園に出るチャンスは四回しかない。そのうちの一回はもう間に合わない」

「諦めないって、そういうこと?」

「まぁ、そうだね。俺、高校に入ってますます甲子園に行きたくなった。甲子園に行きたいし、山藤に勝ちたい」

一週間前に始まった夏の甲子園大会に、山藤学園は今年も大阪代表として出場し、危なげなく一回戦を突破している。

航太郎が意識する原凌介くんも一年生でただ一人ベンチ入りし、点差の開いた終盤には甲子園デビューまで果たしている。

「絶対に焦っちゃダメだからね」

「わかってる。同じ失敗は繰り返さない」

「そうか。じゃあ、がんばりな。甲子園に出て、プロにも行かなきゃいけないんだから。そのつもりでリハビリがんばって」

菜々子の方にも、航太郎に伝えようとしていたことがある。三年生が引退し、新チームに引き継がれたタイミングで、一年生の父母会役員を辞退できないかと会長の西岡宏美に伝えようと思っていたのだ。

その考えが急速に萎(しぼ)んでいった。航太郎だけでなく、前田亜希子も言っていた。たかが二年のことなのだ。その期間くらい、つらくてもやり通せばいい。そういう思想がこの国の体育会系文化を育んできたのではないかという疑問はありつつ、やっぱり自分だけ逃げ出せない。

それにどんなにつらくたって、航太郎ほどではない。この子がこれから乗り越えようとするものに比べれば、自分の壁などどちっぽけなものに決まっている。いや、この対比だって意味のない習性だと頭ではわかっているけれど、そう納得させる方が楽なのだ。

「あなたたちの代、甲子園には行けそうなの？」

コーヒーを一口含み、菜々子は話題を変えた。

「さぁね。やっぱり山藤は強いだろうし。でも、俺は案外行けるんじゃないかと思ってるけど」

「そうなんだ」

「俺たちの代、仲いいからね。二年生が陰険な人ばっかりで、それに反発するように結託している。そういうチームは強くなるって、前田さんが言ってたから」

母親の亜希子も似たようなことを言っていた。それを思い出し、菜々子は思わず苦笑する。

不思議そうな顔をする航太郎のギプスに手を乗せ、菜々子はこくりとうなずいた。

「よし、それじゃまた二人でがんばろう。たしかにたった二年だもんね。私も悔いを残さないようにがんばるよ」

最後は自分に言い聞かせるように繰り返した。


中学までの野球と違い、基本的に高校野球に親の出る幕はあまりない。地元の公立高校はもちろん、全国的に名の知れた山藤学園なども親はチームと一線を引いているという。揉め事は少なく、親同士のコミュニケーションは完璧な統制が取れているのだそうだ。

前田亜希子はそれを「親たちの強烈なプライド」と説明していた。プライドだけなら希望学園も負けていないだろうと話を聞いているときは思ったが、甲子園のアルプス席にいる山藤の親たちをテレビで見て、菜々子にも言葉の意味が理解できた。

山藤の保護者は画面越しにも洗練されていた。そろいの黒いTシャツは着ているものの、ユニフォームと同じく左胸に学校名が印字されているだけで、希望学園のような派手な柄や『咲かせてみせます親の花！』といった下品な文言はプリントされていない。

帽子やタオルなどもそれぞれ違うものを使用していて、統一感はさほどない。希望学園では許されないサングラスをかけている人もいたし、だからといって浮ついている様子はなく、選手のみならず親たちも緊張感を漂わせていた。

実際に中に入ったら、上級生と下級生、あるいはレギュラー選手と控え選手などで関係性が色分けされていたりするのかもしれないが、それを見透かされるような脇の甘さはない。〈心得〉などで縛っているわけでもないのだろう。彼ら、彼女らがこれほど洗練されて見えるのは、亜希子の言う通り「強烈なプライド」といった説明がもっともしっくりくる。

甲子園で連日熱戦が繰り広げられていた八月、航太郎は長いリハビリ生活に突入し、希望学園野球部は新チームが動き出した。

父母会役員の顔ぶれはほとんど変わらない。新しくキャプテンとなった二年生の佐々木太陽（たいよう）の父、純一郎（じゅんいちろう）が全体の会長に就いたのを筆頭に、この夏ベンチ入りした五名の二年生の父親が役員に、一年生は西岡宏美を中心に菜々子を含めた五人の母親がそのまま役員となった。

代替わりしたチームの父母会をどう運営していくか、羽曳野市内の居酒屋で十数名の親たちが侃々諤々（かんかんがくがく）やり合っている。

菜々子は航太郎の手術があり参加が遅れたが、実際は新チームとなって三度目の会合だ。久しぶりに顔を出したその飲み会で、菜々子は微妙な空気の変化を感じ取った。

まず違和感を抱いたのは、三年生がいた頃にはいなかった二年生の母親たちが、我が物顔で参加していたことだ。

「なんか私たちの代が母親だけであるのをおもしろく思ってなかったみたい。やったら最初から言えって話やのに。下の代が始めたから自分たちもなんて、考え方がガキすぎるわ」

宏美が吐き捨てるような口調で教えてくれた。二つ目の違和感がそれだった。

それまで、どちらかというと宏美は二年生の親たちと親しかった。ベッタリだったと言っていい。宏美が役員をすると決めたのもそもそもは佐々木会長の誘いからだったというし、その会長に気に入られようとするかのように常にそばに張りついていた。

その宏美と佐々木会長との間に、もっと言うと佐々木の妻の美和子との間に、あきらかな溝ができている。

パワーバランスに何かしらの変化が生じているのは明白だった。適当に話を合わせながら、慎重に観察していると、次第にわかってくることがあった。

現在の一年生と二年生は野球の実力が拮抗している。この夏の大阪府大会でベンチ入りした二十人のうち、二年生は六人、一年生はそれを上回る七人が背番号をもらっていた。

三年生七人、二年生六人、そして一年が七人という内訳だ。一見バランスがいいと感じられなくもないけれど、もちろん高校野球という舞台においてこれは歪なことだろう。山藤の場合は二年生が二人、一年生は原くん一人だけで、あとは三年生しかベンチ入りしていなかった。さらに希望学園は航太郎とサードを守る西岡蓮にレギュラー番号が与えられていたのだ。二年生にレギュラーは一人もいなかった。

しかも佐々木会長の息子、太陽のポジションはピッチャーだ。それを知ったとき、菜々子はようやく佐々木夫妻の自分への当たりがどうしてキツかったのかに気がついた。航太郎のケガが長引きそうだとわかると一転、会長夫妻はずいぶん菜々子にやさしくなった。わかりやすすぎて呆れるレベルだ。

活発な議論が続いている。

「三年生の親御さんには失礼な言い方ですが、一つ上の代は負けるべくして負けるチームだったと思います。何度も言うように、うちはまだ若いチームです。もっと積極的に親が部にかかわって、盛り上げる必要があります。監督さんからもそうお願いされていますので」

佐々木会長の話に深くうなずくのは、一年生の親も、二年生の親も変わらない。しかし、ではいざそのために何をするかという話になると、両者の意見は二つにわかれる。

「平日に練習参加する機会を増やしてほしい」と、平山華子（はなこ）という一年生の親が言えば、二年生の母親が「それに対しては異論ありません。ただ、今年からは二年の親も平日練習に参加させてもらいます」と意見する。

信じられないというふうに目を見開いた華子を手で制して、やはり一年生の役員である原田小雪（こゆき）が意地悪そうに問いかけた。

「どうしてですか？　これまで平日練を手伝うのは下級生の親の仕事という決まりがありましたよね？」

それに応じたのは美和子だ。

「いやいや、原田さんね。さっきのうちの主人の話を聞いてました？　これまでのやり方を変えていこうと話したばかりじゃないですか。過去がどうかなんて関係ありませんよ」

「では、どうするおつもりなんですか？」と、そこに宏美が割って入る。

「二年生の役員さんはみなさん男性ですよね？　持ち回りで平日のお仕事をお休みされるおつもりなんですか？」

　お仕事、お休み、おつもり……と、「お」が連発するだけでこんなにも慇懃無礼に感じるのは発見だった。

　美和子はつまらなそうに鼻を鳴らす。

「いえいえ、そのために今日は私たちも来ているんじゃないですか。主人たちの手が回らないところは私たちがフォローしますよ」

「でも、それっておかしいですよね？　そもそも平日の練習に参加するのって役員の権利的なところがあるじゃないですか。自分たちも平日の練習を見たいという親御さんはたくさんいますよ？　そういう人たちにも許可しちゃっていいんですか？」

「平日の練習に参加するのを権利だと思っているんですか？　そんな気持ちでいてもらっては困るんですけど」

「いまはそういう話をしてるんじゃありません」

「まぁ、好きにすればよろしいんじゃないですか？」

「好きにとは？」

「だから、誰でも平日練を手伝えばいいんじゃないですかということです。それはチームのためになるはずですから」

「本当ですね？　なら、そう伝えさせていただきます」

いつもと同じように早口で、いつもよりさらにトゲのある応酬を見つめながら、大阪弁って敬語になると少しだけ弱まるのだなと、菜々子は他人事（ひとごと）のように思っていた。

その後も一年生対二年生という形で議論が進んでいった。母親たちが白熱しすぎれば、父親たちが目を見合わせ、やりづらそうな笑みを浮かべて間に入る。決して気持ちのいいやり取りとは言えなかったが、なんとかチームの力になりたいというそれぞれの思いにウソはなさそうで、その点には素直に感心する。

「秋山さんは？　さっきからずっと黙ってるけど、何か意見はないん？」

厳しい口調で投げかけてきたのは、二年生の親ではなく宏美だった。

「あ、いえ。私は……」

一度は言葉に詰まりかけたが、沈黙を許してもらえる雰囲気ではない。菜々子は口をこじ開けた。

「あの、じゃあ一つだけ。この父母会の役員にはメンバーの親しかなることができないんでしょうか？」

声が震えているのは自分でもわかった。一年生も二年生も関係なく、親たちはそろって怪訝そうな顔をしている。

代表するように佐々木会長が口を開いた。

「どういうことでしょう？」

「いえ、二年生の親御さんも、一年生も、みなさん息子さんがベンチ入りしている方ばかりじゃないですか。三年生の親御さんのお子さんたちも全員レギュラーでしたし、これってそういう決まりなのかなと思いまして。ベンチ入りの叶わない子どもの親御さんが役員を務めることってできないんですか?」

馬宮香澄を念頭に置いて、菜々子は尋ねた。先日、いかに役員が気が重いかという話をしたとき、香澄は「どうせ私にはお呼びもかからんやろな。陽人が補欠だから。言われればいつでもやんのに」と、笑いながら言っていた。

もちろん医師として多忙を極める身だ。香澄が冗談を口にしていることは理解できたが、菜々子は香澄が役員に入るのは素晴らしいことだと思った。自分がやりやすくなるという理由じゃない。本当にチームを強くするつもりなら、レギュラーの親だけで会を運営すべきじゃないという気持ちがあった。

佐々木会長はピンときていないようだった。

「ええと、それはどなたかメンバー外の方で役員をしたがっているということですか?」

「べつにそういうわけじゃありません」

「では、あまり意味のある意見ではないですね。少なからず我々は子どもたちがチームの中でいい思いをさせてもらっているんです。その親がせめてこうした雑務を引き受けなければ、それこそ不満の声が上がりますよ。メンバー外の親御さんに負担を強いるべきではありません」

佐々木会長の口調は極めて冷静で、親たちはみな神妙な面持ちでうなずいた。菜々子は一人カッとなる。この親たちは役員の仕事を雑務だなどと思っていない。自分たち自身が「権利」と言っていたではないか。とても価値あるものと信じている。

なんとか冷静になろうと努めたが、菜々子は半笑いになっていた。

「そうですか、わかりました。じゃあ、あと一つだけ。みなさん、ちょっとケンカ腰になりすぎていると思います。子どもたちを思うことに一年生も二年生もないはずですし、もう少し息を合わせた方がいいんじゃありませんか。こういう空気って、役員以外の父母の間にも広がってしまうと思うんです。チームのことを思うなら、もう少し冷静に話し合いましょう」

どうせ届くわけがないと思いつつも、何か言ってやらないと気が済まなかった。


「一年生の会計係って秋山さんでええんよね？」

父母会が終わったところで声をかけられた。親しげな笑みを浮かべていたのは、江波透子という二年生の母親だ。

その背後に夫の政志も立っている。

「あ、はい。そうですが」

菜々子は横浜に行っていていなかったが、先日、一年生の親たちの係が決められた。『会計係か監督係を選べるんやけど、秋山さんはどっちがええ？』というメッセージを宏美からもらい、監督係がどういったものかわからなかったが、もちろん会計係を選択した。

菜々子の答えに、透子は安堵したように息を吐いた。

「良かった。あんな、うちが二年生の会計係なんよ。ねぇ、秋山さん。このあとって時間あったりせえへん？」

「今日ですか？」

「うん。あらためて後日でもええんやけど」

「あ、いえ。大丈夫ですよ」

「うれしい。そしたら近くのファミレスでも行こか。本当はうちの夫も立ち会った方がええんやろうけど、うちの人あまりしゃべらんし。秋山さんとこはシングルやって聞いてるから二人でもええかな？」

「ええ。私はどちらでもかまいません」

菜々子は無意識のまま心にバリアーを張った。この場合シングルがどうこうなど関係ない。油断していると傷つけられる。

そんな菜々子の気持ちなどおかまいなしに、歩いて五分ほどのファミレスに向かう間、透子は一人でしゃべっていた。大阪の生活には少しは慣れたか、野球部で困っていることはないか、一人で子育てしてきたなんてすごいことだ、私もかつては看護師をしていた……。

菜々子の話した覚えのないことを、透子は遠慮なくまくし立てる。

「ここでええな。ドリンクバーでええ？　それともまだお酒のむ？　秋山さん、いける口みたいやし」

先ほどの様子を見られていたのだろう。逆に菜々子は透子がお酒をのんでいないのに気づいていた。

「あ、いえ、ソフトドリンクで」

「ホンマ？　遠慮せんでええよ」

「いえいえ、本当に。ちょっとコーヒーが飲みたいです」

連れだって飲み物を取りにいき、アイスコーヒーに口をつけると、透子はゆっくりと笑みを引っ込めた。

「なかなか大変そやね、秋山さん」

言葉が耳にすっと馴染む。父母会内での透子の立ち位置はわからないが、菜々子に対する悪意はなさそうだ。

「大変かどうかはわかりませんが、まだ慣れません」

「私もや。全然慣れんし、たぶんこれ高校野球が終わるまで続くで」

「江波さんもですか？」

年齢はそう変わらないだろう。ボックスシートに二人きりという状況もあいまって、少しだけ緊張がほぐれる。

「そやなぁ。二年生の親たちもあんな感じやし。人づき合いの苦手な私までなんで役員会に駆り出されなあかんのよ。他のお母さんたちが前のめりで参加してるからって、うちのに泣きつかれてのことなんやけどね」

「そうなんですか。ちょっと意外です」

「何が？」

「なんていうか、二年生の親御さんってもっと一枚岩なんだと思ってました」

完全に打ち解けたつもりはなかったけれど、菜々子は気安い調子で口にする。透子はぷはっと噴き出した。

「そう見える？　やったら、まぁええことなんやろうけど、そやなぁ、決して仲良し集団ってわけやないと思うで。会長夫婦のおらんところではみんな不満の言い放題や。とくにお母さんたちは佐々木さんの奥さんが苦手みたいね。佐々木さんに対しては私も思うことあるし」

透子の方はずいぶん気を許してくれているらしい。本人のいないところで悪口を聞くことにうしろめたさはあったが、好奇心が上回った。

「佐々木さんに何を思うんですか？」

「基本的に誰に対しても上から目線やろ？　同級生の親同士で、しかも同じ役員の妻という立場やのにめっちゃ見下されてるんはずっと感じとった。でも、そやからこそ面倒なことは大抵引き受けてくれるし、頼りがいもあってん。つかず離れずの立場さえ守ってくれれば、そこまで嫌うこともなかってんな」

「はい」

「それが、秋山くんたちが入学してくる直前の春の大会に関係性が変わってん。春の府大会でうちの子が背番号1をもらってな。その頃から目の敵にされるようになって」

「ああ、それはわかります」

「そうやんな。秋山さんならわかると思うわ。っていうか、秋山くんが夏の大会で1番もらったとき、私も佐々木さんの気持ちが少しわかっちゃってな。あ、こういう感じやったんやって、共感しちゃったんよね。ごめんやけど」

透子は屈託のない笑みを目もとに浮かべる。いまの菜々子には想像もつかないけれど、たとえば航太郎がケガをせず、ピッチャーとしてチームを支える役割を一人で担っていたとして、それがあるとき急に後輩のピッチャーが台頭してきたらおもしろく思わないのかもしれない。

「息子が肘をケガしてからはずいぶんやさしくなりましたよ、佐々木さん」

透子は声を上げて笑った。

「うちもや。新チームになってからは佐々木くんがエース格で投げてるやろ？　それがうれしくてたまらんらしい」

「そうなんですね」

「負けへんけどな」

「え？」

「最後の大会で1番を背負ってんのはうちの光紀（こうき）やで。佐々木くんだけやない。秋山くんが復帰してきても負けへんよ」

菜々子は何も答えなかった。むろん思うところはある。万全の状態で復帰することが叶うのならば、たとえ先輩であろうと航太郎が負けるはずがない。

透子も菜々子の言葉を待たなかった。

「それでな、秋山さん。ここからが本題なんやけど――」

透子の表情から色が消えた。そうとしか表現できないくらい雰囲気が変わった。そうして伝えられた内容は、菜々子の理解の範疇（はんちゅう）を超えていた。

「あの、江波さん……。それって――」

「ごめんな。秋山さんが何を言いたいかよくわかる。でも、これは希望学園の伝統やねんて。私も去年は面食らったわ」

「伝統って……。でも、そんなことして問題にならないんですか？」

「問題にせんために絶対にメールは使わんといてほしい。文章で残すなってことなんやろな。一年生の家に一軒ずつちゃんと電話して、事情を説明してほしいんや。私だってこんなことお願いしとうないんやで。お願いしたくないし、自分だってしとうない。けど、これが会計係の仕事なんや。ホンマごめんな」

そうつぶやいて、透子は頭まで下げてくる。もちろん謝られることじゃない。本人が口にする通り、透子だってやりたくない仕事に決まっている。そもそも透子は役員でさえないのだ。口下手だという夫を助太刀するために、こうして後輩の親に頭を下げている。

「やるしかないんですかね？」

「ホンマに堪忍や。もしどうしても納得できへん親がいる場合は、佐々木さんとこがちゃんと説明することになってるから」

「そうですか」

「イヤな仕事を押しつけてごめんな、秋山さん」

最後にもう一度頭を下げて、透子はブランド物のバッグから一年生の親の携帯番号が記されたリストを取り出した。

透子が不憫に思えた。でも、他人事じゃない。来年は自分がこうして後輩の親に頭を下げることになるのだろう。

透子の顔を見つめながら、菜々子はため息を堪えることができなかった。

航太郎のためになるなら、ひいてはチームのためになることならば、文句を言わずになんでも引き受けようと思っていた。

でも、与えられた仕事が正しいとは思えない。そんな疑念を抱きながら、試しに夏の大会にベンチ入りしていた選手の親に電話をかけてみた。名簿にある連絡先が父親ばかりであるのは不安だったが、内容が内容だけに見栄を張りがちな男性の方がいいのかと考え直す。

案の定、どの父親も声を詰まらせていた。その気持ちを痛いほど理解しながら、菜々子は「これはすべての親御さんにお願いしていることなんです。もちろん、それはベンチ入りしていないご家庭も同じです」と、懇願するように繰り返すしかなかった。

たった三人に電話をかけただけで、全身に汗をかいていた。自分を含めた役員の四人を抜いたとしても、まだ二十人以上に電話しなければならない。

ちらりと棚の上に置いた時計に目を向ける。針が二十時を指そうというタイミングで、アパートのチャイムが鳴った。いつもだったらこの時点で笑顔になるほど胸が弾むのに、今日だけは気が重い。

ドアを開くと、大きなエコバッグを抱えた馬宮香澄が立っていた。香澄は菜々子の目も見ずに「おつかれー。いろいろ買ってきたで」とつぶやくと、やはり菜々子の言葉を待つことなく上がってくる。

「ああ、おつかれさま。なんか今日はとくに暑いね」と、菜々子も何も気にせずに香澄を自宅に招き入れた。

どうせお互いに独り身だし、外食ばかりじゃ味気ないと、最近はお互いの自宅を行き来している。といっても、基本的にはのまない香澄が菜々子のアパートに来ることが多い。香澄の家の方がずっと広いのだが、やけに気に入ってくれている。

「この家ってホント落ち着くよね。外食なんかしてられへんわ」

いつもと同じようなことを口にして、香澄はダイニングに腰を下ろした。

「なんかイヤミにしか聞こえないんだけど」

「ううん。本気。私この家大好き。学生時代を思い出す」

「だったら、いっそ泊まっていけば?」

「あ、それはパス。私、他人の家では絶対に眠れん人やから。一泊の出張にも自分の枕持っていくくらいやし」

香澄とはすっかり打ち解けた。毎週金曜日という取り決めもうやむやになり、先週などは三回も一緒に食事をした。

知らない土地に来て、しかも四十歳という年齢になって、こんなふうに気の置けない友人ができるなんて夢にも思っていなかった。とくに健夫を失ってからは航太郎のことで常に頭がいっぱいで、仕事にも必死だった。香澄は本当に久しぶりにできた心を許せる友だちだ。大阪では「唯一の」と言っていいだろう。

その香澄にも、やはり伝えないわけにはいかなかった。そうでなくても野球部のやり方や父母会の在り方に不満を抱いている香澄のことだ。どんな反応を見せるか想像もつかない。

しばらく酒をのみ、料理をつまんで、他愛もないことをしゃべっていた。でも、いつものように胸は弾まない。このままではどんどん切り出しにくくなると、菜々子は早々に覚悟を決めた。

「ええとね、香澄ちゃん――」

「んー？」と、香澄はめずらしくプロ野球の中継を眺めたまま首をひねる。

「あのさ、ちょっとこれすごく言いにくいことなんだけど、本当に申し訳ない。野球部に八万円寄付してもらいたいんだよね」

菜々子はなるべく平静を装った。香澄は目を見開いたまま、ゆっくりと顔を向けてくる。

「何それ。八万？」

はじめて見る香澄の顔だった。電話の向こうの父親たちもこんな顔をしていたのかと、菜々子は妙に納得した。

野球中継の音が耳障りで、菜々子は音をミュートにする。

「私も知らなかったんだけど、これうちの学校の伝統なんだって。毎年、新チームになったときに各家庭から八万円ずつ集めて、それを佐伯さんに渡してるって。佐伯さんが中学生のスカウトとかのために地方に行ったりするのに学校からお金が出てないらしくて、そういう活動費に使ってもらうものなんだって」

それを伝えるのが会計係の仕事であることや、まさにいま一軒ずつ電話をかけていること、どの父親もそろって絶句することなどを丁寧に説明する。

心のどこかで、同情してほしいという気持ちがあった。しかし、香澄の顔から疑いの色は消えなかった。

「そやからそれは何なんって聞いとんのやけど。え、裏金ってこと？」

「そんな大げさなもんじゃないでしょ」

「なんで？　何が違うん？　そういうのを裏金っていうんやないの？　そもそものお金はどうやって集めるつもり？」

「私が手渡しで受け取ることになってる」

「監督には？」

「それもやっぱり封筒に入れて直接渡すのが慣例だって」

「つまり、そういうことなんやろ？　お金の流れがわかっちゃうとマズいから手渡しでやり取りするってことやん。八万円って、いくらなんでも高すぎやって。寄付金は寄付金で払っとんのに、さらに八万って普通やないって」

香澄の口調は菜々子を責め立てるようなものだった。

「ごめん」

「べつに菜々子ちゃんが謝ることやないけどな」と、一度は冷静さを取り戻すように目を瞬かせたものの、香澄の怒りは収まらない。

「でも、それってホンマにどうなんやろ。そんなあくどいこと、よその学校の野球部でもやっとんの？」

「あ、なんかそれはあるみたいよ。金額とかはわからないし、もちろんどの学校もっていうことではないだろうけど」

「それやったらマジで終わっとるよね。そんなんが正しいわけない。だって、いまって一、二年生合わせて五十人くらいやろ？　一家庭八万って、全部ひっくるめたら四百万やで？　普通の人の年収くらいあるやん。それが活動費として与えられて、自由に使えるって。どうせ領収書ももらってこないんやろ？　あり得んって、そんなん絶対にあり得へん」

香澄の怒りはますますエスカレートしていく一方だ。「謝ることやない」と言われても、やっぱり叱られている気持ちになる。

「本当にごめんなさい」

「そやからべつに菜々子ちゃんに怒っとるわけやないって言っとんの」

「あの、どうしても払いたくないという場合は佐々木さんがちゃんと説明に上がるって言ってたから。毎年やっぱりそういう家庭はあるみたいで、それでも払わないって主張するところもあるみたい。そういう家の分をどうしてるのかは聞いてないけど」

香澄は肩で大きく息を吐く。

「いや、払うんは払うよ。これが自分のことやったら絶対に払わんけど。陽人のためやったら払わなあかんやろ」

胸が小さな音を立てた。香澄の言いたいことがすんなり理解できる。これが自分のことだったら、菜々子もおかしいと声を上げていただろう。航太郎のためだと思うから、こうも簡単に屈服させられてしまうのだ。

「子どもを人質に取られとるみたいでホンマに腹が立つ」と独り言のようにつぶやいて、香澄は上目遣いに菜々子を見つめた。

「前にも話したけど、私、陽人が生まれてくるまでは子どものために自分が生きたら終わりやって本気で思っとった。うちの母がまさにそんな人で、私をええ学校に通わせることで自己実現を果たそうとしているだけのくせに、そのことに気づきもせずに、私に対してめっちゃ恩着せがましくて。それをずっと憎んどった」

「わかるよ」

「そういう母親に育てられたから、自分がもし母親になったら……、ホンマはそのつもりすらなかったんやけど、絶対に自立していようって。自分も自立しているつもりやったし、子どもにも依存させまいって思っとったのに、陽人が出てきた瞬間、本当にその瞬間に思ってん。あ、この子の代わりに死ねるわ、これはって」

「うん。わかる」

「これが娘やったらまた違うんかもとか思うけど、それも言い訳なんかもね。でも、やっぱり母と息子って独特やんな。私、男兄弟おらんかったし、なんかいまだに陽人とのつき合い方が正しいんかわからん。そのようわからん感じが、なんとなく、ホンマにいまでもうしろめたく感じたりするんよ」

「よくわかる。航太郎がまだ五歳くらいの頃、ベランダのポリバケツに自分のおしっこを溜めていたことがあったの。あのとき、ワケがわからなすぎて絶望した。とっくに分別のついてる年齢だったのに、何がしたいのかわからなすぎて、そのわからなすぎる感じに変な申し訳なさを感じたのを覚えてる」

「うちの陽人は階段の奇数段だけを噛みしだこうとしとったな。いまでも意味わからん」

「でも、あの頃はまだ夫が生きていたから。男なんてそういうもんだって笑い飛ばしてくれる人が家にいた。あの人が死んでから今日まで必死にやってきたのは、そういう申し訳なさを自分が少しでも感じないようにするためだった気がする」

「わかるわー。めちゃくちゃわかる。菜々子ちゃんと違って、私は自分で選び取った別離やったから、その気持ちはひとしおやわ」

「結局かわいいんだよね。息子」

「まぁ、かわいいわな。ムカつくけど、かわいい。でもなぁ、母性愛ばっかりで自我がないみたいな女、私ホンマ嫌いやってんけどなぁ」

「さっきの香澄ちゃんの『子どもを人質に取られてるみたいで腹が立つ』って言葉、私たちのそういう気持ちを盾にされている感じあるよね」

「わかる。わかるぞー、菜々子。腹立つよなぁ。ホンマに野球部なんて大嫌いや」

そんなに深酒をしたつもりはないのに、香澄にいたっては一滴ものんでいないのに、二人ともよく口が回った。

でも、実際にそうなのだ。たとえば結婚する前に思い描いた理想の母親像のように、格好良くは生きていない。子どものことでばかり不安になるし、おろおろするし、そういえば泣くのだって航太郎のことでばっかりだ。

そんな自分を否定したい気持ちはある。もっと「自分は自分」「息子は息子」と突き放して生きる術はあるのだろうし、子どもたちの方がそうあることを望んでいるのもわかっている。香澄の言葉を借りるなら、結局はそれだって自分自身のためなのだ。自分という人間がいつか悔いを残さないために、息子のことでジタバタする。

「ダサいよね、私たち」

香澄は理由も尋ねずに首をひねった。

「ダサいことを認識してへん母親より少しはマシやろ」

「それで、どうする？　八万円は払わないってゴネる？」

「ゴネるわけないやん。陽人に迷惑かかるもん。あの子を甲子園のベンチに入れてくれるっていうなら八十万でも、八百万でも払ったるわ」

「マジで？」

「ウソに決まっとるやろ！　なんであいつに八百万も。アホか！」

自分で言って笑いながら、香澄は間違えてテーブルのビールに口をつけた。


やはりみんな息子のためという気持ちが強いのだろう。あるいは、他の親と横並びでいなきゃいけないという強迫的な思いもあるのかもしれない。菜々子にも、あんなに怒っていた香澄にだって、その気持ちは間違いなくある。

中には『最初に言われとったよりなんのかんのお金を取っていきますよね』と、電話でイヤミを言ってくる人もいた。どういう理屈かわからないが、『お金は準備しますので妻には黙っておいてもらえますか？』と、口止めしてくる父親もいた。夫から携帯を奪い取って『それは義務なんですか？　試合に出ていない子の家庭も、試合に出ている家と同じように出さなきゃいけないのでしょうか』と、まくし立てる母親もいた。

もちろん呆気なくというわけではなかったけれど、それでも想像していたよりはいくらか順調に、どの家庭も活動費を出すことに同意してくれた。

最終的に菜々子自身が口説けなかったのは二家族だけだった。その人たちも江波透子と一緒に自宅に赴き、膝をつき合わせて丁寧に説明することで、なんとか納得してもらった。

学校近くのファミレスで最後の家族への説得が終わったとき、菜々子はあまりの疲れと解放感からソファの背にもたれかかった。

「ふふふ。おつかれさま。ようがんばったわ」

透子は「秋山さんがいまにも謝るんちゃうかって、ずっとヒヤヒヤしとったんよ」と、涼しい顔で続けた。

一連の仕事を任されたとき、透子から「何があっても謝ったらあかんよ。私たちが悪いことをしとるわけやないんやから」と言われていた。

そのときのことを思い出しながら、菜々子はゆっくり身体を起こす。

「いや、実際に何度も謝りそうになりましたよ」

「やっぱり？」

「めちゃくちゃ責められますし、責められているうちに自分が悪いことをしている気持ちになってくるし。どうして江波さんは謝っちゃいけないって考えに至ったんですか？　それも会計係に代々伝えられてることだったり？」

「まさか。そんな話ないわ」

「じゃあ、どうして？」

「それは、私が去年謝っちゃって痛い目を見たからに決まっとるやろ」

透子はやはり何食わぬ顔で口にする。

「こっちが謝ると相手は必ずつけ上がってくんねん。ただでさえやりづらいもんがますますやりづらくなるし、それ以上に自分が惨めな気持ちになんねん」

「惨め？」

「そりゃそやろ。それこそ自分は何も悪いことしとらへんもん。そもそもこんなふうにお金を集めることに納得しとらんし、もっと言えば頼りない旦那の代わりをしとるだけ。せやのに、ペコペコ頭下げとるんやで。ホンマに悔しいし、情けない。惨めっていうしかないやろ。そんときから『来年の会計さんに絶対に謝るなって教えな』って思っててん」

透子はそう言い切って、最後にやりづらそうに肩をすくめた。

「それに、ホンマに大変なんはこっからやからな。ここからのアドバイスは、せやな、何があってもキレるなって感じやな」


たくさんの不満と少しの軽蔑とともに、最終的に二学年合わせて三百九十二万円ものお金が菜々子たちのもとに集まった。

それを四つの封筒にわけ、監督の佐伯のもとに届けたのは九月に入ってすぐのことだ。

「ええね、秋山さん。絶対に余計なこと言ったらあかんよ」

寮の監督室に向かうとき、透子はしきりにそんなことを言っていた。これ以上なく胸クソは悪いが、もちろん何か言うつもりなどない。自分は与えられた仕事をこなすだけだ。

実際のお金集めには関与していなかったくせに、この日は透子の夫の政志もついてきた。痩せぎすで血色も悪く、ひ弱な印象の人だ。頼りなくはあるけれど、いざ監督と向き合おうとすると男性がいるだけで安心してしまう自分もいる。

土曜日の練習終わり、指定された十九時に代表して政志が監督室の戸を叩いた。「はい、どうぞー」と、快活な佐伯の声が聞こえてくる。

「失礼いたしますー」

直前までの憂鬱そうな様子がウソのように、政志も調子良く戸を開いた。監督室は三階建ての寮の一階、玄関を入ってすぐ脇にある。普段の寝泊まりは自宅でしているらしいが、大切な大会前や考え事をするときなどは何日も籠もることがあるそうだ。そういうとき、選手たちはいつも以上に緊張を強いられるのだと、航太郎が苦笑いを浮かべながら言っていた。

はじめて足を踏み入れた監督室には重たい空気が立ち込めていた。一言でいえば、男の匂いが染みついている。エアコンは効いているのに、タバコの煙と身体から放たれる熱がない交ぜとなったかのような、なんともいえない息苦しさを感じた。

「どうぞ。むさ苦しいところですが」

ユニフォーム姿のまま、監督の佐伯は忙しなく動いている。「コーヒーでよろしいですか?」と尋ねてきては、自ら淹れてくれるという気の配りようだ。佐伯がこんなふうに愛想良く笑っているのを見るのは、航太郎が入学する前以来だろう。

「それで? 今日はどのようなご用件でしょう?」

佐伯は年季ものの革製ソファに腰を下ろした。菜々子はその手をボンヤリと見つめる。幾層にもマメができ、黒ずんでいる箇所がいくつもある。体格に比べて大きなその手で、これまでどれだけバットを振って、ボールを投げてきたのだろう。そんな疑問がふと過った。

テーブルのカップから湯気が立ちのぼっている。佐伯の楽しげな雰囲気とは裏腹に、部屋には隅々まで緊張感が充満している。

透子に肘で突かれ、政志があわてたように口を開いた。

「ご多忙のところお時間をちょうだいいたしまして、本当にありがとうございます。本日、足を運んだ理由は他でもなく、監督さんの日頃のご苦労を少しでも労えないものかと父母会で話し合った結果、これを届けさせていただきました」

政志は床に置いたバッグを膝に移すと、ゴムで縛った四つの封筒を中から取り出し、慎重にテーブルに置いた。

まるで封筒というものをはじめて見るかのような顔をして、佐伯は首をかしげる。政志が額の汗を拭いながら続けた。

「役員の中にはもっといい方法があるのではないかという意見もあったのですが、日々野球部強化のために日本中を飛び回られている監督さんのことです。その出費も相当のものだと想像がつきますので、やはりこれが一番いいだろうということでまとまりました。もちろん父母会の総意です。お納めいただけますか」

佐伯はそれでも何も言わない。自分で淹れたコーヒーにのんびりと口をつけ、あいかわらず不思議そうな顔をしてテーブルの封筒を見つめている。

少しの間、両者の間に沈黙が舞い降りた。先にアクションを起こしたのは佐伯の方だ。カップをテーブルに戻し、小さな息を一つ漏らすと、呆れたような笑みを口もとに浮かべた。

「こんなものは受け取れません」

政志は困惑したように眉をひそめる。

「そういうわけにはまいりません。我々は父母会を代表して参っているだけですので」

「いえいえ、ムリですよ。活動費は私のポケットマネーでやり繰りしています」

「いえ、受け取っていただけなければ困ります。そもそも監督さんが活動費をポケットマネーでというのがおかしいんです。これは父母会の総意です。受け取っていただくまで、我々はここから出ることができません」

きっと毎年繰り広げられていることなのだろう。この慣例が始まった年くらいは本気でやり合っていたのかもしれないけれど、いまでは立派な茶番劇だ。佐伯に本気で拒否するという考えはきっとない。

この期に及んでも、菜々子にはこれが正しいこととは思えなかった。他の名門校にも同じような文化があると聞いてはいるが、果たして本当だろうか。たとえば山藤学園のあの意識の高い親たちが、あの内田監督がこんな醜態をさらしているとは考えられない。

そう、間違いなくこれは醜態だ。万が一にでも外に漏れれば、野球部は深い傷を負う。それを拒否するために、お金の流れが残らない手渡しという方法を採っているのではないか。来年はこれを自分が先頭に立ってしなければならないのだ。

それからも二人は封筒を押しつけ合っていたが、最後は佐伯の方が諦めたように口をすぼめた。

「わかりました。それでは、これは部の活動費として大切にお預かりさせていただきます。しかし、来年以降は絶対にこんなことしないでくださいね。約束してください」

そう流れるように口にして、ため息を吐きながら封筒に手を伸ばそうとした佐伯に、菜々子は無意識のまま問いかけた。

「本当に来年以降はしなくていいのでしょうか？」

ほんの一瞬、時間が止まったような感覚があった。直後に「アホ！　あんた何言うとんの！」という透子のあわてた声が耳を打ち、政志はうんざりしたように天井を仰いだ。

佐伯の手が封筒の目前で止まっている。それをゆっくりと引っ込め、佐伯は余裕たっぷりの笑みを見せつけてきた。

「どういう意味でしょう、秋山さん」

視線がまっすぐ菜々子に向けられている。菜々子も吸い寄せられるようにしてその目を見返したが、しばらくすると胸が大きな音を立てた。

「あ、いえ……」

声がかすれ、一気に全身が汗ばんだ。自分の言ったことにおどろき、菜々子はあわててうつむいたが、佐伯は見逃してくれない。

「なんでしょう？　遠慮なくおっしゃってください」

「ごめんなさい。本当になんでもありません」

「いやいや、それはないでしょう。というか、これってそもそも私から要求したものなんでしたっけ？　江波さん」と、佐伯が政志に問いかける。

政志は困惑したように首のうしろに手を置いた。

「そんなことはございません。父母会で決定したことですので」

「だとしたら、やっぱり秋山さんのおっしゃっている意味がわからないのですが。来年以降はって、どういう意味ですか？」

「あの、本当に申し訳ありません。口を滑らせただけなんです」

「滑らせた？　それって、本音が漏れたという意味じゃないんですか」

「違います」

「べつに持って帰っていただいてかまわないんですよ。私だってできることならこんなものは受け取りたくありませんから。さぁ、どうぞ。お持ち帰りください」

「それは困ります。本当に勘弁してください。ごめんなさい」と、菜々子は懇願するように頭を下げる。

佐伯は嘲けるような笑みを浮かべた。

「本当に……。時間を取れって頼まれて、こうしてわざわざ場所を用意すれば、こんな侮辱めいた言葉をぶつけられて。何度も言いますけど、私からこんなものを望んだことは本当に一度たりともないんです」

「わかっています」

「わかってる？　秋山さん、あなたさっきとんでもなく無礼なことを言ったんですよ。言うに事欠いて、来年以降はだなんて」

「ですけど……」

「なんでしょう？　まだ不満がありますか？」

「不満というか……。ですけど、だってそのお金は――」

一瞬、お金を払うのを渋る親たちの表情が脳裏を過った。中にはお金をそろえるのに苦労した家庭もあっただろう。揉めた夫婦だっていたはずだ。菜々子自身もそうだった。八万円というお金が安いものであるはずがない。子どもを人質に取られているみたいで腹が立つ――。そうつぶやいた香澄の声が耳の裏によみがえる。

あまりに執拗な佐伯の言いようについにカッとなり、菜々子は目を見開いて立ち上がりそうになった。

しかし、となりに座る透子がそれを許してくれなかった。菜々子の腕をつかみ取り、放そうとしないのだ。その細い身体のどこにそんなと思うほど、透子の手の力は強かった。

監督室に冷たい静寂が立ち込めている。さすがの佐伯も気まずさを感じているようだが、嘲笑が消えることはなく、イヤミを言い続けている。

それを政志がいなしてくれた。菜々子の身体はまだ怒りで震えていたが、それも透子にいさめられた。

「ええ加減にしときや。あんた、チームがガタガタになるで。それだけやない。息子さんにも迷惑をかけるんや」

そう耳もとでささやかれ、我に返る思いがした。エアコンの音が耳に戻ってきて、そこから吐き出される冷風を肌で感じる。

菜々子はみるみる冷静さを取り戻していった。自分のしようとしたことが信じられない。あのまま立ち上がっていたら、自分は何を叫んでいたのだろう。どんな暴言を佐伯にぶつけていたのだろう。想像しただけで冷や汗が出る。

「もうラチが明かないので、これはちょうだいしますけどね。しかし――」と、佐伯はなおも不服そうに首をひねる。

「本当に文句はありませんか、秋山さん」

菜々子はその目を見返せなかった。

「ありません」

「あとから何か文句言うのは絶対にナシにしてくださいよ」

「わかっています。本当に申し訳ありませんでした」

菜々子が立ち上がり、腰を折ると、佐伯はようやく溜飲を下げたようにうなずいた。

「言うまでもないことですが、我々は敵対する関係じゃありません。なんとか子どもたちにいい思いをさせたいと願う同志だと思うんです。どうか、その点を今一度認識していただけると私としてもやりやすくなると思います」

そう口にする佐伯の脇に、大金の入った封筒が無造作に置かれていた。

最後にもう一度謝罪して、逃げるように三人で寮をあとにした。ようやく建物が見えなくなったところで、菜々子は江波夫妻に頭を下げた。

「本当に申し訳ありませんでした」

先を歩いていた透子が肩を震わせ、ゆっくりと菜々子に振り向いた。

「絶対にキレるな言うたよな?」

その激しい剣幕に、菜々子は一瞬意識を持っていかれる。

「あの、はい……。本当にすみませんでした」

「すみませんちゃうやろ! どういうつもりか説明してや。あんた、ホンマに何考えとん?」

「本当にごめんなさい。すみませんでした」

「だから、すみませんやないって言うとんのや！　あやうく取り返しのつかんことになっとったんやで。あんたはそれわかっとんのか！」

菜々子は何も言い返せなかった。政志が「もういいから」と間に入ろうとしてくれるが、透子の怒りはエスカレートしていく一方だ。

「あんたの正義感なんかどうでもええ。何が正しくて、正しくないかなんて関係ない。高校野球における監督は絶対の存在や。子どもたちの生き死に握っとんのはあの人なんや！　親が物申すことなんかあったらあかん。あんたはまだそんなこともわからへんの？　もしあそこでキレとったら、あんたのとこの子が干されるだけやない。うちの子にまで迷惑がかかっとったんや！」

透子の目が血走っている。いまにも胸ぐらをつかまれそうなほど鼻息が荒い。その勢いに気圧されるように、菜々子は「ごめんなさい」を連呼する。

透子は唇を嚙みしめた。

「私やってイヤんなるほど悔しかったわ。去年、こんな屈辱的なことはないと思って、寮から帰ってきた子どもに泣きついた。そしたらあの子は一緒に泣いてくれて、謝られて、それでも『高校野球をやっている間だけは我慢してくれ』って言ってきたんや。あんなマジメに何かを頼まれたんははじめてやった。あんたも息子に聞いてみたらええわ。絶対に同じこと言われるに決まっとるから」

透子は目を真っ赤に潤ませていた。「もうええ。もうわかったから」と、政志が抱きかかえるようにして透子を鎮める。

菜々子は謝り続けることしかできなかった。ごめんなさい、ごめんなさい……。頭を下げて繰り返しながら、それでも百パーセント納得はいっていなかった。

監督が絶対の存在であることも、生殺与奪を握っているというのも間違いはないのだろう。子どものメンバー入りに影響するのだろうし、だから親に物申す権利がないというのも理解はできる。でも……。

菜々子は小さくかぶりを振る。航太郎は絶対に「我慢してくれ」などと口にしない。「お母さんの思うようにやったらいい」と、笑いながら言うはずだ。そもそも絶対に航太郎に泣きついたりするものか。

自分でも不思議な感情が胸の中でとぐろを巻いた。なんというか、ようやく腹が決まったという感覚を抱いたのだ。これまで何度となく自分に言い聞かせてきたことだったが、静かな闘志が身体の隅々に行き渡る。

先に歩き出した透子が何かを思い出したように立ち止まった。

「今日のことは他の親御さんにも報告させてもらうで」

勝手にしろ……と、口だけを動かした。いまにも笑いが込み上げそうになるのを、菜々子は懸命に我慢した。

春の選抜甲子園に通じる秋季大阪府大会は、八月下旬から始まった。ノーシード校として挑んだ希望学園ではあったが、クジ運にも恵まれ、毎週末に組まれた試合を取りこぼすことなく勝ち進んでいった。

夏の日差しがようやく和らぎ、しのぎやすい風が吹き始めた十月、希望学園は決勝戦に駒を進めた。

上位三校に与えられる近畿大会の出場権はすでに手中に収めている。大阪、京都、和歌山、奈良、滋賀、兵庫の計六府県の上位十六校が近畿大会に集結し、甲子園の切符を与えられるのはそのうちの六校だ。

希望学園にとって初となる甲子園のことだけを考えるなら、この決勝戦はある意味、消化試合といえるだろう。間もなく始まる近畿大会だけを念頭に置いて、大阪府大会の決勝に挑むという考えもあったはずだ。

しかし選手の中に、指導者や親の中にも、そんな気持ちの者は一人としていなかった。対戦相手がこの夏の府大会の覇者であり、甲子園でもベスト4まで勝ち進んだ山藤学園であることが一番の理由だ。

大阪湾の埋め立て地に造られた舞洲（まいしま）ベースボールスタジアムには、秋の大会とは思えない熱気が感じられた。

スタンドを埋める観客の大半は、山藤の勝利を期待していただろう。「こうやって生で見るとホンマに真っ赤なんやな」と、いまだにユニフォームを揶揄（やゆ）されているのを聞くと、希望学園がまだまだ新興校の枠から脱却できていないことを痛感する。

もちろん、選手たちにそんなことを気にしている者はいない。ベンチの前で円陣を組み、うなるような声を上げている選手たちが観客を圧倒する。

「おっほー、これはすごいわ。あいつら、本気で勝ちにいくつもりやで」という声は、いろいろな屈託を抱える菜々子の耳にも心地がいい。

しかし叫び声を上げるベンチ入りメンバーの中に、航太郎はいない。手術から二ヶ月、ここまでリハビリは順調に進んでいるが、ボールを投げるのはまだ先だ。

それでも、一歩ずつ前には進んでいる。航太郎のそういう姿を見ているだけで、菜々子もがんばることができる。

そしてもう一つ、母親たちの間でどれだけ苦しい思いをしたとしても、菜々子には踏んばれる理由があった。

「どないしたん、ボンヤリして。早よ座ろや」

香澄が菜々子の背中に手を回してくる。外の球場で親同士が話すことは禁止されている。二年生の親はあいかわらず陰湿に見張っているし、菜々子が佐伯に食ってかかったという話が駆け巡ってからは、一年生の親たちからも監視されるようになってしまった。よっぽど要注意人物だと思われているのだろう。

本音をいえば、気が滅入る。父母会の役員内ではまるで存在しないかのように扱われ、その空気は確実に役員以外の父母たちの間にも広まっている。菜々子には声のかからなかった懇親会で重大事項が決定していて、面倒な役割ばかり押しつけられることも増えた。イビリ以外の何ものでもない。

それでも菜々子には香澄がいる。こんな目に遭ったと愚痴をこぼせば「何なん、それ。激アツやん」と笑い飛ばしてくれ、あり得なくない？ と同意を求めれば「あり得ん、あり得ん。パラレルワールドの話やわ」とうなずいてくれる。

佐伯との一件があったときも、香澄にだけは事の顚末をすべて明かした。なるべく自分にばかり都合が良くならないよう注意しつつ、それでもありったけの恨みを込めて事情を説明した菜々子に、香澄は一瞬の間もなく舌打ちした。

「もっと言ってやったらおもしろかったのに」

「は?」

「そんなもん、どう考えたって監督が悪いやろ。『あんたは四百万もどうするつもりだ』『ちゃんと領収書持ってこいよ』『っていうか、税務署にたれ込むぞ、このヤロー』って言ってやれば良かったんや。どっちにしたって、菜々子ちゃんが謝ることちゃうで。胸くそ悪すぎてゲー吐きそうや」

菜々子と香澄の関係はさらに遠慮がなくなった。菜々子と打ち解けてのことか、もともとそういった人間性なのかはわからないけれど、香澄はドクターという立場を忘れさせるほど毒舌だ。

「なんかさ、もちろんへコむし、気分は悪いんだけど、なんか妙にノスタルジックな気持ちになるときもあるんだよね。あの人たちと話していると」

江波透子との一件を打ち明けた夜、菜々子はいつも以上にのんでいた。

「ノスタルジック? どういう意味?」と、一滴も口にしていないのに、香澄がつき合ってくれるのは本当にありがたい。

「なんか、こういう感じって久しぶりだなって瞬間があるんだよね。なんだったっけ……ってずっと考えてて、最近やっとわかった。中学の教室の雰囲気に似てるんだ。教室のっていうか、自分の周りのコミュニティーの」

「中学の」と、語尾を上げるでもなくつぶやいて、眉がグニャッと歪んだ瞬間、香澄は思いきり噴き出した。

「わかる。めっちゃわかるわ、それ」

「なんかサル山のボスみたいな人間がいて、その人間が勝手に作ったルールみたいなのを取り巻きたちが必死に守って。常に誰か一人を爪弾きにして」

「私みたいに相手にされない人間もいて」

「爪弾きにされた人間と相手にされない人間が裏でこっそり手を組んだりして」

「あいつらクソやって陰で悪口言うたりして」

「でも、その二人もそのうち決別するんだよね」

「二人のうちのどっちかが主流派に抜擢(ばってき)されるんや」

「結局、ガキのままなんだよね。私たちも含めて」

「そやな。子どもたちの方がよっぽど成長しとる」

「私が香澄ちゃんを裏切ることはないけどね」

「私もやで。菜々子ちゃんがおらなあそこで生きていけへんわ」

そんなことを言いながら自棄になったように笑い合ったあの夜、菜々子は「とりあえず私はもう完全に開き直ったから。向こうが何かしてきたとしても絶対に屈しない」と、宣言するように香澄に伝えた。

香澄もまた意地悪そうに微笑んで、「ええな、それ。私も乗ったるわ。そやから菜々子ちゃんを一人にはせぇへんって言っとるやろ」とつぶやいた。

以来、本当に保護者の前で堂々と振る舞うようになった。グラウンドでの態度など不遜と言っていいくらいで、共闘を誓い合った菜々子ですらヒヤヒヤさせられる。べつに私は何も悪いことしてないですからというふうに、開き直った調子を崩さない。そういえば、そんな子も中学時代にいた気がする。そして、そんな子は高校以降に花開く人が多かった。

大一番を迎え、舞洲スタジアムのスタンドにはいまにも破裂しそうな興奮が充満していた。二年生の親たちが先に前列に座り、それを見届けた一年生の父母も着席する。まだ立っているのは菜々子と香澄の二人だけだ。

さわやかな風が頬を撫でた。

「いや、ちょっと……。菜々子ちゃん？」と、さすがにあわてた様子の香澄の姿も、他の親の冷たい視線も気にならない。

菜々子の視界には一人の選手しか映っていなかった。

スタンドにいる航太郎ではない。その航太郎が二年前の和歌山県知事杯で投げ合ったライバルピッチャーの原凌介くんだ。

原くんが、航太郎が憧れてやまなかった山藤のエースナンバーを背負い、颯爽（さっそう）とマウンドに駆け上がる。

その姿を、菜々子はまばたきもせずに見つめていた。

＊
＊
＊

希望学園の野球部員が帰省を許されるのは、年に二回。夏の大会の終了後に一泊と、年末年始の三泊だけだ。

はじめての帰省となった夏は肘の手術もあり、自宅でゆっくりしている時間はなかった。航太郎がちゃんとアパートに帰ってくるのは、入寮した三月以来、九ヶ月ぶりのことである。

仕事も休みの大晦日、菜々子は朝から落ち着かなかった。こんな日にも練習はあるが、昼までには切り上げ、遠方の選手も帰れるようにしているという。

多くの親が学校の近くまで迎えにいくという話を聞いた。一週間ほど前にめずらしく電話をかけてきた航太郎に、菜々子は「私も迎えにいこうか？」と尋ねた。

ほんの一瞬、スマホを沈黙が伝ったあと、航太郎は笑い声を上げた。

『こんな近いのになんでお母さんの迎えがいるんだよ。大丈夫、一人で帰る。っていうか、友だちと遊んでから帰るから遅くなると思う』

「遊ぶって何？　どこで？」

『知らんけど。ミナミとか？』

「は？　何言ってんの、あんた。ちょっと待ってよ。晩ご飯は私と食べるんでしょうね？」

『正月は食べるつもりだけど』

「何言ってんの！　バカじゃないの！　ダメダメ、そんなの絶対に許さない！　大晦日も私と食べる」

『えー、ホンマにあかん？　もう約束してしもうたんやけど』

航太郎の猫なで声が、さらに菜々子の感情を逆なでした。

「ダメって言ったら、絶対にダメ！　友だちって、どうせ野球部の子たちでしょ？」

『まぁ、そうやけど』

「なんで年がら年中一緒にいる子たちと遊ばなきゃいけないのよ」

『それこそなんでだよ。めちゃくちゃなこと言っとるわ』

「もういいから帰ってきて。今回の帰省くらい家にいたらいいじゃない」

少しの静寂のあと、航太郎は諦めたように声を上げた。

『まぁ、たしかにね。それに関してはお母さんの言う通りや。わかった。夕飯までには帰る。晩メシは一緒に食おや』

その一言に、全身の力が抜けるほど安堵した。

「ホントね？　待ってるからね」と、念を押すように電話を切ったあと、菜々子はようやく異変に気がついた。航太郎は延々とおかしな大阪弁を使っていた。

憂鬱の芽がまた一つできたという気持ちを抱きながらも、久しぶりに帰ってくるのはやっぱりうれしい。

香澄のところは焼き肉店に繰り出すと聞いている。

「富久の予約を取ったんや。良かったら菜々子ちゃんと航ちゃんも一緒にどない？」と誘ってくれたが、菜々子は丁重に断った。二人で過ごしたいという気持ち以上に、航太郎に手料理をたらふく食べさせてやりたいという思いが強かった。

朝から準備に取りかかった。自分の分だけ作るのと、航太郎がいるときとでは分量も工程もまったく違う。

一人になってからはまずお米がほとんど減らない。おかずだって二品もあれば充分だ。スーパーのタイムセールのお惣菜(そうざい)だけで済ませることもしょっちゅうだし、そういえばあれだけ作っていた豚汁も航太郎の入寮以降は作っていない。お酒の量だけは以前より増えた。

ちょうど炊飯ジャーが炊き上がりを知らせるメロディーを奏でた頃、航太郎が見慣れない制服姿で帰ってきた。

「ただいまーっと。ああ、腹減ったわ」

「おかえりー」と、満面に笑みを浮かべて振り返って、菜々子は一瞬身構えた。航太郎はその挙動を見逃さない。

「なんだよ、その感じ。俺、なんか変？」

航太郎は自分の顔に手で触れた。菜々子も不思議な感覚だった。航太郎が扉を開いた瞬間、部屋の密度が一気に増した気がしたのだ。威圧されているかのような空気を感じて、いつもの部屋が景色を変えた。

菜々子は小さくかぶりを振った。

「ううん。べつに。もうすぐご飯できるから先にお風呂入っておいで」

「風呂はあとでええわ。腹減った」

「いいから入っておいで。その方がおいしいから」

ぶつぶつ言いながらも航太郎は素直に風呂場に消えていく。菜々子はようやく息を吐けた。グラウンドで姿は見ているし、最近は隙を見て言葉を交わす機会も増えた。もちろん航太郎の身体が大きくなっているのは知っていたが、こうして家に入ってくると気配が違う。少なくとも入寮する前の航太郎とは別人のようだ。

航太郎はあっという間に風呂から出てきた。上半身裸のまま、購入しておいた豆乳を一息に飲む姿はあの頃のままだけれど、醸し出す雰囲気はやっぱり違う。大げさに言えば、獣のような臭いがする。

「おー、全部うまそうや！　さすが、家の料理は全然違うな」

航太郎は気にする素振りを見せずに箸を取った。ステーキも、お刺し身も、大好物がこれでもかと並んでいる食卓で、最初に手を伸ばしたのは豚汁だ。

熱い汁を一気にすすり、「うまい、うまい！」と大騒ぎしながら、航太郎は大げさに目を見開いている。

「なんや、これ。めちゃくちゃうまい。とんでもなくうまい！」

「何よ、それ。バカにしてんの？」

菜々子は呆れて肩をすくめた。

「いやいや、マジや！　え、これ何も変えてない？　こんなにうまかったっけ？　うちの豚汁」

あっという間に一杯目を平らげると、他の料理に手をつける前に航太郎は自ら豚汁をおかわりしようとした。

「何？　いいよ。私がよそうから」

航太郎はポカンと口を開く。

「あ、そうか」

「何が？」

「いや、家ではお母さんにそんなこともしてもらってたんやなって。いいよ、これくらい。自分でする」

航太郎は苦笑したが、菜々子はうまく笑えなかった。たくましく感じる気持ちは間違いないのに、さびしさの方が上回る。

こうして子どもは呆気なく親離れしていくのだろうか。いや、航太郎はとっくに親離れを果たしているのだ。家を出ていった三月のあの日以来、自力で起きることもままならなかった子は軽やかに一人で生きている。

自分でよそった二杯目の豚汁も、航太郎は大騒ぎしながら頬張った。やるせなさを抑え、菜々子は気持ちを切り替える。

「寮のご飯ってそんなにおいしくないの？」

そんなことさえ聞かされていない。電話での航太郎は極端に無口だ。母に言われるから仕方なく電話しているという態度があからさまで、ケガの状況以外はほとんど何も語らない。

他の子たちのようにお小遣いをせがんでくることもなければ、悩みを打ち明けられることもない。物足りないという気持ちを抱きつつ、菜々子の方からも電話ではあまり突っ込んで尋ねることができないでいた。

「そりゃうまくはないよ。とくに米が最悪。干からびてるみたい」

航太郎はテレビのチャンネルを紅白に合わせ、若い女の子のアイドルグループのステージを見ながら「ふーん。まったく知らないや、この人たち」とつぶやいた。そんな独り言からも普段の息苦しい生活が垣間見える。

家に帰ってきたらいろいろ尋ねようと思っていた。寮の生活はどういったものか、人間関係はうまくいっているのか、先輩はどんな人たちなのか、仕送りは足りているのか、希望学園を選んだことに悔いはないか。

何より気になっていたのは、入寮してはじめて見た体つきだ。あの瘦せ細っていた身体はなんだったのか。「お米が最悪」という一言で説明がつくとは思えない。

しかし、航太郎は心にバリアーを張っているかのように、菜々子に質問するチャンスを与えてくれない。

菜々子が何か尋ねようとするたびに、一人でさみしくないのか、大阪に来たことに後悔はないか、病院の人たちとはうまくやれているのか、生活は苦しくないか……。航太郎の方が質問を投げかけてくる。

そのうちの一つにこんなものもあった。

「池田さんとはちゃんと会ってるの？　元気にしてる？」

大量のおかずはあらかたなくなっている。茶碗のお米もキレイになくなってはいるけれど、おかわりはしていない。以前よりは少し量が落ちただろうか。

菜々子は何食わぬ素振りを装った。

「ああ、それがね。池田さんとはもう連絡も取ってないんだ」

「え、なんで？」

「なんか結婚するみたいだよ」

「は？　どういうこと？　他の人と？」

「それはそうでしょう」と、菜々子は噴き出したが、航太郎は釣られなかった。

「だって、まだ一年も経ってないやん。お母さんがこっちに来てから。それで結婚って、ちょっと早すぎひん？」

「さぁ、どうなんだろうね。前からそういう人がいたんじゃないの？」

「浮気してたってこと？」

「浮気っていうことはないでしょ。べつに私とつき合ってたわけじゃないんだし」

「いやいや、それはちゃうやろ。っていうか、ええ、マジかぁ……。なんか、ごめんなぁ。お母さん」

航太郎はなぜかしおらしく頭を下げてくる。

「なんであんたが謝るのよ」

「だって、俺と一緒に大阪なんかに来たからこんなことになったんやろ？　あのまま向こう住んどったら、池田さんは絶対に結婚なんてしてへんやん。っていうか、お母さんと結婚してたんちゃうの？」

そうして続けられた「そうなんやぁ。やっぱり遠距離ってうまいことといかんのやなぁ」という言葉に、今度は菜々子が反応する。

「やっぱりって、どういう意味よ？　あんたの方こそ恵美ちゃんと仲良くしてるんでしょうね」

「それがなぁ。実は俺もフラれたんや」と、航太郎はさっぱり白状した。

「なんか高校で同じ部活の先輩に告白されたんやと。ずっと苦しくて、俺に相談したかったんやけど、寮にいたから話すこともできなかったらしい。そんなもん、絶対ウソやんな。だいたい他の人に告白されたのを俺に相談するってどういう話やねん」

いまさらながら菜々子は気づく。そういえば航太郎はずっとおかしな大阪弁を使っている。電話ではあれほど気になったことなのに、この瞬間まで察することができなかった。航太郎の帰宅に舞い上がっていたことに加え、おそらく菜々子自身が大阪での生活に慣れてしまったからだろう。あまり違和感を抱かなかったことが、自分のことながら不気味だった。

「そうかぁ、おかんもフラれたかぁー。フラれたもんしかこの家にいないって、辛気くさい話やなぁ」

航太郎の口はよく回る。思えば、呼び方が「ママ」から「お母さん」に変わった小一のときもそうだった。その日に学校であったことをマシンガンのようにまくし立て、そのどさくさに紛れるようにしてはじめて「お母さん」と呼んだのだ。

少しさびしくはあったけれど、それはそれで可愛くもあった。茶化したくなる気持ちをグッと堪え、あの日は気づかないフリをしてあげた。でも……。

「いやいや、それは絶対に認めないから」

自分でもハッとするほど冷たい声が口をつく。それとこれとは話が違う。「お母さん」と「おかん」とでは意味が違う。

航太郎はびっくりしたように目を見開いた。

「認めないって、何をだよ」

どうやらしらばっくれるという手で来るようだ。菜々子はため息を一つ漏らした。こればかりはうやむやにするわけにはいかない。

「その変な大阪弁は百歩譲って認めてあげる。本当はイヤだけど、関西人ばかりの中で生活してるんだもんね。方言が移っちゃうのは理解できる。でもね、その〝おかん〟って言い方だけは許さない」

「なんで？」

「私はあんたのおかんなんかじゃないからよ！」

「正真正銘おかんやんけ！」

「ちゃうわ！　何がおかんや。私を大阪のおばちゃんみたいに扱うな！」

売り言葉に、買い言葉だった。自分の口から「ちゃうわ」なんて言葉が飛び出して、菜々子は頬を熱くする。

航太郎の鼻がひくひく動いた。

「ええやん、大阪弁」

「良くない！」

「いやいや、悪くないって。郷に入っては郷に従えっていうことわざ、たしか教えてくれたのおかんやったと思うんだけどな」

「あんた、マジで……」

「ウソウソ。いまのは冗談」

航太郎は小馬鹿にするように首をひねり、仕切り直しというふうに尋ねてくる。

「じゃあ、なんて呼べばいいんだよ。オフクロ？」

「それもイヤ！　なんか一気に老けた気にさせられる」

「じゃあ、なんだよ？」

「べつにお母さんでいいじゃない」

「えー。なんかお母さんって呼び方って大阪弁に馴染まないんだよなぁ。『うちのお母さんが偏頭痛持ちなんやけどな』より『うちのおかんが偏頭痛持ちなんやけどな』の方がしっくりくると思わへん？」

「思わない！　だったら、最初から『うちのお母さんが偏頭痛持ちなんだけどさ』って言えばいいじゃない。っていうか、人のこと勝手に偏頭痛持ちにしないでよ！」

菜々子は本気で抗議したが、航太郎はお腹を抱えてキャッキャと笑った。しばらく腹の虫は治まらなかったが、おかげでおかしな緊張感は消えていた。

紅白にも飽きたらしく、買っておいたアイスキャンディーをくわえながら、航太郎はハードディスクレコーダーを起動させた。

航太郎が入寮して以来、家にいたら見そうな番組ばかり予約をするクセがついている。

「お、すげぇ。なんかいろいろ入ってる。M－1も録ってくれとるんや」

そんなことをつぶやきながらも、航太郎は違う番組にカーソルを合わせた。ドラフト会議で指名される可能性のあるアマチュア選手に密着したドキュメンタリーだ。まだ小学生だった頃、航太郎はこの手の番組が大好きだった。健夫が亡くなってからはあまり見ていた記憶はないが、目についたので一応録画しておいた。

イスの背もたれを抱え込むようにして、航太郎はその番組を見始めた。あらためて背中の大きさに圧倒される。菜々子もイスに腰かけ直し、新しいビールに口をつけながらボンヤリとテレビを見つめた。

しばらくの間、テレビの音だけが聞こえていた。ちょうど指名された高校生が、満面に笑みを滲ませながら両親に感謝を告げている場面が映し出されたときだった。

航太郎がポツリと言った。

「いろいろありがとうね、お母さん」

心臓が小さく音を立てる。それを悟られないよう呼吸を整え、菜々子は慎重に尋ねた。

「何が?」

「何も聞かないでくれて。野球部のこと、本当はいっぱい聞きたいはずやのに。あえて聞かないようにしてくれとるんやろ? 他のお母さんたちはしつこいくらいやって言うし。ありがたいなと思って」

「べつに、そんなこと……」と一度は口を閉じかけて、菜々子は自分を奮い立たすように首を横に振った。

「ああ、でも、航太郎。やっぱり一つだけ聞いてもいい?」

「聞くんかい!」と、航太郎は漫才師のように声を上げる。

「まぁ、べつにいいけどね。でも、一つだけやで」

「うん。でも、たぶん一番話しにくいことだと思う。傷つけたらごめんね。あのさ、夏のはじめにあんた外から私に電話してきたのって覚えてる？　病院からって言ってた。救急車の音も聞こえてた」

航太郎はなんてことないというふうに肩をすくめる。

「もちろん覚えてるよ」

「そのときに言ったことも？」

「うん。肘が痛いって言ったよね」

「違う。そっちじゃない。もう一つの方——」

菜々子は思わず気色ばんだ。寮に入ってから一度も訪れなかった瞬間だ。表層をなぞるような時間がようやく終わり、航太郎と心が通い合った。聞き分けのいい母親のフリをするのはもうムリだ。この機会を逃すことはできなかった。

航太郎はボンヤリと菜々子を見つめていた。しらばっくれるという考えも脳裏を過ったに違いない。それでも、逃げずに目を見返した菜々子に何かを感じ取ったのだろう。しばらくすると、仕方ないというふうに目を細めた。

「やめたいって言ったよね。たしか、あのとき。それも覚えてる」

のどの奥が小さな音を立てる。ずっと尋ねたいと思っていたことだ。七月のあの日、深夜一時を過ぎていた。航太郎から寮に入ってはじめての電話がかかってきた。

電話の向こうで航太郎は泣いていた。父を亡くして以来、一度も泣いたことのなかった子が受話器を握りながら泣き声を上げていた。

混乱する菜々子に、航太郎は『もうずっと肘が痛い』と告げてきた。そして、何かを振り切るように言ったのだ。

『俺、もう野球やめたいよ』

あの夜のか細い声がいまでも耳に残っている。あわてて車のキーを握って家を飛び出し、朝が来るまで近郊の総合病院をいくつも回った。しかし航太郎はおろか、公衆電話を見つけることすらできなかった。

緊急事態だ。寮に駆け込むべきだという気持ちはあった。管理人や監督を叩き起こすべきだという考えも過ったが、菜々子にはできなかった。航太郎に迷惑をかけてしまうと思ったからだ。

そのことに菜々子自身が傷ついた。自分は航太郎の親であって、高校球児の母親なわけじゃない。そんな当たり前のことを自分自身が否定した。土壇場に至ってなお体裁を気にしている自分自身に失望した。

結局、寮の起床時間からしばらくして、知らない番号から『昨日は取り乱してごめん。ちゃんと帰ってるから大丈夫』というショートメッセージが送られてきた。

持ち主が誰かもわからないその携帯に『とにかく今日中に電話して。そうでなきゃ、本当に寮を訪ねます』という返信を送ったら、その日の昼にはまた違う番号から航太郎は電話をかけてきた。

そのときにはもういつもの航太郎に戻っていた。『本当にごめん。なんかちょっとうまくいかなかっただけだから。心配かけてごめんね、お母さん』というあっけらかんとした声に、菜々子はそれ以上追及できなかった。

思えば、航太郎は昔からそうだった。心の内に立ち入られたくないと思うときほど明るく振る舞う。それを察したら菜々子も深く探らないという暗黙のルールが、いつの間にか母子の間にできていた。

それでいいのだ。それが自分たちの決まりだという気持ちがある一方で、だから自分はダメなのだと自己否定に陥りそうなときもある。

つまり、それは肝心なときに逃げているだけなのだ。問題を航太郎自身に押しつけ、ただその場をやり過ごしているだけ。航太郎が周囲から「いい子」と言われるのは、結局は菜々子のふがいなさから来るものだ。

少なくとも、あの夜の航太郎は普通じゃなかった。そんな事態に至っても心の内に踏み込むことができなかった。いざというときに足がすくむ。胸を張って立ち向かえない。親として無力な自分を突きつけられた。

その菜々子がようやくあの夜のことに触れられた。

「私、あんたからはじめて聞いたんだよ。野球部でもなく、学校でもなくて、野球をやめたいって言ったの、はじめて聞いた。あの日からずっと気になってる」

「だったら普通に聞いてくれたら良かったのに。手術のときとか、タイミングはいくらでもあったでしょ」

「タイミングはあったかもしれないけど、あんたにそのつもりがなかったじゃない。私にも勇気がなかった」

「勇気ってなんだよ。べつに俺は隠してるつもりなんてなかったよ。聞かれないのはありがたいと思ってたけど、聞かれたらちゃんと答えようと思ってた」

「じゃあ、教えてよ。頼りない母親でごめんね。でも、知りたい。あのとき、あんたに何があったのか」

「うん。まぁ、そうだね――」と小声で言って、航太郎は顔に張りついた笑みをゆっくりと引っ込めた。

「お母さん、変な想像してるかもしれないけど、べつにイジメとか、暴力とか、そういうことが理由じゃないよ。もちろん先輩たちに不満はあるし、監督にも腹の立つことばかりだけど、そんなことはどうでもいい。理由の一つは、本当に肘が限界だって感じていたこと。俺って変に意固地なところがあるでしょ？」

「うん。お父さんに似てね」

「いやいや、俺は完全にお母さんに似てるんだと思ってるけど、それはともかく、あの頃は自分のそういう意固地さに勝手に苦しめられてた気がする」と流れるように口にして、航太郎は菜々子の返事を待たずに続けた。

「中学時代に肘の手術をしなかったこと、本当のことをいうとずっと後悔してた。なんであのときに決断できなかったんだろうって」

「そうなの？」と首をひねって、尋ねるべきはそうじゃないと思い直し、菜々子はあわてて質問を変えた。

「どうしてだったの？」

航太郎はやりづらそうに鼻先に触れた。

「それこそ意地になっていたからだと思う。西湘の大竹監督にも、内田監督にも、自分がやれるっていうことを見せなきゃって思いすぎてた」

「内田監督？」

「うん、山藤のね。肘が痛いんじゃないかって指摘されたことも、意識が低いって注意されたことも、うちに来いって声をかけてくれなかったことも全部悔しくて、なんとか見返したいって思ってた。その結果、勝手に焦ってこのザマだからさ。高校に入ってすぐに肘の痛みは再発してたし、なんとか欺しだましやってたんだけど、こんなんじゃ通用するはずないって誰よりも理解してた。それが本当に情けなくて。なんか行っちゃったんだよね」

「行った？　どこに？」と尋ねながら、菜々子にはなんとなくその答えがわかった。

「もしかして山藤？」

「うん、治療日に。わざわざ山藤の近くの病院を探して」

「それで？　どうだったの？」

心が逸るのを感じながら、先を促した。航太郎は照れ笑いを浮かべることなく、かすかに唇を嚙みしめた。

「それが二つ目の理由かな。かなり傷ついたよ。まだ夏の大会前だったし、だから大ブレークする前だったけど、原のピッチングを見て度肝を抜かれた。ハッキリいってモノが違った。自分がケガでモタモタしている間に、あいつはとんでもないことになってた。そりゃ内田監督は原を獲るわけだって思ったよ。もっと落ち込んだのは、原以外の一年生のピッチャーも俺よりずっと良かったこと」

航太郎は卑下したような笑みを浮かべ、ちらりと棚の上のデジタル時計に目を向けた。新しい年を迎えるまで、あと十五分ほどだ。

大きく伸びをしながら、航太郎は思わぬことを口にした。

「年が明けたらどこかの灯りの下でキャッチボールしない？　初詣がてら」

「なんでキャッチボールなのよ。まだ焦ってるの？」

「ハハハ。いや、まったく焦ってないよ。たしかに手術してすぐの頃はジタバタしてたけど、いまはそんな気持ち全然ない。むしろ逆」

「逆？」

「うん。俺の高校野球は実質一年しかないと思ってる。下級生の間にムリして復帰しようとは思ってない。肘を完全に治した上で、八月の新チームから合流できたらいいなって思ってる。とりあえず焦ってないから心配しないで。キャッチボールしたいのは全然違う理由。俺、手術してから実はまだ一球も投げてないんだよね」

「そうなの？」

意外な思いがした。病院から与えられた復帰プログラムに従うなら、もうとっくにキャッチボールくらいしていていい頃だ。

航太郎はふんと鼻を鳴らす。

「もう焦るのはやめようと思ってたし、だからボールを投げるのは年が明けたくらいからでいいやって考えてた。ホントは陽人でも誘おうと思ってたんだけど、お母さんが最初の相手っていうのも悪くないでしょ。昔はよくやってくれたんだし。つき合ってよ」

航太郎は持ち帰ったバッグからグローブを二つ取り出し、その一つを渡してきた。胸がかすかに弾むのを感じながら、菜々子は流されそうになるのを懸命に拒む。

「わかった。キャッチボールはつき合ってあげる。その代わりもう一個だけ教えて」

「えー、約束が違うじゃん」

航太郎はふてくされた仕草を見せたけれど、菜々子はやっぱり怯まない。むしろこちらの方が本題だ。

「落ち込んだ理由はよくわかった。野球をやめたくなったことにも納得はいく。でも、一つだけわからない。どうしてあんたはたった一晩で立ち直ったの？　あの夜に何があった？」

航太郎はおどけたような笑みを浮かべた。

「そんなのわかってるんじゃないの？」

「何？」

「救急車の音」

「やっぱりそうか」

「あのイヤな音がお父さんのことを思い出させた。お父さんが運ばれた病院のことが猛烈によみがえって、なんだか逆に冷静になった。現実に引き戻された気がしたし、弱音を吐いてる場合じゃないなって思ったんだよね。お父さんのことを思い出した」

デジタル時計が二十三時五十五分を示している。仏壇の健夫を一瞥だけして、航太郎は今度こそ立ち上がった。

「さ、ぼちぼち行こや。おかん」

結局、男の子の親として、自分はまだ健夫に敵わないらしい。そんなことを感じつつ、意外にも菜々子は卑屈な気持ちにならなかった。死んでなお健夫が自分たちを支えてくれている。そう思うことができたのだ。

「ちゃんと暖かくしていきなさいよ。あんたいつも薄着なんだから」

よく「三年」という言葉を耳にするが、実は高校野球をしていられる時期は二年と少ししかない。甲子園に出場し、そこでも勝ち進み、その先にある国体にまで出場するならいざ知らず、七月の地方予選で負けてしまえばわずか二年三ヶ月だ。

最上級生になるまでの期間はさらに短く、一年と三ヶ月。過酷な環境が子どもたちに、あるいはその親にも無間地獄のような長さを感じさせるが、後輩や下級生の親として過ごす時間はそれしかない。

その一年三ヶ月のほとんどを、航太郎はケガとともに過ごすことになった。それでも、何もあきらめていないという。戦い方を変えつつ、真剣に高校野球に向き合うと宣言した。

父との約束を果たすためだ。

山藤を倒して、甲子園に出場するため。

そのチャンスが残されているだけ、航太郎は、きっと菜々子も幸せだと言えるのだろう。

❖　❖　❖

昨秋の大阪府大会準優勝、近畿大会ベスト8。そしてこの春の府大会ベスト4という実績を引っさげ、今年こそはと挑んだ夏の大会だった。

大会前のメディアの評価もかなり高かった。優勝候補の筆頭はもちろん山藤学園ではあったものの、その山藤に春の準決勝で二対三という大接戦を演じた希望学園を対抗馬とするスポーツ紙もあったくらいだ。

選手たちは相当意気込んでいた。佐伯豪介監督をはじめ、コーチ陣もかなりの熱の入れようだった。他の強豪校に比べると先輩たちの愛校心は極端に低いと聞いているが、大学や社会人野球に進んだOBたちが連日のように練習の手伝いにきてくれ、グラウンドは何かが沸騰したように大きな声であふれていた。

肘のリハビリを順調に終え、航太郎も前言を翻して五月には全体練習に復帰していた。おっかなびっくり投げている様子はなく、そのうち紅白戦でも少しずつ結果を出すようになり、ひょっとすると夏の大会のメンバーに入るのではないかという期待を少しだけ抱いていたが、そんなに甘いものではなかったようだ。

それでも、電話でその旨を伝えてきた本人に落ち込んでいる気配は見られなかった。

『まぁ、俺は復帰したばかりやし。これでメンバー入りしたらさすがに先輩たちに申し訳が立たんわ。それよりさ、お母さん――』

やけにあっけらかんとした口調で言って、航太郎はさらに何か言いたそうにしていたが、そのとき背後から誰かの声が聞こえた。その人に向けて返事をして、航太郎は仕切り直しというふうに口にした。

『まぁ、ええわ。それは今度会ったとき話す。そんなことより夏の大会、しっかり応援しといてな』

「うん？　なんで？」と、航太郎がベンチ入りしなかったからといって、振り返ればバカな質問をしたと思う。

航太郎は笑い声を上げ、菜々子を諭すようにつぶやいた。

『いいチームやから。俺は入れへんかったけど、いいチームなのは間違いない。みんなに経験を積んでもらって、新チームで活かせたらって思っとる。ホント、甲子園行きたいんや』

そう航太郎にお願いされたからというわけではなかったけれど、わりと前向きな気持ちで応援に臨んだ大会だった。

それは菜々子に限らず、やはり息子の陽人のベンチ入りが叶わなかった馬宮香澄も、大会が始まるのを心待ちにしている様子だった。

「去年は右も左もようわからんかったけど、今年はなんか気分が上がるわ。どんな大会になるんやろね。甲子園、ホンマに行けるんかな」

決勝戦まで勝ち進まなければ、山藤との再戦は実現しない。今度こそ山藤に勝つのだと意気込むことは、果たして油断といえるのだろうか。

航太郎たちの一つ上の世代、九期目となる希望学園の野球部は、その短い歴史の中で初となる夏の大会での初戦負けを喫した。

たしかに相手は大阪では古豪として知られる公立校ではあったものの、近年はほとんど結果が出ていなかった。何より秋の大会で希望学園はこの学校をコールドで下していた。敗れるなんて夢にも思っていなかった。

相手スタンドに陣取った親たちの歓声がいつまでも聞こえていた。当然のことだが、相手校の親たちにもそれぞれの高校野球があるのだ。今日負けて当たり前だなんて誰一人思っていない。

同じように生まれたときから子どもたちの野球と向き合い、同じように甲子園に行くことを信じていた。

反対に希望学園の応援スタンドの親たちは、文字通り言葉を失っていた。序盤にポンポンと点を取り、三対〇としたところまでは雰囲気は抜群だった。しかし、その後もチャンスは作るものの、あと一本というところで打ちあぐねた。

すると一転、相手が少しずつ押し込むようになった。菜々子にはよく聞く「野球の流れ」というものがいま一つ理解できないが、そうとしか説明のつかない展開はたしかにある。不運なヒットやエラーが絡んで、一点、また一点と詰め寄られると、スタンドにイヤな空気が漂い始めた。終盤からあわてたようにキャプテンであり会長の息子である佐々木太陽がマウンドに上がったものの、時すでに遅しだった。相手の勢いを止めることはできず、最後は四対五というスコアで敗れ去った。

希望学園側のスタンドに泣いている親はいなかった。呆然としたまま相手の校歌を聞き、やはり茫然自失といった様子で座席の周りの片づけをして、選手たちが出てくる球場外の通路に列を作った。

それから十分ほどとして、選手たちが出てきた。親たちとは異なり、ベンチ入りしている選手の中に泣いていない子はいなかった。

とくに三年生は嗚咽に近い状態だった。みな膝をつき、額を地面にこすりつけるようにして泣き崩れている。

その姿を目にして、菜々子もようやく状況を悟った。三年生の高校野球は今日終わってしまったのだ。フワフワしていたとか、こんなはずじゃなかったとかは関係ない。本当はもっとやれたはずだといったことも言い訳にならない。地区予選の、初戦で敗れた。その事実だけを残して高校野球を終える。人生の中でもう二度と甲子園を目指せない。これを最後に野球をやめる子もたくさんいるだろう。

親たちも我に返ったように泣き声を上げ始めた。コーチ陣も目を真っ赤に潤ませる中、監督の佐伯だけは泰然自若といった態度を崩さなかった。無慈悲と言うべきか、さすがだと称（たた）えるべきことなのか。

その佐伯を中心に、選手たちが円を描く。さすがの佐伯もいつものように厳しい言葉をかけることはなかったものの、労うという気もなさそうだ。

一分ほどボソボソと何かを伝え、学校に帰る準備をするよう命じた。他の選手が素直に返事をする中、それを制するようにしてキャプテンの太陽が「監督さん」と声を上げた。

眉をひそめる佐伯に臆することなく、太陽は一歩前に出る。

「すみません。少しだけ時間をください。応援してくれた親たちにちゃんと挨拶をさせてください」

佐伯が好きにしろというふうにあごをしゃくるのを確認して、太陽は踵（きびす）を返し、こちらに近づいてきた。

その太陽を先頭にして、三年生、二年生、一年生という順に隊列が作られる。涙の量もその順番通りに多かった。三年生はメンバーもメンバー外も関係なくみんな泣いているのに対し、一年生の中にはまだ何もわからないというふうに身体を揺らしている子が少なくない。

親に挨拶したいと言いながら、太陽はなかなか声を上げられなかった。懸命に涙を堪えようとするものの、ままならない。

「ごめんなさい――」

それがキャプテンの第一声だった。引き絞るように口にした直後、太陽はがっくりと膝に手をついた。

涙が一気に伝播する。ぐじゅぐじゅという音が四方八方から聞こえてきた。こうべを垂れたまま身体を震わせるキャプテンのもとに、仲間たちが歩み寄る。背中をさすられ、わかっているというふうにうなずき、太陽は無理やり笑みを浮かべた。

「自分たちに野球をさせてくれて、こんなに期待してもらって、それなのにこんな情けない結果で終わってしまって、本当にごめんなさい」

太陽の泣き笑いのような表情がさらに親たちの涙を誘う。どこからか「謝るな！」といった叱咤が飛んだ。菜々子の鼻先も熱くなる。

太陽はおもむろに空を見上げ、気持ちが落ち着くのを静かに待った。セミが怒ったように鳴いている。

何かを確認するように首を振って、太陽は照れくさそうに洟をすすった。

「小さい頃から想像していた高校野球の終わり方とは全然違いました。せめて悔いなく終われたらと思っていたのに、それすら叶いませんでした。ここにいるみんなで甲子園に行きたかったです。みんなで喜びたかった。本当にすみませんでした」

そして太陽は選手たちの方を振り向いた。

「後輩たちには自分たちと同じ思いをしてほしくない」

その背中が細かく震えている。

「俺たちが甲子園に行くことだけが目標であって、お前らの代がどうこうとか正直気にしたことはなかった。いや、本当のことを言うと、お前らだけ甲子園に行ったら耐えられないだろうって思ってたし、いまもその気持ちは変わらない。っていうか、お前らが甲子園に行ったらたぶんすげぇムカつくと思う」

ほとんどの三年生に交ざって、一部の二年生からも笑い声が上がった。その中には航太郎の姿もあった。

そう簡単に吹っ切れるものではないだろうが、太陽はさっぱりした笑みを浮かべている。懸命に笑って終わろうとしているのが伝わってくる。

「俺たちをもっとムカつかせたらええ」

監督や親の前で、選手が自分を「俺」というのをはじめて聞いた。まるで開き直ったとでもいうふうに、太陽は佐伯の目を気にしていない。

「態度は悪いし、生意気やし、ムカつくし。俺はお前たちのこと大嫌いやったけど、お前らがおらんかったら秋に近畿大会に行けへんかったやろし、春もベスト4まで行けへんかった。本当にムカつくんやけど、お前らの力は俺たちが一番認めてる。だから甲子園に行ったらええ。べつに応援なんてせぇへんけど、もっとムカつかせたらええ」

太陽が一気に言うと、三年生の誰かから「さすがにムカつくって言いすぎやろ!」という野次が飛び、さらに誰かから「ま、ホンマのことやけどな」という声も飛んだ。

太陽は満足そうに目を細め、あらためて親の方に顔を向けた。

「僕たちの高校野球はここまでです。本当にすみませんでした！　これからも希望学園の野球部をよろしくお願いいいたします。三年間、ありがとうございました！」

隊列が崩れた直後、航太郎はわざわざ菜々子のもとへ寄ってきた。

「俺、新チームからピッチャーやらへんから。内野一本で勝負する」

「え、なんで？　肘痛いの？」

「ううん。そういうことやない。くわしくはまた今度。とりあえず前向きに考えてのことだから大丈夫」

菜々子が航太郎から具体的な話を聞いたのは、それから三週間ほど。年末以来となる帰宅時のことだった。

ゆっくり話を聞きたかったが、なかなかチャンスは訪れなかった。昼過ぎに戻ってきた航太郎が、三人のチームメイトを連れてきたからだ。

数日前に、春になってようやく持ち始めたスマホから、一方的に『何人か連れて帰る。とりあえずご飯いっぱい炊いといて』というメッセージが送られてきた。それ以降は菜々子から何を返してもなしのつぶてで、仕方なく四人分のご飯を用意しておいた。

その予想は当たったが、現役の高校球児が四人も部屋に集まる圧迫感は想像を超えていた。わずか六畳のリビングは空気までうすくなってしまったようで、エアコンの冷気は逃げてしまうがすぐに窓を全開にした。

「こんにちはー。お邪魔しまーす」

グラウンドでは威圧するように「おしゃーす！」といった野太い声を上げる子たちが、ひとまずは常識的な挨拶をしてくれて安心する。

航太郎が連れてきたのは香澄の息子の馬宮陽人に、新チームから晴れてキャプテンになった西岡蓮。そして、一年生の頃からショートのレギュラーとして試合に出ていた林大成（はやしたいせい）の三人だ。大成の母親は病気がちでグラウンドではあまり姿を見かけないものの、常識的でいい印象を抱いている。

先の夏の大会では蓮と大成の二人がレギュラーとして試合に出ていた一方で、航太郎と陽人の二人はベンチにも入っていなかった。

親たちはあいもかわらずレギュラーかどうか、中学の出身リーグや推薦の条件などで分断しがちな中、子どもたちはそんな垣根などとっくに乗り越えているらしい。何が楽しいのか知らないけれど、みんな競うように笑いながら、菜々子が出す料理を瞬く間に平らげていく。

ようやくみんなの食べるペースが落ち着いたところで、菜々子は小さく息を吐いた。そして冷静に四人の関係性を観察してみると、いろいろなことに気がついた。

まず三人をリードしているのが航太郎であることを意外に思った。最初は自分の家だから気を遣ってのことかと思っていたが、そういうことでもなさそうだ。なんというか、すごくお調子者に見える。航太郎が会話を引っ張り、釣られるようにしてみんなが笑顔になることが多いのだ。

その航太郎を、陽人が積極的に囃（はや）し立てているのも不思議だった。たしかに香澄も「なんか野球部では明るいみたい。というか、私と二人のときとは違う顔をしてるみたい」と、愚痴るでもなく言っていた。だから予断を持っているつもりはなかったけれど、あまりしっくりはこなかった。構図としては、補欠の二人がレギュラー選手を囃し立てているように見えるのだ。

野球部に限らずすべての運動部、あるいは部活に当てはまることなのかもしれないけれど、なんとなくレギュラーの選手が偉そうにしていて、補欠の選手が居心地悪そうにしているという先入観がある。いや、この光景を見て、はじめて自分がそんな偏見を持っていたということを菜々子は知った。

大ケガをして戦力になれないピッチャーに、一人だけ一般受験で入部してきた選手。そんなイメージからも、何かを勝手に連想していたのだろう。菜々子と香澄が周囲の親たちの一方的な眼差しを跳ね返そうと奮闘してきたにもかかわらず、当の本人が息子たちをそういう色メガネで見ていたということらしい。

もう一つ想像と違っていたのは、キャプテンの蓮の人間性だ。

子どもたちを見つめながら、菜々子は無意識のまま近くにあったタバコを手に取り、火をつけていた。

換気扇の下ではあったものの、即座に航太郎の文句が飛んできた。

「だから煙いねん！　こんなに狭苦しい家で、ましてや高校球児の目の前でタバコなんて吸ってんじゃねぇよ！」

菜々子は我に返る思いがした。これに関しては百パーセント航太郎の言い分が正しく、あわててタバコを消そうとする菜々子を、蓮が制した。

「なんでやねん。お母さんが一生懸命働いて家賃払っとる家で何をしようが勝手やろうが」

呆気に取られた菜々子の目を見つめ、蓮はこんなことも言ってきた。

「それにタバコ吸ってる母ちゃんってなんかええやん。カッコええわ」

普段から寮生活で鍛えられているからだろう。食事を終えると、それぞれが使った食器をキッチンに運んでくれた。

航太郎や陽人、大成はすぐにテレビの前に場所を移し、ソファに腰を下ろしてちょうど開催中の甲子園を見始めたが、蓮は当然のように腕まくりをし、洗い物までしようとした。

「いやいや、蓮くん。そんなことしないでいいから。一緒にテレビ見てきなよ」

菜々子があわてて止めようとしても、蓮は譲らない。

「そういうわけにはいかないです。ご飯をご馳走になった上に洗い物までお願いしとったら、もう遊びにこれへんくなりますから。それに、これは自分のためでもあるんです」

「どういう意味？」

「徳を積むって言ったら変ですけど、なんかこういうことをしておくと、ちゃんと自分に返ってくるっていうか。練習前にグラウンドのゴミを拾い始めてから、結果がついてくるようになったんです。それもあって、自分のやれることはちゃんとやろうって」

へぇ、すごい……と、菜々子が感心しているところに、航太郎の声が飛んできた。

「蓮は変わりもんなんや！　寮でもその手の本ばっかり読んどるで。将来、社長にでもなるんかってみんな言っとるわ」

「うっさいわ、黙っとれ！」

蓮は屈託なく笑いながら、手際よく洗い物を済ましていく。グラウンドにいるときの蓮は誰よりも声が大きく、闘志むき出しのプレースタイルで選手を引っ張り、負けず嫌いの宏美の影を感じさせる。

それが実際に言葉を交わしてみると印象がまったく変わる。これもまた先入観なのだろうか。この子があの宏美の息子であるというのが信じられない。

そんな菜々子の心の内を悟ったように、蓮は笑った。

「うちのおかんがいろいろ迷惑かけてるんやないかと思います。あの人、めちゃくちゃ気ぃ強いから。っていうか、いわゆるヤバい系のおかんやと思ってるんです。本当にすみません」

「いやいや、そんな……」

「俺たちはみんな航太郎のお母さんの味方なんで」

「は？」

「監督に面と向かって文句を言ったたって、俺たちみんな知ってます。航太郎のおかんめちゃくちゃイケてるって、すげぇ盛り上がりました」

「そうなの？」

「うちのおかんはあり得んって怒ってましたけど。俺らにしてみればあの監督に従順なおかんたちの方があり得んと思うので。やりたいようにやってください。問題ないんで」

蓮は手を動かしたまま菜々子を一瞥し、目を瞬かせた。もちろん、乗せられて気分が良くなったわけではない。むしろこんなふうに子どもたちの間にまでウワサが広がってしまっているのだと、警戒心が強まった。そんなこと航太郎は匂わせもしなかった。

そんな気持ちを抱く一方で、モテる子なんだろうなと他人事のように感じた。一年生の頃から主軸を張り、プロにだって手の届く場所にいる。最強世代のキャプテンとしてチームを率い、大人に対する態度も如才ない。身長は決して高くないが、筋肉質のキレイな身体をしている。自分が高校生だったら、きっといいなと感じていたに違いない。

菜々子がその感想を口にしたのは、夜になり、蓮と大成の二人が帰っていって、入れ替わるように香澄がやって来たあとだった。

香澄は大量の牛肉を買ってきた。ついさっき信じられない量のご飯を食べたばかりだというのに、航太郎と陽人の二人は「腹減った」を連発し、鉄板に載せた肉を競うように口に運んでいく。

その様子を見つめながら、菜々子は香澄に蓮の人となりについて説明した。その上で、子どもたちに問いかけた。

「西岡くんってていい子よね。あの子、モテるでしょ?」

回遊魚のように動き続けていた二人の箸が、同時に止まった。航太郎と陽人はどちらからともなく目を見合わせ、やはり示し合わせたように噴き出した。

「いやいやいや。蓮がモテるとか。まったくないから!」

航太郎が小馬鹿にするように口にすると、陽人も「お母さん、さすがにそれは見る目がなさすぎっす。なんなら、まったくいい子でもないっすよ、あの人。騙されすぎです」などと言ってくる。

今度は菜々子と香澄が目を見合わせた。日中の場面を見ていない香澄は意味がわからないというふうに肩をすくめたが、菜々子は少しムッとする。

陽人はさらに早口で続けた。

「ちなみにですけど、チームで一番モテるのは航太郎ですからね」

「え、そうなの?」と、直前までの気持ちを忘れ、菜々子はマヌケな声を上げてしまう。航太郎は鼻で笑って「ないわ。ないないない」と口にするが、陽人は真顔で続けた。

「なんやねん、おかんの前やからってカッコつけんなや。ファンレターすごいやん」

「すごないわ」

「いやぁ、マジですよ。お母さん。こいつ、一年の頃からピッチャーやってたやないですか。それもあってファンの子いっぱいおるんです。最近は内野手になって完全にチームのムードメーカーで、また新しいファンがつきました。本人はあんまり興味ないみたいですけど」

「そうなの？　なんで？」

「それは彼女一筋やからやないですか？」

「おい、陽人。マジでやめや」と、航太郎は笑みを引っ込めて止めに入ったが、それを菜々子が手で制する。

「あんた、彼女いんの？　恵美ちゃんじゃなくて？」

気まずい沈黙が立ち込めそうになる。「ウソやん。おかん知らんの？」と、陽人はおどけた様子で問いかけるが、航太郎は何も答えない。

陽人はかすかに落ち着かない素振りを見せたが、まぁいいか……というふうにいたずらっぽい笑みを浮かべた。

「恵美ちゃんって湘南の子ですよね？　いや、その子じゃないですよ。その子にフラれて、すぐに次の子とつき合い始めたんです」

「お前な……」と、航太郎はウンザリした表情を浮かべたが、陽人は「ええやん。世話になってるおかんに隠し事はナシやで」と、からからと声を上げた。香澄から聞く印象とも、グラウンドでの雰囲気ともことごとく違う。

「航太郎の彼女、めちゃくちゃキレイな人ですよ」

「そうなの？」

「うちの学校で一番美人で有名っす。一個上の先輩なんですけど、向こうの方から航太郎に入れあげて」

　あらためて香澄と顔を見合わせる。胸がドキドキと音を立てた。

「ちょっと待ってよ。その子って、たまにグラウンドに来てない？」

「ああ、来てますね」

「髪の毛が少し茶色い、背の高い」

「そうです、そうです。へぇ、やっぱり知ってるんですか。まぁ、どこにいても目立ちますもんね。聡美（さとみ）さん」

　そう、たしかに聡美という名前だった。見かけたことがあるどころか、菜々子は二、三回話したこともある。

　いずれも他の親がいないところで、香澄と二人で選手たちのお茶を作っているときだった。

「あの、良かったら手伝います」と自ら申し出てくれて、キレイなのにずいぶん気持ちのいい子だなと感心したのを覚えている。

　そのとき、聡美ともう一人手伝ってくれた女の子がいた。聡美よりもっと華やかな、菜々子たちの世代でいうところのギャルみたいな子で、屈託がなく、野球のグラウンドという場所がまったく似合わなかった。どちらかといえば菜々子はそちらの子の方が好みで、香澄はその子をケバくて苦手と言っていた。

航太郎が仕返しをするように香澄を見つめる。

「ちなみに陽人にも彼女いますからね」

「え、里穂ちゃん？」と、菜々子が条件反射的に口を開く。

「ウソやん！」と、香澄は目をパチクリさせた。

航太郎が陽人以上に意地悪そうな笑みを浮かべた。

「なんでおかんたちが里穂さんのことまで知っとんねん。ちなみに陽人、もう童貞でもないっすからね」

航太郎は調子に乗って余計なことまで口にする。陽人は「いいや、ちょっと待てや！　それはさすがにあかんやろ！」と立ち上がろうとし、それを航太郎が「なんでやねん。おかんに隠し事はナシや言うたやろ！」と混ぜっ返して、そんな二人に割り込むように香澄が「ウソやん！」と卒倒しそうな声を上げた。

いつかお互いの息子の恋愛についてしゃべっていたとき、二人して「うちのはあんまりそういうことに興味がなさそう」という話をした。とくに恋人がいる気配さえ感じたことがないという香澄の方は、陽人の行く末を案じているくらいだった。

香澄の動揺はいかばかりか。「あ、あんた、避妊だけはちゃんとすんのよ」と、上ずった声で場違いなことを口にする。

「急になんすか、お母さん！」と大笑いする航太郎を見つめながら、菜々子はふと思った。自分はこの子の、いったい何を知っているというのだろう。

思い出すのは、結婚前にはじめて健夫の両親と顔を合わせた日のことだ。菜々子より二つ年上で、横浜市内の中高一貫の男子校から東京の大学に進学した健夫は、どちらかというと遊び人だった。話をしていても、デートしても過去の女性の影がちらちらと見え、そういう脇の甘さはむしろ信頼につながりはしたものの、いずれにしても菜々子の知らない世界をたくさん知っている人だった。

桜木町(さくらぎちょう)の日本料理店で義理の両親とはじめて会ったとき、二人は菜々子をとても歓迎してくれた。とくに義母は喜んでくれ、しきりに「私はずっと女の子が欲しいと思ってたから。仲良くしてね、菜々子ちゃん」と言ってくれた。

ようやくお互いの緊張がほぐれた頃、健夫がトイレに立った。それを待っていたかのように交わした義母とのやり取りがいまでも忘れられない。

「菜々子ちゃん、本当にありがとうね。私とてもうれしくて」

「とんでもないです。私の方こそこんなに歓迎していただいて感激しています」

「菜々子ちゃんみたいないい子が来てくれるなんてね。ほら、うちの子って奥手なところがあるでしょう？」

「奥手……？」

「たしかにあいつは昔から硬派だったからなぁ」と、義父も目を細めながら話に加わった。義母は小刻みにうなずきながら、菜々子の目をじっと見つめた。

「女の子の気配すら感じさせない子だったから。本当にうれしくて。気の利かない子だと思うけれど、よろしくお願いね。菜々子ちゃん」

どうして香澄と話をしていたときに、あの日のことを思い出さなかったのだろう。

こういう親にはなるまいと心に誓ったつもりはなかったけれど、親というのは子どものことをまるでわかっていないものと胸に刻んだはずだったのに。

香澄と陽人を見送りに外に出た。日中の日差しを周辺の土がしっかりと吸収して、八月の夜はむせ返るような暑さだった。

早いものだなと、菜々子は思う。来年のいまごろは、航太郎はもう高校球児でなくなっているのだ。もしくは首尾良く甲子園に出場していて、最高のフィナーレを迎えようとしているのだろうか。

それがとんでもなく果てしない夢であることを、いまの菜々子は知っている。大阪府大会に出場するのは全国で三番目に多いおよそ百六十チーム。東京や北海道のように東西や南北で振り分けられることもなく、一回戦から戦う場合は最大で七試合も勝たなければならない。

その難しさを、いつだったか航太郎から「じゃんけんで八回連続で勝てって言われたらどう思う？」と説かれたことがあった。

「しかも、その中には山藤とか啓明（けいめい）とか明蘭大（めいらんだい）とか阪商（はんしょう）とか大阪美駒（おおさかびこま）とか、寝ても覚めてもじゃんけんばっかりやってる猛者みたいなヤツらがゴロゴロいるんだぜ？　山藤なんて大阪府内では五十連勝とかしてるんだぜ？　ヤバくね？」

途方に暮れる思いがした。とくにこの夏に初戦で負けて以来、監督の佐伯は学校からかなり突き上げられていると耳にする。人間性は好きになれないし、指導者としての実力も菜々子には判断できないが、航太郎の話を聞いてしまうと同情する気持ちも芽生えてしまう。

「ちょっと菜々子……。近々のみにいこう」

息子に恋人がいた動揺から呼び捨てで言ってきた香澄たちを見送ると、途端に航太郎はいつもの仏頂面を取り戻した。

このまま家に戻ればどうせすぐに部屋に籠もり、明日の朝まで話せなくなるのだろう。

「ねぇ、航太郎。ちょっと散歩しようか。酔いざまししたい」

菜々子の提案に、案の定、航太郎は面倒くさそうに顔をしかめた。

「ヤダよ。暑いし。帰って寝ようぜ」

「私が一人で歩いて悪い男に襲われてもいいわけ？」

「なんだよ、それ。お母さんのことなんて誰も襲わねぇよ」

約束を破り、航太郎は友人たちの前で菜々子を「おかん」と呼んでいた。それをその場で指摘しなかったのは、友人たちの繰り出す大阪弁が当然のことながら自然だったからだ。他の子たちの「おかん」はすんなりと入ってきた。あんな子たちと毎日一緒に生活していれば方言は移るに決まっている。

それでも二人きりになると約束を思い出し、ちゃんと「お母さん」と呼んでくる航太郎はやっぱりかわいい。

「ってか、悪い男に高校球児が襲われるのも問題あるだろう」などと不満をこぼしながらも、結局つき合ってくれるのも愛(いと)おしくて仕方がない。

石川の河川敷を無言で歩いた。強烈な湿気のせいで街灯が滲んで見えている。

「今度、彼女連れてきなさいよね。聡美ちゃん」

私は何も気にしていないと、心の広いところを見せつけたつもりだったが、航太郎はずいぶんそっけない。

「連れてくるわけないやろ」

「なんでよ」

「逆になんで連れてこなあかんねん」

「だからなんでよ」

だって中学生の頃は……と言いかけ、菜々子は口をつぐんだ。もう中学生ではないからだ。大人の男性は、そう簡単に親にプライベートを明かさない。家に女の子なんて連れてこない。

入学して一年と四ヶ月、菜々子にとってはあっという間に思えたこの間に、航太郎はおぼこい一年生から新チームの最上級生になったのだ。あの頃の息子とはもう違う。ときの流れが違っている。

航太郎は目につく石を手に取り、次々と川に放り投げる。

「肘、本当に痛くないの？」

少しだけ気まずさを感じて、菜々子の方から問いかけた。航太郎はあっけらかんとした調子でうなずいた。

「もうまったく痛くない。投げるのもこわくない」

「でも、ピッチャーは諦めるんだ？」

「諦めるっていうのとは少し違う」

「何が違うの？」

声が尖るのが自分でもわかった。航太郎も敏感にそれを察したらしく、石を投げるのを中断して、菜々子の方に身体を向ける。

「まぁ、たしかに。お母さんにはちゃんと伝えとかなきゃな」

そんなしおらしいことを口にして、航太郎は自然な笑みを浮かべた。

「なんかさ、俺いまホントに充実しとる。チームのヤツらみんないいヤツだし、あいつらと本気で甲子園で野球をしたいと思ってる。でも、これもずっと考えてたことなんやけど、俺はピッチャーをしてたら絶対に甲子園に行かれへん」

「どうしてよ」

「そんなもん、実力が足りないからに決まってるやろ」

航太郎は思わずというふうに破顔した。

「それ以外どんな理由があんねん。認めんのも悔しいけど、五月から投げ始めて痛感した。ハッキリ言って調子は良かった。下手したらケガする前よりいいボール行っとったのに、上では通用しないって自分でわかんねんな。伸びしろはないよ。俺がエースとしてマウンドに立ってることは絶対にない」

俺なんかより及川の方がずっといい。夏にベンチ入りした後輩ピッチャーの名前を挙げて、航太郎は飄々と続けた。

「わかるやろ？　俺はこのままピッチャー続けとったら、絶対に甲子園に行かれへんのや」

そこまで聞いて、菜々子はようやく自分の思い違いに気づく。

「つまり、あんたがピッチャーをしてたらチームが甲子園に行けないって話じゃなくて、あんたはピッチャーをしていたら甲子園のベンチに入れないって、そういうこと？」

「だから、ずっとそう言っとるやん。甲子園どころか予選のベンチにも入られへんわ。うちの監督、基本的に下級生の選手が好きやし」

「あんなに強引にあんたをスカウトしたくせに？」

「そんなん及川たちも一緒やろ」

「っていうか、そんな自分勝手な理由なんだ。私、もっとカッコいい話なのかと思ってた。チームが甲子園に行くためには俺が投げてちゃいけないんだ、的な」

「なんやねん、それ。『熱闘甲子園』の見過ぎやろ。ちゃうちゃう。超自分のため。自分がいい思いしたいため」

航太郎は目もとをくしゃくしゃにほころばせて、再び石を手に取った。

「ハッキリ言って、いまはバッティングも守備もみんなより下手クソやし、まったく戦力になれてへんのやけど、なんとなくいい予感はしとるんよね。っていうか、なんかいますごく野球が楽しい。こんな気持ち久しぶりや。おっかなびっくりピッチャーしてるよりも、全然楽しい」

夜の河原に航太郎の笑い声が響き渡る。それが楽しいと瞳を輝かせて言うのなら、菜々子に止める権利はない。

「そっか。だったら、思いきりがんばりなね」

「おう！」

「やるからにはレギュラー獲って、ちゃんと私を甲子園に連れていくんだよ」

「任せとき!」

あいかわらずのウソくさい大阪弁を口にして、航太郎は石をこの夜一番遠くまで投げ込んだ。

❖ ❖ ❖

新チームが本格的に始動した。航太郎が最上級生となった、第十代希望学園野球部。入学した頃は、当然エースナンバーを背負い、チームを牽引しているものと思っていた。佐伯監督はそのために積極的に実戦を経験させてくれたし、周囲の親の視線も期待か嫉妬のいずれかしか存在していなかった。

その航太郎は貴重な一年を棒に振り、いまや投手でさえない。一介の控えの内野手であるにもかかわらず、菜々子は父母会の役員という重責を引き続き負っている。

それでも、あまり負担には感じていない。最後までソリの合わなかった上級生の親がいなくなったことも、下級生の親たちがなぜか慕ってくれることも、菜々子の大プッシュで香澄が役員に加わったことも理由の一つではあるが、一番大きいのはやっぱり航太郎が本当に楽しそうに野球をしていることだろう。

土日に限らず、祝日や平日の夕方も、仕事が入っていないときはほとんどグラウンドに顔を出した。

菜々子の勤める「本城クリニック」の本城和紀先生も、看護師長の富永裕子も変わらず航太郎を応援してくれている。ベンチにも入っていないのに、夏の大会が始まったときには「いくらでも休みを取ればいい」と言ってくれた。新チームになってからはファンを装い、連れだってしょっちゅうグラウンドに遊びにくる。

そこでは一際声の大きな航太郎が躍動している。息子の隠れた才能を目の当たりにする気持ちだった。ピッチャーというのは、どことなく悲壮感を漂わせているものだ。チームの勝ち負けを一身に背負い、とくに学生野球では肩が痛かろうが肘が痛かろうが、それをひた隠して投げるというイメージがある。

ピッチャーが一番陽気なチームというのを、そういえば菜々子は見たことがない。陽人が言っていた通り、航太郎が本当にチームのムードメーカーであるとするなら、いまは水を得た魚だということだろうか。サードにキャプテンの西岡蓮が、ショートに航太郎が入っているときなどは二人で競い合うように声を張り上げていて、チームが一気に盛り上がる。

「いやぁ、ピッチャーをやめたって聞いて心配したけど、なんのなんの。これは航太郎くん、新チームでは内野手として花開くぞ。プロだってありえる！」

野球経験者の本城はグラウンドを訪れるたびにそんなことを言ってくれる。その都度「そんなのあり得ないですよ」と応じたのは、決して謙遜からじゃない。これまでも何度となく「きっとこれでうまくいく」と安心しては、試練が降りかかってきたからだ。

そんな菜々子の不安を証明するように、監督の佐伯は内野手としての航太郎をあまり評価していないようだ。

練習でどれだけヒットを打っても、守っても、大きな声でチームメイトを鼓舞しても、試合になるとなかなか出番を与えられない。

「そもそもあの人だけは俺が内野手になることに不満そうやったからな。まだピッチャーとしての俺の可能性を信じてるんだとしたら、本当にクソ監督だわ」

そんなことを言いながらも、航太郎はまるで気にしていないようだった。

「まぁ、大丈夫。結果を出し続ければどうせ使うしかないんやから。俺がチームにとって絶対に必要な選手になってしまえばええだけのことや。そしたら好き嫌いは二の次になる。絶対にチャンスは回ってくる」

ピッチャーをしていたのは、航太郎にとってある種の呪縛だったのだろうか。見えない何かから解き放たれたかのように、新チームになった頃と前後して、航太郎は人間まで変わってしまったようだった。

グラウンドでの大声や楽しそうな姿のみならず、後輩たちにも積極的に話しかけ、いい雰囲気を作ろうとしているのが傍目にもわかる。

いつも陽人と二人で最後までグラウンドの整備をしていて、そこに蓮や大成らレギュラー組が加わろうとすると、「お前らが参加するとグラウンドと俺らが目立たんねん！　アピールのためだけにやっとんねんから邪魔すんなや！」といったことを叫び、仲間のみならず、親たちまで大笑いさせている。

航太郎は野球部の〈蒼天寮〉の寮長にも就いた。おどろいたのは、野球部の歴史上はじめて自ら名乗り出たということだ。

『寮のルールを決めたり、毎晩メシの前に挨拶したり、やることはいっぱいあんねんけど、一番みんなにイヤがられてるのは起床当番をすることやな。毎朝みんなより早く起きて、放送で起こすねん』

基本的にはあれを持ってこい、これを持ってこいといった内容がほとんどだが、航太郎は電話もよくしてくるようになった。

「あんた、そんなことできるの?」

『まぁ、大丈夫やろ』

「なんでよ。朝起きるの苦手じゃん」

『いつの話しとんねん! 俺は朝が強いで有名なんやで。そんなもんなくてもみんなより早く起きて日誌書いたりしてるし、全然平気や。楽しいで。歴代の寮長は大抵みんな最後の夏にメンバー入りしとるしな』

そんな話を聞きながら、菜々子はふと思った。ピッチャーから内野手に転向したことなんかじゃないのかもしれない。補欠の選手であるという事実が、この子をこんなふうに生き生きとさせているのではないだろうか。

補欠が性に合っている――。

言葉にすると情けなく感じるものの、振り返れば、航太郎は幼い頃からたくさんのものを背負いながら野球をしていた。

いいピッチングをして試合に勝てば、周囲の大人たちにチヤホヤされ、一緒に試合を戦ったチームメイトの手前やりづらそうな顔をしていた。

逆に敗戦の責任を負わされたら負わされたで、なんで俺ばっかり……というふうに、不服そうな態度を見せていた。

航太郎はみんなでやる野球という競技が小さい頃から好きだった。でも、どうしても実力が図抜けてしまっていた小・中学生の頃は、周囲の顔色をうかがうことが多く、自分の理想とする野球ができなかった。

そう考えるとしっくりくる。いまの希望学園の野球部の明るい雰囲気は間違いなく航太郎と陽人が作っている。補欠の選手がムードを作るチームというのは、おそらくいい空気が流れるものなのだろう。それは親の欲目ではないはずだ。

どうあれ、航太郎がこんなふうに楽しそうに野球をする姿を見るのははじめてと言っていい。釣られるように菜々子もグラウンドに足を運ぶのが日に日に楽しくなっていったが、だからといって何もかもうまく回るわけじゃないところが、部活動の、あるいは人生の難しいところだろう。

春のセンバツにつながる秋の大会は、まだまだ灼熱の八月の終わりからスタートした。甲子園大会や夏の予選とは異なり、秋の大会は試合ごとに登録メンバーが入れ替わる。

航太郎も一、二回戦はショートの控え番号の「16」をもらい、二試合とも途中から試合に出場してヒットを打ち、活躍していたにもかかわらず、三回戦からはベンチにも入れなくなった。

本人は「べつに理由なんてないよ。秋はいろいろ試したいんでしょう」と気にする素振りを見せなかったが、菜々子は自分のせいなのではないかと気を揉んだ。

ちょうど一年前の夏、各家庭から八万円を徴収する活動費を巡り、佐伯とぶつかった。それ以来、佐伯はあからさまに菜々子を無視するようになったし、一時は父母会内でも針のむしろに座らされているような気持ちだった。

しかし、それぞれの家庭で子どもたちから菜々子の評判を聞いたのだろう。少しずつ「あれはやっぱりおかしいよ」と、味方してくれる母親が増えていった。それでも、モヤモヤした気持ちは常に胸の中にくすぶっていた。お互いどれだけ避けていようが、向き合わなければならない場面はあるものだ。

　夏の大会が終わり、三年生の引退をもって折り合いの悪かった江波透子が父母会を退き、代わって日野大介（ひのだいすけ）という一年生の母の明日香（あすか）が新しく会計係に就任した。最初に直面した難題が、監督の活動費をどうするかということだった。

　透子とのやり取りを振り返り、菜々子が何よりもイヤだったのは、ギリギリまでその旨を明かされなかったことだ。

　だから、明日香には真っ先にそのことを伝えた。

「会計係の一番大きな仕事は監督さんの活動費を集めること」

　父母会のあとに連れ出したファミレスで、菜々子は隠し立てすることなく去年あったことを明日香に伝えた。

　その中にはもちろん佐伯とぶつかったことも、父母会で爪弾きにされたことも、ひょっとしたらそのせいで航太郎が苦しい立場に置かれているかもしれないことも含まれていた。

「なんですか、それ。大ハズレじゃないですか、会計係」

　そんなことを言うものの、明日香の声に切実さは感じない。

「ごめんね」

「べつに秋山さんが謝ることじゃないですけど」

「どうする？　率直な意見を聞かせてほしい」

「うーん。そうですねー」

航太郎と大介の構図と同じく、明日香もまた菜々子の一つ下だという。同じ神奈川県の青葉(あおば)中央(ちゅうおう)シニアの出身であり、中学時代には航太郎の所属していた西湘シニアと一度だけ試合をしたことがあったそうだ。

大介が希望学園への入学を決めたのは、航太郎への憧れがあったからだと聞いている。それもあってか、明日香は菜々子をずいぶん慕ってくれる。夫と娘を横浜に残し、一人で羽曳野に住んでいることも理由の一つだろう。

最近は菜々子のアパートで香澄も含め、三人で会うことが多くなった。一度だけ行ったことのある明日香のマンションは、菜々子のアパートなど比べものにならないほど立派なものであるにもかかわらず、「ああ、この部屋落ち着きますねぇ。なんか学生時代を思い出します」と、香澄とほとんど同じことを言って、よく来るようになったのだ。

家族連れで賑(にぎ)わう夕飯時のファミレスで、菜々子たちのボックス席だけが不穏な空気を発している。

とはいえ、気まずいという雰囲気ではない。大げさに腕組みをしながらも、明日香の瞳にはいたずらっぽい色が滲んでいる。

「ちなみに秋山さんはどうしたいと思っているんですか？」

「できれば、こんな伝統はなくした方がいいと思ってるけど。これからの保護者のためにも」

「たしかに。八万ってどう考えても普通の額じゃないですもんね。なんか毎年のように野球部の入部者が増えてるっていう話じゃないですか？　ひょっとしてこのお金が目的だったりして。部員の数が多い分だけ佐伯さんの懐に入るお金は増えますもんね」

明日香はくすくすと一人で声に出したあと、さらにさっぱりした表情で言い放った。

「わかりました。そしたら、こんなことは今年からさっぱりやめちゃいましょう」

「え、ホントに？」

「だって正しくないですもん。秋山さんがそう言ったんじゃないですか。正しいことは続けていけばいいし、そうじゃないならやめた方がいい。簡単なことですよ」

「うーん、それはそうなんだけど」

「間違いないですって。いつかの野球部の親御さんの語り草になりますよ。うん年前に父母会にいた秋山菜々子が私たちを守ってくれたって。というか、野球部自体を救うことになるのかもしれませんよね。こんなのマスコミに漏れでもしたら、致命傷になりますから。監督さんは感謝こそすれ恨む権利はありません」

明日香は最後までよく笑った。乗せられたつもりはなかったが、腹は決まった気がした。最初に相談を持ちかけたのは、父母会長を務める西岡宏美だ。

明日香とは違い、もちろん宏美は手放しで賛成はしなかった。しかし、想像していたよりは頑(かたく)なな態度を見せなかった。「なんでよりによって私が会長のときに」と独り言のように口にするくらいで、意外にも菜々子に同調する素振りさえ見せた。

「ホンマのこと言うと、去年の一件、私自身はすっとする気持ちもあったんや。上の人たちの手前もあって、文句言っとった親もおったけど、気持ちはわからんことないなって。正直、うちにとっても八万円は楽ちゃうし」

息子の蓮は「ヤバい系のおかん」なんて言っていたけれど、ある時期から、宏美から当初のとげとげしさはうすれていた。もちろん父母会長として厳しい面はあるし、後輩の母親たちの中にはこわがっている人もたくさんいるが、菜々子にはそれがわかる。ハッキリ言って、他の役員たちより話しやすいと感じるくらいだ。

宏美に異変が起きたおおよその時期もわかっている。夏の大会開幕間近の六月だ。その頃に何があったのかは航太郎が教えてくれた。

「なんか蓮の弟、いままだ中三で佑っていうんやけど、山藤に決まったらしいわ。いろいろ思うところはあるはずなのに、あいつすごくうれしいって言っとった」

まだ入学して間もない頃、宏美は菜々子に山藤学園への屈託を語っていた。同じチームでピッチャーをしていた原凌介くんに枠を奪われたと怒りを露わにし、ハッキリと「許せん」と口にしていた。

でも、二つ下の弟の佑には推薦の話が舞い込んできた。それを受け入れたということは、完全特待生でという話なのだろう。希望学園野球部の父母会長を務めながら、来春からは山藤学園の選手の保護者にもなる。だから兄の蓮への期待が失せたとは思わないけれど、人知れず感じていることはあるのだろう。

宏美と菜々子、それに明日香を加えた話し合いにより、結局今年から各家庭一万円の寄付をお願いすることに決まった。

「なーんか玉虫色ですよね。やめるならスパッとやめちゃった方がカッコいいのに。来年から私も楽できるし」

明日香は渋る様子を見せていたが、最後は菜々子が宏美に加勢した。実際のところ何にいくらかかっているのかはわからないが、選手のスカウトにお金がかかるのは間違いない。そうして集められたお金によって、航太郎も蓮も、大介だって佐伯に見つけてもらったのだ。それが幸運だったかはべつとして、純然たる事実ではある。

そうした紆余曲折を経て集めたお金を大切にバッグにしまい、菜々子と明日香で佐伯のもとを訪ねた。

父母の間で喧々囂々あったことなど知ろうともせず、去年よりあきらかにうすい封筒をつまらなそうに見つめ、佐伯は形ばかりの礼を言った。むろん、一年前に自らが口にした「こんなものは受け取れません」といった言葉を忘れているはずがない。

航太郎が大会のベンチメンバーから外れるようになったのは、その直後からだ。まさか意趣返しとは思っていない。いや、意趣返しではないと信じていると言った方が正しいだろう。

万が一にでもこれが私怨を晴らすためなのだとしたら、菜々子は許せなくなってしまう。佐伯の幼稚さも、息子の足を引っ張ってしまっている自分のことも。

ならば実力不足でのベンチ外の方がいいのかという気持ちもあり、菜々子はなかなか気持ちが晴れなかった。

それでも、航太郎に腐っている様子がないことは救いだった。練習中はあいかわらず誰よりも声を上げ、試合に出ている選手たちを鼓舞しながら、チーム全体を盛り上げている。

球場のスタンドでも団長の役を買って出て、仲間たちと楽しそうに応援している。悔しい気持ちがまったくないはずはない。体調は万全で、仲間たちからの信頼も厚く、練習試合では結果を出し続けているのにベンチから外されているのだ。でも、いつ見かけても航太郎は卑屈な気持ちを感じさせない。

一方の親友の馬宮陽人は、最上級生になり、新チームが始動してからは常にベンチに入っている。唯一の一般受験組で、きっと誰にも想像できない苦悩を味わいながら、推薦組をごぼう抜きにしてメンバー入りしているのだ。三塁コーチャーとして活躍している陽人を、菜々子は素直に祝福している。

しかし、メンバー外の親の中にはやっかんでいる者もいる。その嫉み(ねた)は当然のように母親の香澄に向かう。ここ数年の三塁コーチャーの親がみな監督との距離が近かったことから、香澄もそうなのだろうというウワサが飛び交っていた。

その声は香澄の耳にも入っていた。

「そんなん知らんわ。やったら最初から推薦で入部してるやろ。っていうか、監督と話したことさえほとんどないわ」

もちろん、菜々子と香澄の関係は変わらない。いまも毎週一緒にご飯を食べているし、チームの中で味方は香澄しかいないと思っている。愚痴も、不満も、たまには誰かの悪口も彼女にだけは言うことができる。航太郎がメンバー外で、陽人がメンバー入りしていることなんて問題ではない。

でも、おそらくではあるけれど、以前よりも野球そのものについての話は減った。香澄が気を遣って話を振ってこない以上、菜々子からも切り出そうと思わない。あるいは菜々子から話を振らないから、香澄も遠慮しているのだろうか。

秋の地区予選でこれなのだ。もしこれが近畿大会や春のセンバツ、あるいは夏の大阪府大会や選手権だったら自分は何を感じるのだろう。喜びたいという気持ちはあるし、逆の立場なら祝福されたいと思うはずだ。でも、お互いにそうすることはできないだろう。笑顔で言葉を交わしながら、心の中にはわだかまりがあるに違いない。

勝ってほしいという気持ちと、どうして航太郎がベンチに入れないのかという不満が常に胸に入り乱れていた。

そんな菜々子の気持ちなどおかまいなしに、希望学園の野球部は、準々決勝、準決勝と、夏の初戦負けの記憶を吹き飛ばすような快進撃で秋の府大会を勝ち進んでいった。

昨年に続き、春のセンバツ甲子園に通じる近畿大会の切符はすでにつかんだ。決勝戦の相手はまたしても山藤学園だ。

この夏の甲子園は三年ぶりに逃したものの、山藤はこの秋もしっかり勝ち上がっている。しかし、戦いぶりは決して盤石(ばんじゃく)ではないと聞いている。一番の理由は、一年生からエースとして投げていた原凌介くんの肩の故障だ。夏の大会はベンチからも外れていたし、この秋も一試合も投げていない。

決勝戦前の下馬評は、むしろ希望学園の方が高いくらいだった。だからといって、チームに浮ついた様子は見られない。一年前の秋も同じシチュエーションだった。何度となくやり込められてきた山藤を相手に、油断する選手がいるはずがない。

それは親も同様だ。すでに近畿大会が決まっている、ある意味では勝ち負けに意味をなさない試合を前に、みんなの気持ちはこれ以上なく昂ぶっていた。

とくに鼻息が荒かったのは父母会長の西岡宏美だ。来春、弟の佑が山藤に入学することが決まっている。兄と同じ東淀シニアでピッチャーをしていて、全国大会でも好結果を残しているらしい。山藤に入ってもすぐに投げ始めるだろうと航太郎は言っていた。

つまり佑は、中学でも、高校でも、原くんの正当な後継者ということになる。蓮の進学をめぐってわだかまりを抱いていた宏美の心境はいかばかりか。入学して本当にすぐ佑が投げるのかはわからないが、いずれにしても純粋に希望学園だけを応援していられるのはこの秋が最後ということになる。

朝から冷たい風が吹いていた。おそろいのピンクのウインドブレーカーに身を包み、決戦を控えた球場の前で、宏美は親たちに語りかけた。

「今日は絶対に勝ちましょう。勝って、近畿大会に、そして甲子園に行きましょう！」

親たちの表情が引き締まる。菜々子はいつになく緊張した雰囲気の香澄の背中をさすった。

「がんばろう。大丈夫、きっと勝てるよ」

香澄は我に返ったように目を瞬かせて、無理やり笑みを浮かべた。

「うん、そやね。私たちが緊張していてもしゃあない。がんばろう」

いつも憎さすら感じさせる山藤のユニフォームを見ても、それほど怯まない。原くんがマウンドに上がらないことが大きいのだろうか、あるいは心のどこかで快勝することを望んでいないからだろうか。

「なんとなく今日はいける気がする。勝てると思う」

試合開始直前、菜々子は宏美にポツリと言った。宏美は「何を根拠に。そんなに甘いもんとちゃうって知っとるやろ」と窘めるように口にした。

それでも、希望学園の打線が初回から原くんの代わりに先発した山藤の一年生投手に襲いかかった。打者一巡の猛攻で一挙に六点を先制すると、その後も攻撃の手を緩めない。中盤にも着実に点数を加えていき、投げては背番号「1」をつけた一年生の及川くんが一分の隙も見せず、山藤打線から三振の山を築いていく。

試合途中に一度は原くんがブルペンに向かい、山藤側のスタンドのみならず、球場全体をざわつかせたが、勝つ見込みはないと踏んだのだろう。希望学園が十点差をつけたところでそのままベンチに引っ込んだ。

決勝戦にはコールド勝ちがないため、最後まで試合が行われた。三時間を超える長い試合になった。

西の空がすっかりオレンジ色で覆われた最終回には、陽人が代打で登場した。スタジアムに「馬宮くん」のアナウンスがこだまする。つまらなそうな顔をする母親も一部いたが、菜々子は自分のことのように喜んだ。きちんと喜べたことに、安堵した。

「なんか自信がみなぎってるね」

香澄を励ますでもなく口にする。今日の菜々子はずいぶんと冴えていた。直後、陽人のバットから快音がこだました。

三塁ランナーに続いて、二塁ランナーも生還する。十四対一。両手を広げて抱きついてきた香澄の背中をさすりながら、ふと控えの選手たちの姿に目を向けた。

あれほど強い山藤をここまで追い詰めたのだ。さすがに九分九厘、勝利を収めたと見ていいだろう。

お祭り騒ぎの父母たちをさらに上回り、スタンドの選手たちはどんちゃん騒ぎをしている。抱き合い、絶叫する控えの選手たちの中で、ただ一人、それまで誰よりも大声を上げていた航太郎だけが微動だにせずグラウンドを見つめていた。背番号のついていないユニフォーム姿から、その心境をうかがい知ることはできない。

一塁ベースの上で、陽人が遠慮がちにガッツポーズをしている。その顔は希望学園側の三塁スタンドに向けられている気がした。

応じるように航太郎が右手を突き上げた。そしてメガホンを持った左手で、ほんの一瞬ではあるけれど目もとを拭った。親友の成功を祝ってのことか、自分がその場に立っていないことに対する悔しさからか。きっと前者なのだろうと思いつつ、不思議と後者であってほしいという気持ちが胸に芽生えた。

観客の少ない秋の大会とはいえ、ついに希望学園が宿敵である山藤学園を下した。創部九年目にして、初となる大阪府大会優勝。強豪も古豪もひしめき合い、新興校が雨後の竹の子のように出てきては消えていく大阪において、快挙と言っていいだろう。

西日に染められたグラウンドを見つめながら、宏美は安堵の息を漏らしていた。香澄は陽人のヒットからずっと涙を流している。お互いを称え合い、喜び合っている保護者の中で、菜々子は一人天を仰いだ。

胸に感傷的な気持ちが込み上げる。冬の訪れを感じさせる風だけのせいではない。航太郎の高校野球がこれで終わったわけでもない。そんなことは百も承知しているのに、何かが閉じてしまったように思えてならなかった。

自分はいつからこんなに傲慢な人間になったのか。航太郎が野球を始めた頃は、本人が楽しければそれで良かった。成長するに従って、そこにケガさえしないでくれればいいという気持ちが加わった。当たり前のように試合に出させてもらうようになってからは、こわくて見ていられないなどとうそぶいていた。

希望学園に進学することが決まったときも、甲子園や大学野球、さらにその先の社会人も、もちろんプロ野球も頭になかった。それが目標と公言する宏美に気持ちは引いていたのだ。やっぱり航太郎が楽しく、悔いのない高校野球をしてくれればそれで良かった。自分のことなど関係ない。本人の気持ちがすべてと思っていたはずだった。

その自分が、こんなにも打ちひしがれている。なんて尊大で、自分勝手なのだろう。「本人が楽しければいい」という思いこそが、そもそも当然のようにピッチャーとして投げている、せめて試合に出ていることを前提としてのものではなかったか。

これまでの航太郎の野球人生の中にも、当然のことながら試合に出られない子はたくさんいたのだ。その子たちにも親がいた。

彼ら、彼女たちは、どんな気持ちで子どもの練習を手伝っていたのだろう。もちろん、目いっぱい気配りしていたつもりだったが、それは文字通り「つもり」だったに違いない。菜々子に腹を立てていた人もいたはずだ。わかり合えないと思っていた人もいたのだろう。

控えの選手たちがテキパキと後片づけを始めた。航太郎が率先して後輩たちに指示を出している。その表情からもやはり心の内は読み取れなかった。

この優勝を航太郎は素直に喜べているのだろうか？

いますぐ聞きたいという欲求を、菜々子はなんとか抑え込んだ。


近畿大会に登録できるメンバーも、大阪府大会と同じ二十人だ。チームによっては多少の入れ替えはあると聞いていたし、事実、昨年の秋に希望学園が出場したときも二人の選手がメンバー交代していた。

しかし菜々子の願いもむなしく、今年のチームは一人の入れ替えも行われなかった。大阪府大会を圧倒的な力で勝ちきった勢いを維持したかったのだろう。背番号の変更すら行われなかった。

今秋の近畿大会は兵庫県での開催だった。昨年と同じく、各県から十六チームが参加し、春の甲子園に出られるのは六チーム。二回勝って、ベスト4に残ることができればほぼ確実。たとえベスト8で敗れたとしても、試合内容によって二分の一の確率で選抜される。

昨年は二回戦で敗れ、甲子園の出場校には選ばれなかった。同じ轍は踏まないと、チームは浮つくことなく、一丸となって大会に挑もうとしていたし、菜々子も気分を切り替え、応援しようと心に決めた。

春の甲子園まで半年近くの時間があるからだ。ベンチ入りできるメンバーの数は二十人から十八人に減るが、そこに航太郎が入らないとも限らない。

大阪1位の称号を引っ提げ、十月下旬に希望学園は開催地の兵庫に入った。一回戦は二十三日の土曜日に、二回戦は翌日曜日に行われる。運命の二日間だ。あとたった二試合勝てば、選手たちが小さい頃から憧れ続けた甲子園に手が届く。

一回戦は滋賀の2位校が相手だった。甲子園でよく目にする学校ではあるけれど、新チーム発足当時の練習試合では二試合とも完勝した。普通にやっていれば負ける相手ではないという下馬評だった。

もちろん、だからといって油断している者はいない。メンバーに入っていない一年生の親でさえ緊迫した表情を浮かべていた。

球場に乗り込む前にホテルのロビーで行われたミーティングでは、キャプテンの西岡蓮がむしろ選手たちのプレッシャーを解こうとしていた。

「俺たちにとってははじめての甲子園が目と鼻の先や。意識せんのは難しいってわかってる。せやけど、変に硬くなるのはやめようや。ここにいる全員がただ楽しくて、ただ好きで始めた野球やったと思う。最初から甲子園のことが頭にあったヤツなんておらんかったはずや。この大会だけはあの頃みたいに野球そのものを楽しもう。結果は必ずついてくる」

最初は二年生に、続いて一年生に、そして親に……という順番で、ゆっくりと笑みが広がっていった。

キャプテンの言葉によって、チームをしばっていた緊張が解けていった。その高まったムードをさらに一段押し上げようとする者がいた。

「お前が一番意識しとるんちゃうんか？」

聞き慣れた声が耳を打った。意地悪そうに微笑んでいる航太郎を上目遣いに一瞥して、蓮は呆れたように肩をすくめた。

「うっさいわ、補欠」

「うわっ、補欠差別」

「だからうっさいねん。ええからはよ戦力なれや。いつまでスタンドで応援しとんねん。ボヤボヤしとったら高校野球終わるぞ」

一瞬、言いすぎなんじゃないかと思ったが、言われた本人が大口を開けて笑っている。二年生を中心に、その笑いはすぐに他の子たちにも広がった。佐伯だけが仏頂面で事の成り行きを見守っていた。

その監督を無視するようにして、蓮が航太郎を手招きした。

「ある意味ではお前のチームなんや。なんか一言いえや」

航太郎は怯むことなくみんなの中心に歩を進める。メンバーも、メンバー外もなく、この場に会した五十人を超える部員の顔を見渡して、航太郎は野太い声で言い放った。

「いいから勝てや！　勝ってみんなで甲子園や！　また一からメンバー争いしようや！」

背番号をつけていない選手たちの顔つきが変わるのがわかった。

いまにも爆発しそうな熱気とともに、さらに野太い『よっしゃー！』という声がホテルのロビーに響き渡った。

時代が変わったとはいえ、航太郎たちの代は先輩たちによく暴力を振るわれていたという。

「あいつらの憂さ晴らしやろ。べつにどうってことないわ。しょうもない」

航太郎はそういうものだと割り切っているようだったが、そんなふうに当たり前だという顔をされると、不安に思うこともある。被害者であるだけで終わるのだろうか。加害者の側に回ることはないのだろうか。

ネットのニュースなどを見ていても疑問に感じることだった。著名人が、自らが受けた過去のイジメ被害を告発している。彼ら、彼女らが経験したことはもちろん凄惨で、胸が痛み、その告白によって救われる人がいることも理解はできるけれど、同じ数だけ……、いや、イジメという行為の特性を考えるのなら、その数倍に及ぶイジメに加担した人間がいるはずだ。

でも、そちらの声はほとんど表に出てこない。自分は過去にこんなイジメをしてしまった、だからいまの自分はこんなにも後悔している。そんな声だってイジメを抑止する力になると思うのに、まるで世の中には被害者しかいないかのようにそちらの意見は目にしない。

もちろん、航太郎がそんなことをするはずがないとは信じている。しかし、暴力を振るっている人間のほとんどの親たちが、うちの子に限ってと思っているに違いない。

一度、航太郎にそんな気持ちを吐露したことがある。

「他人事みたいな顔して言ってるけど、あんたは後輩の子たちをイジメたりしてないんでしょうね？」

冗談めかして言った菜々子を不思議そうな目で見つめ、しばらくすると航太郎は思いきり噴き出した。

「ないわ！　ないないない。絶対にない！　なんで自分らがやられてイヤなことをせんとあかんねん！」

「でも、そんなのみんな一緒じゃない。暴力を振るう子にだって後輩だった時期があったわけでしょう？　野球部の上下関係とか暴力沙汰なんてよく聞く話だし」

「そんなん古いねん」

「古いも何も、現にあんたたちはやられてたじゃない」

「いやいや、だからさ、お母さん――」

航太郎はため息を一つ吐いて、面倒くさそうに顔をしかめた。

「あんなもんはホントに憂さ晴らしやねんて。一個上の代はめちゃくちゃ野球に対する意識が低かったし、仲も悪かった。俺たちの代は野球のことばかり考えてるような連中ばかりやし、実際に下級生の頃からメンバーにもガンガン入ってた。あの人たちは毎日イライラしてたんやと思うよ。そのムカつきっていうか、フラストレーション？　っていうの？　が、生意気だからとかいうナゾの理由で俺たちに向かってきただけや。ハッキリ言って俺たちは上の人たちに同情しとったわ。あの学年じゃなくて良かったたって、殴られるたびに話しとった」

その点、航太郎たちの代は後輩に対してストレスを感じていないのだという。必然、怒りが向かうこともなく、だから当然暴力が存在するはずもなく、部の雰囲気はかつてないほどいいのだそうだ。

「でも、俺たちは上の代への反発で団結できたようなところもあったからさ。その意味では下の代のヤツらは不幸なのかもしれへんな。実際あんまり仲は良くなさそうだし、ひょっとしたらあいつらはもう一個下の代に暴力を振るったりするのかもね」

「何よ、それ。止めてあげなさいよ」

「たしかに。そういうのなくしてやるのも先輩としての仕事だよなぁ」

航太郎は素直に菜々子の言葉を聞き入れた。

いずれにしても、航太郎たちの代はかつてないほど良好な人間関係を築いているという。実力者がそろっていて、陽人のような一般入試で野球部に飛び込んできた人間もいつの間にか仲間たちと溶け込んでいた。

「監督のことは嫌いやし、野球観も古いし、人間的には何一つ認めてないけど、このメンバーを集めてくれたことだけはホンマに感謝しとるわ。俺、ピッチャーとしては伸びなかったし、いまはベンチにも入れてないけど、希望学園に入って良かったって心から思っとる。絶対に甲子園に行けると思うし、活躍できるイメージもあんねん。うん、この野球部に入ってマジで良かった」

航太郎がそこまで言いきったチームは、秋とはいえ野球部が創設九年目にしてついに大阪府大会を制し、これ以上ない盛り上がりの中で近畿大会に向かっていった。

あと二つ勝てばほぼ確実に甲子園に出場できる。仮に一つしか勝てなかったとしても、可能性は五十パーセント残される。それでもなお、みんなが見つめているのは近畿大会の優勝だ。そのことがすごく頼もしかったが、しかし……。

甲子園とは、そんなにも遠いものなのだろうか。一年生エースの及川くんはたしかに本調子ではなかったかもしれないが、要所要所を締める素晴らしいピッチングを披露した。ヒットは許すがここ一番で崩れず、相手打線を二失点で食い止めた。

攻撃陣も決して不調とは思わなかった。ヒットの数は相手を倍近く上回る十一本。フォアボールも選んでいたし、目に見えるミスもなかった。それなのに大切な場面でどうしてもあと一本が続かない。

これが何度も甲子園に出ている学校と、そうでないところとの違いなのか。あと一勝、あと一点、あとワンアウト、あとストライク一つ……。その積み重ねの先にある甲子園との距離を痛感させられる試合だった。

結局、一対二というスコアで、希望学園は近畿大会初戦負けを喫した。秋の大会には似つかわしくない涙が希望学園のベンチ前にあふれていた。

それよりも印象的だったのは、腰に手を当て、放心したように天を仰ぎながら相手校歌を聞いている佐伯の姿だった。

いや、きっと佐伯の耳に校歌は届いていないのだろう。どの選手より、保護者より、当然菜々子なんかよりもずっと佐伯は甲子園に出ることの難しさを知っている。自身が高校生のときには三度も出たという甲子園に、指導者になってからはいまだ出られていない。彼の野球人生におけるはじめての挫折なのかもしれない。

決して大きくない佐伯の背中が、いつも以上に小さく見えた。「野球の指導者」というバイアスをかけてしか見ることができないけれど、菜々子よりずっと年下の三十三歳だ。誰にも吐露することのできない悩みを抱えているに違いない。

「佐伯さん、辞めようとしたりしてないよね？」

となりに立つ宏美に問いかける。宏美もおどろいた素振りは見せず、やはりグラウンドを見つめたまま口を開いた。

「わからん。でも、苦しい立場ではあるやろうね」

これまで一貫して保護者と距離を取ろうとしてきた佐伯から、宏美を通じて「私も父母会に参加させていただけませんか」という打診があったのは、近畿大会で敗れた一ヶ月後。

羽曳野に冷たい風が吹いていた、十一月の終わりのことだった。


その日、市内の居酒屋の個室に集まったのは、二年生の父母会役員六人とその夫たち。他の指導者も引き連れてくるのだろうという予想を裏切り、佐伯は一人でやって来た。

いつもの個室にぴんとした緊張感が立ち込めている。黒いオーバーサイズのニットにジーンズという格好の佐伯は、グラウンドではあまり目にしない、はじめて航太郎をスカウトしたときのような柔和な笑みを浮かべていた。

一見すればどこにでもいるような三十代だが、そこは長年野球の世界に生きている人間だ。背は小さくても身体は厚く、肌もこんがりと焼けていて、何よりも吐き出す息が他の男性陣よりも深いことが印象的だ。

「本日は押しかけて申し訳ございません。ご主人方もわざわざご足労いただき、本当にありがとうございます」

佐伯は恭しく頭まで下げた。それでも保護者たちの緊張は解けない。

「あの、今日はどういう……」

プレッシャーに耐えきれなくなったように宏美が切り出した。佐伯は注がれたビールを一口だけ舐め、目を細めたまま首をひねる。

「いえ、みなさんときちんとお話ししたいと思っただけです。馬宮さん以外のみなさんには、もう三、四年前にうちの学校に来てほしいと声をかけさせていただいて、何がなんでも甲子園という気持ちで今日までやって来ました。しかし、結局は目標を達成することができていません。本当にふがいないです。このチームに何が足りていないのか、私に足りないものは何なのか。忌憚のないご意見を聞かせていただけるとうれしく思います」

なんとなく宏美と目を見合わせる。それぞれの夫たちは面食らったような顔をしている。どういう風の吹き回しか。その表情に他意はないように見えるけれど、あきらかにこれまでと態度が違っている。

そんな保護者の空気を察したように、佐伯は訥々と続けた。

「みなさんには信じられないかもしれませんが、監督に就いた当初は保護者のみなさんと積極的にコミュニケーションを取っていました。最初の一、二年はうまく機能していたのですが、すぐにダメになってしまって距離を置くことに決めたんです」

「どうしてですか?」と、宏美の夫が声を上げた。佐伯は目を細めたままうなずいた。

「つけ上がるという言い方が正しいとは思いませんが、そうとしか言いようのないことばかり起きるようになりました。練習内容から始まり、選手の起用法、ベンチ入りメンバーの選択に、要求、さらにはどこそこ中学の誰それをスカウトしろなどと、私自身に直接言ってくださる分にはまだ良かったのですが、そのうち親御さんの間でも厳しい上下関係が発生するようになりました。イジメとまでは言いませんが、看過できない状況に陥ってしまったんです。すべて自分のせいでこんなことになっているのだと反省して、その代が卒業して以降は保護者のみなさんと近づきすぎないようにしてきました」

表情は穏やかで、口調もやわらかかったが、部屋は静まり返っていた。佐伯の突然の告白に、誰も、何も発せられない。

あらためて宏美の顔を凝視する。思うことはたくさんあった。たとえば、ずっと違和感を抱いていた〈父母会心得〉について。あれは、それこそ「つけ上がった」保護者が暴走して作り上げたものだったのではないだろうか。あるいはその暴走を押さえ込むために、苦肉の策として作成されたものだったのか。

さらにそこにいくつものルールが積み重なって、菜々子たちの代まで受け継がれてきたものなのだ。大半の親たちが疑うことなく、もちろん誰がなんのために作ったものかなど想像を巡らせることもないまま、頭から守らなければいけないものと信じ切っていた。

佐伯の言葉を否定できる親はいない。たしかに指導者が甘い顔ばかり見せていれば、自分の息子こそ一番と思っている高校球児の親などつけ上がるに決まっている。

でも、だからこそわからないこともある。

「どうしてこの場を設けてくださったんですか？」

ここにいる親を代表するようにして、声を上げたのは香澄だった。あとから一人だけ役員に加わった香澄は、普段の集まりではどちらかというと口数が少ない。猫をかぶっているとは言わないけれど、冷静に周囲の様子を観察している。

その香澄が前のめり気味に口を開いたのは、腹を割って打ち明けた佐伯に乗せられてのことだろう。

佐伯はふっと真顔になった。手もとのどこか一点をまばたきもせずに見つめ、しばらくすると我に返ったようにうなずいた。

「夏の大会を一回戦で負けたあと、実は学校側からはこの秋がラストチャンスと言われていました」

誰かの息をのむ音が聞こえた。佐伯は涼しい表情を崩さない。

「私も一度はそれを受け入れ、そのつもりでこの秋に臨んだのですが、結果はみなさんご存じの通りです。学校は来年三月の退任を求めてきました。約束は約束ではあったのですが、どうしても不完全燃焼という気持ちが拭えず、何よりも自分が一から声をかけて集まってもらった子どもたちと最後の夏をどうしても一緒に過ごしたいと思い直し、なりふりかまわずあと半年だけと求めました。幸いにも大阪府大会の優勝を高く評価してくれる理事もいて、なんとか首の皮一枚つながったという恰好です。私が希望学園を指導できるのは、勝っても負けても来年の夏まで。最後の大会が終わったら退きます」

「だから、私たちと話を？」

静寂を拒むように、今度は宏美が問いかける。佐伯は難しそうに首をひねり、やはり何かを振り払うように口を開いた。

「やり方を変えなければいけないのはわかっていたので。これまで世話になった方たちを訪ねて回りました。高校、大学時代の恩師、先輩方……。その中のお一人に、これはみなさんには怒られてしまうかもしれませんが、山藤学園の内田監督もいらっしゃいます」

緊張の度合いが一段増した。怒り出す親はいなかったが、呆けたような顔が見事に並ぶ。

大阪府大会では希望学園に苦汁をなめさせられたが、大阪2位校として乗り込んだ近畿大会ではエースの原くんが復活し、二年連続の優勝を決めた。その優勝校にのみ与えられる明治神宮大会でも優勝し、山藤学園は春の甲子園出場を確実なものにしている。

チームを指揮する内田泰明監督は、誰もが認める高校野球界の名将だ。佐伯のように刺々しい雰囲気を漂わせているわけではないのに、たまに大会で見かけるときなどは独特のオーラを発している。

山藤は希望学園にとって常に乗り越えなければならない高い壁であり、ライバル校だ。通常ならその指導者に悩みを打ち明けるなんてあってはならないことなのだろうが、それを責め立てる親はいなかった。

ただ、誰にもわからなかった。佐伯と内田の間にそんなやり取りをするような信頼関係があるのだろうか。まさか指導者同士というだけの間柄ではないだろう。

そんな保護者の疑問を感じ取ったように、佐伯は微笑む。

「これまで誰かに明かしたことはないのですが、内田さんは私の中学時代の恩師です。熊本県の決して強くはないシニアチームだったのですが、私が最上級生だったときにはじめて九州大会で優勝して、その実績で私は福岡の高校にスカウトされ、内田さんもその数年後にまだいまのような強豪ではなかった山藤に招聘されました」

親たちの間にどよめきが起こった。菜々子は一度だけ、二人が言葉を交わしている場面を目撃したことがある。

航太郎がまだ中学生の頃だ。和歌山の球場のスタンドで、あとからやって来た佐伯が挨拶に向かい、内田が対応していたのを覚えている。

「もっと言うと、私に高校野球の監督をやれと言ってくださったのも内田さんです。それまで女子校だった希望学園が共学化され、野球部が新設される。その監督を探していて、いまなら自分が推薦してやれる。もし現役に見切りをつけられるのなら、お前がやらないかと。プレイヤーとしての自分にはとっくに限界を感じていたので、私は一も二もなくその話に飛びつきました。私が監督になったら挨拶以外は言葉を交わさないという約束だったのですが、今回、それも反故にしてしまいました」

「あの、内田さんとはどんな話を？」と、平山貫太の父親がはじめて口を開く。

「まさにこの会に通じる話です。いままでのやり方を疑いなさいと」

「やり方？」

「ええ。内田さんも若い頃に同じ状況に陥ったことがあるそうです。信念を曲げないことと、周囲の声に耳を傾けないことは違うと。頑なになりすぎて、チームを壊してしまったことがあるのだと。その話を聞いたとき、真っ先にみなさんのことを思い浮かべました。いろいろとお話しさせていただきたいと思いました」

航太郎が小さいときに観ていた甲子園の試合が脳裏を過った。憧れも、屈託も。希望学園の選手の中に、きっと保護者の中にも山藤学園という学校になんの感慨も抱いていない者はいないだろう。その宿敵との物語に、さらに一つ因縁がつけ加えられた気がした。

佐伯はビール瓶を手に保護者のもとを自ら回った。最初は緊張した様子だった親たちも次第に慣れていき、各テーブルで侃々諤々議論が交わされている。

飲み会がスタートして二時間ほどして、佐伯は菜々子のもとへもやって来た。たくさんのまされてきたのだろう。顔が真っ赤に染まっている。

菜々子はウーロン茶をオーダーして、それを佐伯に渡した。「ありがとうございます。助かります」と、佐伯は素直に礼を口にする。

奥のテーブルから宏美が、となりのテーブルでは香澄がこちらを見ているのに気がついた。二人の目が語っている。聞きたいことを聞くべきだ。

実際、のど元まで出かかっていた。

航太郎がベンチに入れないのは私のせいか——？

その言葉をすんでのところで嚙み殺した。

先に口を開いたのは佐伯の方だ。

「私は航太郎のピッチャーをまだ諦めていません。どうしてもあいつをもう一度マウンドに立たせたいと思っています」

菜々子は冷静になれと自分に言い聞かせる。

「でも、本人にそのつもりはないようです。ピッチャーとしては頭打ちだと」

「自分だけが限界を定めてしまうというのはよくある話です」

「ですが……」

「わかってます。もちろん本人の意向を無視しようとは思っていません。それでも、あいつともすでに話し合ったことなんですが、私の思いも変わりません。この冬はピッチャーとしてのトレーニングも積んでほしいと伝えました」

「そうなんですか？　本人はなんて？」

「あいつ自身はあくまでも野手を本線として考えていると言っていました。でも、夏の長いトーナメントの中で自分が戦力になれる可能性があるというなら、そのための練習もしますと。人の倍がんばりますと言ってくれました」

「航太郎、そのとき笑ってませんでした?」

菜々子は思わず尋ねた。佐伯は不思議そうにするでもなくうなずいた。

「笑ってましたね」

「そういう子なんですよ」

「知っています。もう二年近くそばで見ているので」

あの子らしいな……と思った瞬間、目頭が熱くなった。不満はあるはずなのに、それを押し殺し、あくまでもチームのためならと口にできる。この二年で、航太郎は間違いなく成長した。野球をやらせてきて良かったな。このタイミングでそんなことを思った。

席を立つ間際、佐伯は思わぬ言葉をつけ足した。

「そういえば、野球部の丸刈り制度をやめることにしました」

他の保護者の会話がいっせいに止まる。みんなの視線を受けていることに気づいているはずなのに、佐伯の目はまっすぐ菜々子だけを捉えている。

「なぜ丸刈りが必要なのか自分たちが説明できないのなら、こんなことやめましょうと。それも航太郎に言われたことです。絶対に未来の希望学園のためになるとも言っていました。最初は正直ムッとしたんですけどね。たしかに僕は子どもたちに丸刈りにする理由を説明することができないなと思い直しました。チームの変革の象徴として、丸刈りの廃止は悪くないかと。次の監督がそれを採用するかはわかりませんが」

後日、航太郎から仲間たちの大喝采を浴びたという話を聞いた。しかし、チームメイトの髪の毛が日増しに伸びていく一方で、航太郎の髪だけは短く刈られたままだった。それどころか、前にも増して青々としている。

グラウンドでその理由を問い詰めた。航太郎はなんでもないというふうに肩をすくめた。

「そんなもん、こっちの方が目立つからに決まっとるやろ。他の連中がいけ好かない髪をしている中で、一人だけ古き良き坊主頭なんやで？　大人はカワイイって思うに決まっとるやろ」

菜々子は呆れるのを通り越して、笑ってしまった。これはこれで航太郎らしいのかもしれないと思いつつ、一言いわずにはいられなかった。

「いや、それはもう勝手にすればいいんだけどさ。策士、策におぼれるみたいなことにならないでよね」

「どういう意味だよ」

「なんかいちいち小賢(こざか)しいのよ、あんたのしてることって」

「はぁ？」

「もっとちゃんと野球で勝負しなさいって言ってるの」

「それができるならとっくにしとるわ！　できねぇからこんな頭しとんのや！」

大笑いした二人に北風が吹きつけた。いよいよ冬本番だ。

それでも、今年の冬はきっとすぐに過ぎ去ってしまうのだろう。そして春を迎えたら、あっという間に最後の夏がやって来る。

どんな未来が待っているのか。きっと人生でもなかなか味わうことのできない濃密な時間になる。いや、その時間だけは濃密であってほしい。

航太郎が高校球児でいられるのは、菜々子がその母でいられるのは、もうたった数ヶ月しか残されていないのだ。

野球部員として迎える最後の大晦日、航太郎は家に帰ってこなかった。数人のチームメイトと寮に残り、年をまたいで練習するのだという。

電話でその旨を伝えてきた航太郎は『年越しに申し訳ないとは思ってるけど、来年に向けてもう休んでられへんねん。ごめんな、お母さん』と、殊勝なことを言っていた。

菜々子は意外とさみしいと感じなかった。

「それはべつにいいんだけど、だからって羽目を外すんじゃないよ」

『羽目って何？』

「だから、お酒とか、タバコとか」

半分は冗談のつもりで口にしたが、航太郎は神妙にその言葉を受け止めた。

『たしかに。そうだよね。ここまで練習してきて何かやらかして出場停止とか、あらためて考えるとめちゃくちゃこわいよね』

嚙みしめるように言われ、菜々子もはじめて現実味を持ってその事実を捉えた。

「ホントだね。でも、実際にそういうことってよくあるのよね」

『昔ほどじゃないだろうけど』

「だとしてもさ」

考えただけでもゾッとする。チームメイトの誰かが不祥事を起こして航太郎の夢が奪われるのもおそろしいが、航太郎の悪事によって仲間たちの夢を絶つのはもっとこわい。そのチームメイトの背後には、さらに多くの親や親戚、友人まで期待している人たちがいるのだ。その思いも一緒に踏みにじることになる。

菜々子は昔から「連帯責任」という言葉が嫌いだった。自分がまだ小さい頃、大人たちはしきりにその言葉を使って、子どもたちを統べようとしていた。誰か一人のミスによって、その他大勢がペナルティを受ける。そのせいで恨みを買い、爪弾きにされた友人を知っている。その子はしばらくして学校にも来なくなった。

大人になったいまでも好きな価値観じゃない。教育という観点から見るなら、むしろ間違っている気さえする。子どもを正しく指導できない大人たちが生み出した、最低最悪の方法なのではないかと思う。

しかし菜々子が嫌おうが嫌うまいが、航太郎はいまもその思考が根強く蔓延(はびこ)る世界にいる。その親としては、ならばもう願うしかない。自分の息子がみなさまに迷惑をかけませんように。なるべく迷惑かけられませんように。こうした考えが、きっとまた連帯責任の連鎖を生み出すのだろうと思いつつ、祈るしかない。

「あとホントにちょっとだからね。悔いの残らないようにがんばりなさい」

航太郎もまた『うん。いい年をね。お母さん。あと八ヶ月、よろしく頼みます』と、何かを刻むように口にしていた。

年末年始はクリニックも休みだ。湘南に帰省することも考えたし、逆に両親をこちらに呼ぶことも考えた。

同じく陽人が帰ってこないことに不満を抱いた香澄から「あいつら薄情やから、今年は二人で年越ししよや」と誘ってもらった。それもいいなと思ったけれど、結局、菜々子は一人で過ごすことを選択した。なんとなくそうしたいという思いが強かった。

明日以降のために用意した簡単なおせちをつまみ、焼酎をちびちびやりながら、紅白を見るともなく眺めていた。

さみしくないと言ったらウソになる。航太郎のことよりも、健夫のことばかり考えた。たとえばあの人がまだ生きていて、航太郎が野球なんてしていなければ、自分はいま頃どこで、どんなふうに過ごしているのだろう。この瞬間、世の中には当たり前の家族の団らんがいたるところにあるはずなのだ。

「ここからが楽しいところなのに」

菜々子は一人で言って、少し笑った。どちらかというと、これまでは死んだ健夫に対して恨めしい気持ちが強かった。自分に大変なものを押しつけ、いつも笑っていい気なものだ。笑顔の遺影を憎々しく見つめることが多かったが、口にしてはじめて健夫に同情している自分の気持ちに気づいた。

そう、でも間違いなくここからがおもしろい。航太郎はこちらの期待をはるかに超えて、たくましく成長してくれている。図太くというか、ふてぶてしくというか。いや、それも「おもしろく」が一番しっくりくる。健夫が不憫と思ったらまた笑えた。

暖房がよく効き、かすかに汗ばんでいるのを感じた。冷蔵庫からビールを取り、窓を全開にする。川の向こうの山中に、白い灯りがボンヤリと見えている。子どもたちがあの下でいまも練習をしているのだろう。

「がんばれよ」

そう声に出したら、なんだか菜々子の方がいても立ってもいられなくなった。とはいえ、自分がやれることなど何もない。ランニングでも始めてみようか、いっそいまから大掃除でもしてやろうか。

そんなことを思いながら、あらためて山を見上げて、ピンときた。どうやらいまの自分は二度目の青春時代の真っ只中にいるようだ。最初の青春時代は、運動部のエースたちにかいがいしく尽くす女の子たちを冷ややかな目で見ていたはずなのに。

菜々子はあわてて部屋に戻り、炊飯ジャーの蓋を開けた。そこに目いっぱい、五合分のお米を投入する。あの子たちにおいしいおにぎりを食べさせたい。

どうか練習が終わりませんようにと願いながら、大晦日の夜遅く、菜々子は他に誰もいないアパートの一室で必死に米を研ぎ始めた。

❖
❖
❖

大阪にやって来て、三度目となる春が来た。石川の土手沿いにピンクの花が咲き始めると、はじめてこの街に来た日のことを思い出す。

航太郎はまだ中学生だった。右も左もわからない土地で、あの日の自分たちは何を感じていたのだろう。

　車のナンバープレートや、飲食店の猥雑（わいざつ）な雰囲気、飛び交う大阪南部の方言に、得体の知れないかすうどんの存在など、当時は面食らってばっかりだったものを、そういえばここ最近は気にしてさえいない。

「もうあと数ヶ月もないいんだよね」と、ある日の勤務中、看護師長の富永裕子がどこかさびしそうに言ってきた。

　菜々子は苦笑する。深く尋ねなくても理解できるのは、菜々子も心のどこかで同じように感じているからだ。

「そうですね」

「あっという間だったね」

「いやいや。さすがにまだ終わってませんから」

「なんかさみしいんだよなぁ。航太郎くん、ずっと高校野球してくれてたらいいのに。なんとかならないもんかな」

　裕子は無茶なことを真顔で言い、近くにいた看護師仲間がクスクス笑った。その声を聞きつけた本城先生が「なになに？　なんか楽しいこと？」と診療室から顔を出して、裕子はさらに大きなため息を吐いた。

「菜々子ちゃんや航太郎くんがいなくなったら、先生もますます老けちゃうんでしょうね。かわいそうに」

　みんなと一緒に笑いながら、菜々子の胸にもさびしさが押し寄せた。大阪にやって来てからの記憶は、半分は航太郎や野球部のものだけれど、もう半分は当然勤めさせてもらった本城クリニックのものである。

クリニックのメンバーには本当に救われてきた。感謝してもしきれない。縁もゆかりもない土地に越してきて、はじめて一人息子と離ればなれになり、万が一でも勤務先の空気が悪かったりでもしたら、どこにも逃げ場がなかったはずだ。大げさではなく、正気を保っていられたかもわからない。

裕子は同じ関東地方の出身だけれど、他の人たちはみな地元の人だ。越してきた当初、決して不満を抱いたわけではないけれど、疲弊し続けた「半歩近い距離感」に、結局自分は助けられている。

一瞬だけ患者さんがいなくなった平日の午後、窓から漏れるうららかな春の陽を浴び、大きくノビをしながら、本城先生が独りごちた。

「あと五ヶ月か」

四ヶ月ではなく、五ヶ月とつぶやいたのは先生のやさしさだ。その一ヶ月には劇的な違いがある。四ヶ月で終わりなら、大阪府大会で負けている。五ヶ月やれているなら、甲子園に出場できている。

菜々子は目を細めたままうなずいた。

「先生までそんなこと言って」

「だって、さびしいもん」

「終わりはいつか来るものですよ」

「そやけどさ。航太郎くんの高校野球が終わって、高校を卒業したら、やっぱり神奈川に戻るんだよね?」

「どうなんでしょう。おそらくそうなんだと思いますけど」

「秋山さんも一緒に帰るんやろ?」

「えっ?」

「うん? ちゃうの? 秋山さんはまだここで働いてくれるわけ?」

菜々子はとっさに返答できなかった。たしかにそうだ。航太郎の高校野球が終わる日のことばかり考えていたが、もうそろそろ進路のことも考えなければならない時期でもある。

関西圏の大学に進学でもするなら話は早いが、そう簡単に物事が進むとは限らない。そもそも航太郎が関東に戻るからといって、母親である自分も一緒に帰ることが正しいのか。母と息子は何歳まで一緒にいるものなのだろう。

菜々子が言葉に窮していると、裕子が助太刀するように割って入った。

「神奈川に戻りますよ。ナナちゃんも航太郎くんと一緒に帰るに決まってます」

本城先生はふてくされたように口をすぼめる。

「べつに決まってはないやろ」

「決まってるんです。当たり前じゃないですか。航太郎くんがいないのに、ナナちゃんがここに残る意味はありません」

「そう? いや、そうなんやけどね。わかってはおるんやけどさ」

「くだらないこと言ってないで仕事しますよ。じき次の患者さんがいらっしゃいます。はい、仕事仕事!」

裕子が急き立てるように本城先生を待合室から追いやった。二人の気持ちはうれしかった。とくに裕子は期待を抱くまいとしているのだろう。来年以降も一緒に働くことをきっと望んでくれていて、その思いを断ち切ろうとしているのだ。

それはきちんと伝わってきたが、胸の中はモヤモヤした。本当に航太郎と一緒に戻ることが正しいのか。それだけが正解なのだろうか。

でも、これはそういう問題じゃないのだろう。菜々子自身がどう生きたいかという問いだ。航太郎の近くに住むことを軽やかに選択した二年前と同じように、また自分で選び取らなきゃいけないのだ。一緒に神奈川に戻ることだけが正しいわけじゃない。一人で大阪に残って生活を続けていくという選択だってあるはずだ。

仕事だけじゃない。人間関係だって、いまの自分はもうこちらの方が地元と言っていいくらいの土台ができ上がっているのだから。

「どしたん？　浮かん顔して」

桜の花びらがひらひらと舞っている。二年前の今日は、まったく違う理由からやっぱり浮かない顔をしていたはずだ。

菜々子は小さく首をかしげる。

「ううん。なんでもない。いい天気だね」

香澄は呆気に取られた顔をした。

「はぁ？　なんやの、それ。気持ち悪い。ボケーッとしてたらあの人たちに舐められんで。菜々子ちゃん、ただでさえボーッとしとるんやから」

希望学園野球部の〈蒼天寮〉前の駐車場に、競うようにして着飾った人たちが並んでいる。今日から入部する一年生の親たちだ。

その親と向き合うようにして、二十人ほどの一年生がずらりと並ぶ。どの子もまちまちの髪形だ。中には丸刈りの子もいるけれど、数えるほどしかいない。みな入学前に野球部の方針を聞かされていたのだろう。

その一年生の前に、佐伯が立った。

「ええ、みなさま。本日はおめでとうございます。この子たちの門出にふさわしい、素晴らしい天候に恵まれました。まずはお祝い申し上げます」

まぶしそうに目を細めたまま、佐伯は深く頭を下げる。二年前とは別人のようだ。香澄はこの場にいなかったが、あの日のことを覚えている数人の三年生の親たちがハッとした顔をする。

いや、実際に佐伯は変わったのだろう。「それはそれで気持ち悪いよ。練習はむしろ厳しくなってるし、それなのになんかいつも楽しそうだし」と、航太郎は選手たちの評判はイマイチだと言っていたが、それでも佐伯の変化は認めていた。

二年前には聞けなかった「おめでとう」を連発しながら、佐伯はまるで好々爺のような笑みを浮かべている。

「今年、希望学園の野球部に入ってきてくれたのは十九名の精鋭です。当初は二十四名が入学予定でありましたが、私が指導するのがこの夏までということを問題視した五名の選手が辞退することとなりました。これはひとえに、私の不徳のいたすところであります。まずは申し訳ございません」

佐伯は再び頭を下げ、追うようにして田中をはじめとするコーチ陣も神妙な顔をして腰を折った。

佐伯はこくりとうなずいた。

「ここにいる十九名は、私が自分の目で見て、来てほしいと思った選手たちです。当然、三年間一緒に野球をしたいと思って声をかけさせていただいたわけですが、その願いは叶わないものとなりました。その代わりと言っていいかわかりませんが、ちゃんと土産は置いていこうと思っています。希望学園にとって初となる夏の大阪府大会優勝、甲子園出場を置き土産に、私は野球部を離れようと本気で考えています。今日入ってくれた一年生も当然その戦力ではありますが、まずは二年後の道筋を立てられたらと思っています」

佐伯の言葉はどこまでも真摯だった。過去を知らない一年生の母親たちはうっとりとした表情を浮かべ、声に耳を傾けている。

「人間、変われば変わるもんやなぁ」

佐伯に目を向けながら、香澄がボソリとつぶやいた。

「ホンマやね」と、釣られるように苦笑した菜々子を、香澄はどこか意地悪そうな目で見つめてくる。

「またや」

「何が?」

「いやな、前から思っててんけど、菜々子ちゃん、最近よう大阪弁出とるで」

「ウソだよ、そんな」

「ホンマやて。『ホンマやね』って言ったやん」

「言ってないよ。『ホントだね』って言ったんだよ」

「はぁ？　しらばっくれる気？」

「いやいや、言ってない。絶対に言ってないから」

そんなやり取りをしているところに、佐伯から声が飛んできた。

「えーと、それでは秋山さんと馬宮さん！　いらっしゃいますか？」

『あ、はい！』と、まるでイタズラを見つかった子どものように、二人はそろって甲高い声を上げた。一年生の親たちが一人残らずこちらを見る。

佐伯は怪訝そうに首をひねった。

「お二人から父母会について説明をされるということでいいんですよね？」

「あ、すみません。そういうことになっています」と、香澄が代表するように口を開く。佐伯は首を振り、選手たちに顔を向けた。

「では、一年生は先にみんなでグラウンドに行っててくれ。田中コーチ、彼らを案内してやってくれますか」

「はい。わかりました」と応じた田中に率いられる形で、一年生たちがゆっくりとグラウンドに向けて歩き出した。

何人かの子どもたちが自分の親を見返った。ハンカチを握りしめている母親がいる。懸命に泣くのを堪える母も、かまわず声を上げる母もいる。そのすべての気持ちが痛いほど理解できてしまい、菜々子の胸にも熱いものが込み上げた。

彼らの姿が完全に見えなくなったのを確認して、佐伯は最後に口にした。

「私の後任ですが、九分九厘、先ほどの田中コーチが就くことになると思います。ご覧の通りまだ若い人間ではございますが、野球観は現代的ですし、いい指導者だと断言できます。どうかみなさまで支えてやってください。よろしくお願いいたします」

人間、変われば変わるもんや。香澄の声がよみがえる。呆気に取られながら見つめていた菜々子に、佐伯はやさしい目を向けてきた。

「では、お二人」

「はい？」

「どうぞお話しください。私は先にグラウンドに上がっています」

そう言って颯爽と去っていった佐伯と入れ替わるようにして、菜々子と香澄が一年生の親たちと対峙した。

自分たちのときは一つ上の代の父母会役員が最初の説明に当たっていた。それを二つ上の代に変えようと提案したのは菜々子だった。

理由は明白だ。主に嫉妬などの負の感情が入り交じり、一つ違いの年代はぶつかりやすい。その点、二つ違いはそもそもつき合う期間が三、四ヶ月くらいであり、適切な距離を保っていられる。一年生の親たちがまだ「お客さま」でいられる期間に、わざわざ不仲になる必要もないだろう。

父母会でそんな提案をしたら、下級生の親も含めて反対する者はいなかった。「それなら菜々子ちゃんが」と宏美に押しつけられたのは誤算だったが、香澄と一緒ならばと承諾した。

人前に立つのは勇気が要ったが、さらに緊迫した様子の十九組の親たちを見ていたら、肩の力は自然と抜けた。

「ええ、みなさま。はじめまして。三年生の秋山航太郎の母で、野球部父母会役員の秋山菜々子と申します。こちらは馬宮陽人くんの母親で、同じく役員の馬宮香澄さんです」

「はじめまして。馬宮香澄です。よろしくお願いいたします」

なんとか余裕のあるところを見せようとしているが、香澄の声は緊張で上ずっていた。そのことがまた菜々子の気持ちを和ませる。

「本日はおめでとうございます。先ほど監督さんもおっしゃっていましたが、晴れの日にふさわしい、素晴らしい天気に恵まれました。こうして桜の花びらが咲き乱れるところを見ると、私も二年前の今日の日のことを思い出します」

何人かの親が思わずというふうに周囲に並ぶ桜を見上げた。その中には、会長の宏美の姿もあった。

宏美の息子の蓮は、この代のキャプテンを務めている。その弟の佑は、一足先に昨日、山藤学園の野球部寮に巣立っていったという。

「いやぁ、もう泣いた。めちゃくちゃ泣いたわ。蓮のときはそんなことなかったのに、今回は身体中の水分が涸れるんじゃないかってくらい泣いた」と、実際にまぶたを腫れぼったくさせる宏美からも、二年前のトゲは消えている。いまでも父母会の運営をめぐって意見が衝突することはあるけれど、意外とギスギスした空気にはならない。最近ではむしろ「秋山さんは気ぃ強くて敵わんわぁ」などと真顔で言われることがある。

そのことを思い出し、菜々子はつい微笑んだ。

「私たちも経験しているのでよくわかるのですが、いまはお辛い気持ちだと思います。息子さんとの永遠の別れのような気持ちの方もいらっしゃるのではないかと思いますが、大丈夫です。あっという間に時間は流れます。それは私たちが保証します」

後方を陣取った三年生の親たちから明るい声が聞こえてきた。釣られるようにして何人かの一年生の親たちも笑った。

それに気を良くしたつもりはなかったけれど、予定にない言葉が口をついた。

「もう一つつけ加えると、今日を境に、お子さんたちはものすごいスピードで成長していくことになると思います。私はその変化についていくのも必死でした。みなさんもこれからきっと大変な思いをたくさんすると思いますが、その成長を見ているだけでがんばれます。その先には甲子園という楽しみも待っています。なので……、あの、ちょっと何を話しているのかよくわからなくなってしまったんですけど、めげずにがんばってください。なんでも相談してください。私たちは応援しています」

菜々子はペコリと頭を下げた。いったいどの立場からモノを語っているのか。話している間に顔が熱くなるのが自分でもわかったが、しばらくするとパラパラと拍手が湧いた。何人かには届いてくれたようだ。目を赤くしている母親もいる。

その後、菜々子の尻拭いをするように香澄が話し始めた。

「子どもたち同様、父母会にもいくつか決まりがあります。つい最近までそれをまとめたノートもあったのですが、今年の役員会で廃止することが決まりました。守っていただきたいのは大きくわけて十個ほどです。それを箇条書きにして代表の方に送りますので、本日中に一年生の親御さんたちのライングループを作っていただいて——」と香澄が淀みなく話しているところに、一人の母親が手を挙げた。

「あの、すみません。うちは夫婦ともラインをしていないのですが、その場合はどうしたらいいでしょうか?」

おうおう、今年もちゃんと面倒くさそうな人がいるじゃないか。そんなことを思ったら、また笑えた。

香澄は表情一つ変えずに「可能ならラインを入れていただけると助かりますが、それが叶わない場合はショートメッセージなどで……」と、丁寧に説明する。

その頼もしい姿を一瞥だけして、あらためて桜の木を見上げた。重力に抗うように、ピンクの花びらがゆっくりと落ちてくる。

ここにいる全員の子どもが、野球で思い描いた結果を残せるわけじゃない。がんばれば夢が叶うわけではなく、理不尽な思いもたくさんする。みんながベンチに入れるわけではなく、ましてや主役になんてなれやしない。

それでも、全員が幸せになることはできるはずだ。

高校野球をやって良かったな——。

「ああ、もう！　だから何度も同じこと言ってますけどね！」と、ついにイライラし始めた香澄の横顔を見つめながら、一人でも多くの子がそう思うことができますようにと、菜々子は人知れず祈っていた。

秋と同様、春の府大会も試合ごとに背番号が変えられる。甲子園に通じていない大会ではあるものの、一回戦から、航太郎はショートのレギュラーナンバーである「6」をしばらく与えられていた。

親友の馬宮陽人もすべての試合でベンチ入りし、希望学園は週末ごとの試合を横綱相撲と言っていい盤石の強さで勝ち上がっていった。

菜々子自身が見慣れたせいかもわからないけれど、赤いユニフォームをイロモノ扱いする人はもうあまりいない。大阪府内では強豪校としてしっかり認知されている。まだ甲子園に出場していないというだけで、この代のチームは秋の府大会でも優勝したのだ。間違いなく、今年の夏の優勝候補の一つだろう。

むろん、そこには山藤学園という高い壁がそびえている。秋の大会では決勝戦で十四対一というスコアで大勝したが、すべてがいい方に嚙み合った上での結果だったし、何より山藤はエースの原凌介くんがケガで登板していなかった。現に原くんが復調した近畿大会で山藤は盤石の強さで優勝し、近畿1位校として乗り込んだ春のセンバツでも準優勝している。

現時点で希望学園を山藤より上と捉えている人はいないはずだ。唯一、希望学園の選手と関係者だけが、ライバル校の実力は認めつつ、そのことを強く信じている。

春の甲子園の決勝の日は、たまたま月曜日で野球部の練習が休みだった。航太郎はいつもの仲間たちとともに連絡もなく家に戻ってきた。

ちょうど仕事から帰った菜々子が玄関の戸に手をかけたとき、航太郎たちが中から出てくるところだった。

「あ、ごめん。ちょっとテレビ見させてもらっとった」

そう言う航太郎に、いつものようなおちゃらけた雰囲気はなかった。その日が決勝とすら知らなかった菜々子は「テレビ？　なんの？」と的外れな質問をしてしまったが、その問いにも「山藤の決勝。ちょっとじっくり見たくて」と真顔で応じた。

その後、西岡蓮に馬宮陽人、航太郎と同じショートの林大成と、いつものメンバーがぞろぞろと出てきて、挨拶してくる。

あいかわらずの威圧感に気圧されつつ、菜々子はバッグを肩にかけ直しながら「そうか。どうだった？　勝てそう？」と質問を続けた。

それまで思い詰めた様子だった子どもたちの顔に、ようやく笑みが浮かんだ。代表するように口を開いたのはキャプテンの蓮だ。

「やっぱり航太郎のおかん、イケとるわ。山藤勝った？　じゃなく、いきなり勝てそう？　って聞くんやもんなぁ。ええわぁ」

どういうわけか、蓮は以前から菜々子を過大評価してくれる。

「ああ、そうか。いや――」と言いかけた菜々子を制するように、蓮はうなずいた。

「大丈夫です。まさに今日ずっとここでそのことを話し合ってました。普通にやったら勝てるんやないかって思ってます」

「そうか。そう、勝てるんだね」

自信のみなぎった蓮の言葉に、呆気に取られる思いがした。その内心を悟ったのか、航太郎がいたずらっぽく目を細め、菜々子の肩に手を置いた。

「ま、大丈夫や。楽しみにしとけよ、おかん。いい思いさせたるやさかい」

友人の前だと調子に乗るのはいつものことだ。

呆れたように鼻を鳴らした陽人が「なんやねん、その気持ち悪い大阪弁」と、菜々子の気持ちを代弁するように言ってくれた。


甲子園に通じていない春の府大会とはいえ、最後の夏までもう三ヶ月を切っている。大切な前哨戦であると誰もが認識していた山藤学園との一戦は、決勝戦というこれ以上ない舞台で実現した。

しかも、両校ともベストメンバーでの激突だ。山藤はエースナンバーを背負った原くんがマウンドに立ち、希望学園も一桁番号の選手たちがずらりとスタメンに名を連ねた。

その中に航太郎の名前は入っていない。結局、航太郎はすべての試合でベンチ入りを果たしたものの、準々決勝以降の背番号は「16」だった。

試合にも出たり、出なかったりを繰り返している。でも、そんなことは関係ない。もちろんレギュラー番号をもらい、試合に出ることの方がいいのはわかっているが、いまさら佐伯が好き嫌いでメンバーを選んでいるとも思わない。むしろ個人的には、航太郎のプレーにいちいち緊張しないで済む分、こちらの方が性に合っているとも思う。

何より、春の大会が始まってから航太郎に与えられた役割がチームに勢いを与えているのが実感できて、それを見ているのが楽しかった。

試合は原くんと、希望学園の二年生エース、及川くんの投げ合いで進んでいった。

及川くんの母親は二年生の父母会長を務めていて、なかなかプライドが高く、三年生の親たちを露骨に煙たがっているような人ではあるが、息子の方は可愛げがあるらしい。いつか航太郎が「俺なんかに変化球の握りを聞いてきたりするんやで？　めちゃくちゃカワイイよ」などと親父(おやじ)くさいことを言っていた。

どちらのチームもチャンスらしいチャンスのないまま、迎えた七回の裏、先に得点機を迎えたのは山藤だった。ワンアウト満塁。はじめてのピンチらしいピンチを迎え、及川くんはマウンドの上で大きく息を吐いていた。

その姿に目を奪われていて、だから菜々子は自分が呼びかけられていることにしばらく気づけなかった。

「だから、秋山さんってば！」

宏美が怒ったように菜々子を見ている。

「うん？　何？」

「何、やないわ。出てくるで！」

宏美はグラウンドに目を向けたまま大声で言った。胸がとくんと音を立てる。菜々子よりずっと野球にくわしいからか、宏美はかなりの確率でそのタイミングを言い当てる。

固唾をのんでグラウンドを凝視した。すると、宏美の言葉を証明するように、勢いよく航太郎がベンチから飛び出してきた。

「タイムお願いします！」

その声がスタンドまで聞こえてくる。航太郎の人徳か。まるでスター選手が登場したかのように、応援席の選手たちが……、いや、保護者やチームのファンまでもが大歓声で航太郎を迎えてくれる。

この春から航太郎は「伝令」という役割を与えられている。高校野球には監督がベンチから出てはいけないという独自のルールがあるらしく、主に守備時にその指示をチームメイトに伝えにいくのが仕事なのだそうだ。

そんなもの誰でも務まる気がするけれど、宏美は「チームを救うこともある。意外とバカにでけへんで」と教えてくれた。それを聞いていた香澄も「たしかに航ちゃんが伝令で出てくると及川くんうれしそうにするもんね。そのあとってほとんど点を取られてない気がする」とつけ足した。

もちろん、二人がレギュラー番号を剥奪された航太郎を気遣ってくれているのは明白だ。額面通りに受け止めることはできないけれど、なんとなく航太郎が出てきたあとはチームが活気づいている気はする。

航太郎が駆け寄ってくるのを見て、マウンドの及川くんは安堵したように微笑んだ。吸い寄せられるようにして、内野の選手たちが集まってくる。その中にはサードを守る蓮、ショートのレギュラーポジションを航太郎と争っていた大成も含まれている。

及川くんの肩に手を置いて、航太郎はみんなに何やら伝えている。こちらに背を向け、表情までは見えないけれど、監督からのメッセージを伝えているわけではなさそうだ。こんなにみんなが大笑いしているなんてあり得ない。

航太郎は及川くんに触れたまま、円の中心にもぐり込むように身を縮めた。そして、大きな声を張り上げる。

集まった選手たちに何かが宿った気がした。それが証拠に、それぞれのポジションに戻っていった選手の声がさらに一段大きくなる。その活気が、今度は外野を守る選手たちにも伝わる。航太郎は大仕事を終えたかのような足取りでベンチに戻り、去り際、グラウンドに向けて一礼した。

「これ、いけるかもしれへんで」

宏美が放心したようにささやいた。直後、及川くんが投じた一球目を、相手の六番打者が強振した。

三遊間に強い打球が飛んだが、そのゴロをサードの蓮が華麗にさばく。まずバックホームしてツーアウト。キャッチャーの平山貫太からファーストの二年生に速いボールが送られ、あっという間にスリーアウト。電光石火の早業すぎて、すぐには状況を察することができなかった。

その菜々子に、仲間の母親たちが奇声を上げながら抱きついてくる。そばにいた宏美や香澄のみならず、及川くんの母の美智子(みちこ)や日野明日香ら下級生の母たちにまで抱きつかれ、あっという間に揉みくちゃにされた。

まるで優勝したかのように大騒ぎする希望学園側のスタンドとは対照的に、山藤側の応援スタンドは静まり返っていた。

とはいえ、落胆に包まれているという感じではない。一つ一つのプレーに一喜一憂しないといった強い自負を感じさせる。いつもだったら怯む光景だ。ささいなことでは動じない山藤こそが物語の主人公にふさわしく、すぐに感情を露わにする希望学園には脇役が似合っている。そんな卑屈な気持ちにからめ捕られる。

でも、今日は違った。山藤のスタンドにこわさは感じない。むしろ、堂々とどんちゃん騒ぎできる自分たちの方が強いのではないかという錯覚まで抱いた。あまりに気分が高揚して、このタイミングで山藤になんて入学しないで良かったという思いまで過った。

フィナーレも最高の形だった。九回表、ツーアウトランナー二塁で打席が回ってきたのは、途中からライトのポジションについていた陽人だった。

とても不思議な光景だった。中学時代から世代のスター選手として名を馳せていた原淩介くんと、友人の息子として話を聞くところから始まった馬宮陽人が、わずか十八メートルほどの距離で相対しているのだ。

ふと横を見ると、香澄はもう泣いていた。

「まだ泣いたらあかんよ。しっかり応援してやらな」

菜々子は鼓舞するように口にし、香澄の腕をつかみ取った。香澄はかすかに身体を震わせ、直後にいたずらっぽく微笑んだ。

「いまのは現行犯やからな」

「何？」

「大阪弁、いまのは言い逃れでけへんで」

金属音が響いたのは、その直後だ。決していい当たりではなかったけれど、陽人の放った打球は原くんの頭上を越え、転々とセンター前に転がった。

セカンドランナーの蓮がスピードを落とさずに三塁ベースを蹴った。あらかじめ浅めに守っていた相手のセンターから矢のような送球が戻ってくる。

蓮は足も速く、野球センスに長けているのが菜々子にもわかる。タイミングは間違いなくアウトだった。それでも送球がわずかに一塁方向に逸れたのを見逃さず、蓮はキレイに回り込んでホームベースにタッチした。

審判のジャッジが一瞬遅れたことで、相手キャッチャーがあらためて蓮にタッチする。蓮は呆然と審判を見上げるだけだった。

真空状態に陥ったかのように球場に静けさが立ち込めた。ここにいるすべての人間の視線が審判の腕に注がれていた。

審判は我に返ったように首を横に振って、両腕を大きく広げた。

「セーフ！　セーフ！」

球場が揺れるほどどよめいた。今度は宏美めがけてたくさんの母親たちが飛びついた。耳をつんざく声が聞こえ、誰かは号泣しながら叫んでいた。

菜々子は声を上げることができなかった。みんなが喜んでいる隙に二塁へ進み、そこでガッツポーズをしている陽人を見つめて、その目をゆっくりととなりに座る香澄に向けた。

香澄は両手で顔を覆っている。

「おめでとう！　すごいな、陽人。おめでとう！」

菜々子も泣くのを堪えることができなくなった。そもそも堪えようとも思わない。うん、うんと、首を動かす香澄を力いっぱい抱きしめる。「本当におめでとう！」と、もう一度大声を張り上げると、ようやく香澄も顔を上げた。

「ありがとうー！　菜々子ーっ！」

希望学園で野球をすることを望み、一般受験で入学した。他に四人いた同じ立場の仲間たちはいる。

あっという間に辞めていって、一人だけ遅れて入寮した。菜々子には想像もつかない苦労があっただろう。それでも、野球を辞めなかった。それどころかチームの中で確固とした立場を築いている。

その陽人の、これが今大会初ヒットだ。菜々子はそのことを知っている。ご飯をともにするたびに、香澄が「あいつ、一本くらいヒット打たんかなぁ」と言っていた。

母の待ち望んだ一本が、決勝戦の、対山藤というこれ以上ない場面で飛び出したのだ。泣くなと言う方が酷である。

その直後、航太郎が二塁ベース上の陽人にガッツポーズを見せつけながら、ベンチから飛び出してきた。その手にはなぜかグローブがはめられていて、さらに防具をつけたキャッチャーまで引き連れている。

なんだろう……と思いながら、その姿を目で追った。菜々子が気づくより先に、スタンドの控えの選手たちが大きく沸いた。

それでも、菜々子は状況を察することができなかった。どういうわけか航太郎はブルペンに走っていって、投球練習を始めたのだ。

「なぁ、これって……。航ちゃん、投げるんやないの？」

香澄の声が頭上を通過していく。あるいはそれが、もっとも美しいフィナーレなのかもしれない。陽人が打ち、蓮が点をもぎ取って、航太郎が最後に投げる。そして山藤を打ち倒す。秋、春と、府大会を連覇する。

でも、ようやくもぎ取った一点なのだ。ベストメンバーの山藤を倒すのに、あと一イニングに迫っている。その最後の一回を、しばらく試合で投げていない航太郎が任されるなんて、想像しただけで吐き気がする。

そんなのムリだ。見ていられない。母親として失格とわかっていたが、ピッチャーなんてしないでほしい。

そんな菜々子の心の声を聞き取ってくれたかのように、佐伯は最終回も投手交代を行わず、及川くんも三人で山藤打線を封じ込めた。

一対〇——。

誰にも、何も言わせない完全勝利。ベンチから選手たちが我先にと飛び出してくる。少し遅れて、航太郎もブルペンからマウンドの仲間のもとに駆け寄っていった。

同じ山藤相手の勝利なのに、甲子園に通じている秋の大会よりもはるかに子どもたちは喜びを爆発させている。

スタンドでも「おめでとう」「おめでとう」「おめでとうございます」「おめでとう！」と、四方八方で祝福の声が飛び交っている。

ああ、すごい。本当にあの山藤に勝ったのだ。

たとえ伝令であったとしても。

この勝利の一端を、もし航太郎が担えたのだとしたらこんなにうれしいことはない。菜々子は一人、歓喜の輪の外で喜びを噛みしめた。

直後に始まった春の近畿大会でも、希望学園は好調を維持した。秋とは異なりわずか八校のみの出場とはいえ、しっかり二つ勝って準優勝。決勝の相手、和歌山県の壮園大学付属和歌山高校は、甲子園の決勝戦で山藤を四対一で下した学校で、そこを相手に四対五と、あと一歩というところまで食らいついた。

このときにはもう名実ともに、希望学園がこの夏の大本命と目されるようになっていた。山藤は目の色を変えて猛練習に励んでいると聞いている。もちろん希望学園の選手たちにも驕りなど微塵も見えず、グラウンドには常に大きな声が轟いている。

例年より少し早く梅雨入りしたときには、なんとなく終わりの雰囲気が漂い始めていた。最初にあった出来事は、夏の大会のメンバー入りが叶わない三年生の引退試合だ。

正直にいえば、ここに航太郎が入ることはないだろうと思っていた。二十人枠の府大会、近畿大会ともにベンチ入りしていたのだ。陽人ともどもチームの中に居場所があるし、香澄とともにそれほど心配していなかった。

しかし、電話で引退メンバーに選ばれなかった旨を報告してきた航太郎は、心底安堵した様子だった。

『とりあえず良かったよ。選ばれちゃったヤツらには申し訳ないと思うけど、なんとか第一関門はクリアした』

そんなに不安に思うようなことなのだろうかと、感じたままを口にした菜々子に、航太郎は呆れたように息を漏らした。

聞けば、二十九人いる三年生のうち、十一人の子たちが今回の引退試合のメンバーに選ばれてしまったのだという。

その中には春の府大会で何試合かベンチ入りした子もいるし、母親が一緒に父母会の役員をしていたピッチャーの原田俊樹もいた。

いまさらながら、手に汗が滲んだ。

「そんなにギリギリの話だったわけ？」

『だから、そう言っとるやろ。俺マジでこの数日ちゃんと寝られないくらいやったんやから。陽人とはじめてハグしちゃったよ』

「全然知らなかった。でも、これで安泰ってこと？」

『安泰って？』

「だから、夏の大会のメンバーには入れるっていうこと？」

ほんの一瞬の静寂のあと、さらに深いため息の音が聞こえてきた。

『十八人もベンチに入れるわけねぇだろ』

それが残った三年生の数と認識するのに、少しだけ時間を要した。

「どれくらい入れるもんなの？」

『そんなの知らないよ。でも、二年でレギュラーつかんでるヤツが二人いるわけだし、四、五人はベンチに入るんちゃうの？　一年生にもイキのいいヤツは何人かおるし、佐伯さんが例年通りの考えなら、そこからも二、三人は入るんやないかと思う。あのオッサン、若い選手が大好きやから』

たしかに佐伯にはそういうところがある。現にその考えから、航太郎自身も一年生からベンチに入れてもらっていたのだ。

あの頃、三年生の親に対して申し訳ないという気持ちはたしかにあった。でも、その本当の意味を、彼ら、彼女らのやり切れない思いを、おそらく菜々子は正しく認識していなかった。

　多く見積もって、二年生が五人、一年生が三人ベンチ入りするのだとしたら、三年生は十二人しかメンバーに入れないということになる。首尾良く優勝できたとしたら、甲子園ではさらに二人ベンチ入りメンバーが削られる。本当に狭い枠なのだ。

「ヤバいじゃん」

『だからヤバいって言っとるやん』

「え、夏の大会のメンバー発表っていつあるの？」

『さぁね。去年は六月中旬に引退試合をやって、その直後やったけど』

「え、どうしよう。なんか緊張してきたんだけど」

『遅いわ！』

　ようやく事の重大性を共有できたのがうれしかったのか、航太郎はケタケタと声に出して笑った。

　突然、目の前が真っ白になった気がして、自分が最後に何を口にして電話を切ったか、菜々子はよく覚えていない。気づいたときには仏壇の前に正座して、健夫の遺影に手を合わせていた。

　お願いします、お願いします……と、唱え続けたこの夜、まるで航太郎の前夜の緊張が乗り移ったかのように、菜々子は一睡もできなかった。

　夏のベンチ入りの可能性を断たれた三年生たちの引退試合は、八尾(やお)市の市立山本球場を借り切り、盛大に行われた。

対戦相手は同じ大阪府内の強豪、大阪美駒高校の、やはり最後の大会のメンバー入りが叶わなかった三年生たちだ。

審判も、アナウンスも、電光掲示板係も、ボールボーイも、すべてこの試合に出ていない両校の三年生が担当した。手作り感のあふれる試合ではあったが、地元支局の新聞記者や、お互いの学校のブラスバンドに一般の生徒の子も応援に駆けつけてくれて、まるで本番さながらの緊張感の中で行われた。

もちろん、勝ち負けに意味のある試合ではないけれど、そこは長年真剣勝負の世界に生きてきた者同士の試合だ。五対五という大接戦のまま九回を迎えたときには、スタジアムにはただならぬ熱気が立ち込めていた。

この試合で、航太郎は主審を務めていた。見せ場は大阪美駒の攻撃を〇点に抑えて迎えた九回の裏、希望学園の攻撃時にやって来た。

ツーアウトランナー二塁、山藤との一戦を彷彿(ほうふつ)させるようなサヨナラの好機で、山本憲太郎(やまもとけんたろう)くんというずっとチームを支えてきた控えの男の子がレフト前に弾き返した。

二塁ランナーは、母親がともに父母会の役員だった沢田晃(さわだあきら)くんだった。足が速いことで知られていた沢田くんは一気にホームにかえってきた。相手レフトの肩は決して強くなく、返球も少し逸れた。素人目にもセーフであるのはあきらかだった。サヨナラを確信した希望学園の選手たちがバンザイをしながらベンチを飛び出してくる。

しかし、航太郎は沢田くんの生還を認めなかった。もったいぶったような沈黙のあと、「アウトー!」という人を食った大きな声が、夕刻の山本球場に響き渡った。

一瞬の間もなく、スタンドに笑い声が巻き起こった。航太郎は空気を読んだのだ。それこそ勝ち負けに意味のある試合じゃない。両校にとってもっとも美しい終わり方を選択した。

打った山本くんもファーストベース上でお腹を抱えて笑っている。ホームを駆け抜けた沢田くんは「おかしいだろう！」というふうに航太郎に詰め寄り、思いきり肩を突いた。

もちろん高校野球にはあるまじき行為ではあるが、今日は無礼講だ。航太郎も負けじと「退場ーっ！」とコールし、さらなる爆笑を呼び起こした。その航太郎に、希望学園の選手たちが次々と襲いかかった。菜々子も目に涙をためて大笑いした。

その後、スタジアムに両方の学校の校歌が流れ、両校の選手がメンバーもメンバー外も関係なくグラウンド整備をし、それぞれのチームに散った。

三塁側のベンチ前に、スタンドの親も招かれた。夕焼けに、オレンジ色に染められたグラウンドの片隅で、佐伯がベンチ入りの叶わなかった三年生にまっすぐな思いを伝える。

「本当はお前たちと一緒に最後の夏を迎えたかった。今日までついてきてくれて本当にありがとう。都合のいい話であるのはわかっているけど、希望学園の野球部を選んで良かったといつかみんなが思ってくれることを願っている。本当にありがとう」

ここで引退する選手はもちろん、その親も、そうじゃない選手も、その親も、ほとんどの者たちが泣いていた。

輪の一番外に立ち、やはり涙を流していた菜々子のもとに、航太郎がそっと寄ってきた。航太郎の目に涙はなかった。

「次の日曜やって」

小声で言ってきた航太郎に、菜々子は「何が？」とは尋ねなかった。夏の大会のメンバー発表に決まっている。

「そうか。じゃあ、また連絡して」

航太郎はこくりと一度うなずくだけで、すぐに仲間の輪に戻っていった。

六月三週目の日曜日の夜は、他に誰も誘わず、久しぶりに香澄と二人きりで食事をとった。

場所はいつもの富久だ。菜々子の勤めている本城クリニックの本城先生に教えられた焼き肉店だが、いまはもう菜々子の方が顔なじみだ。最近は一人でも来るようになってしまい、店の女将さんから「菜々ちゃん、あんた平気なん？　さびしいんちゃうの？　とっとと恋人でも作った方がええで」と、ことあるごとに言われている。

チレに、マメに、ツラミに、テッチャンにと、当初はそれが何かもわかっていなかったお肉の部位を、メニューも見ずにオーダーする。

それに香澄が呆れることもなくなった。何も言わずとも出てくるキンキンに冷えた生ビールと、同じジョッキで出てくるウーロン茶で乾杯して、煙が目に染みる蒸し暑い店内で二人はそれぞれの液体を身体に流し込んだ。

「あー、うまい。染みるわー」

香澄が顔をしかめて口にする。ほとんど満員の店内に、女性だけのグループは他にいない。普段は男性客の多い店だが、日曜日だからか今日は家族連れがよく目につく。

となりのテーブル席でも四人家族が食事をしていた。一生懸命お肉を焼くお父さんに、ビールをのみながら楽しそうに笑っているお母さん。まだ小学校低学年くらいの女の子は食事そっちのけで両親に話しかけていて、逆に高学年くらいの男の子は何が不満なのか、一人仏頂面で、黙々とお肉を口に運んでいる。

その男の子が何杯目かのご飯をおかわりしたとき、ふと菜々子と目が合った。

「野球しとんの？」

思わず口をついて出た。男の子がタイガースの帽子をかぶっているからではない。うまく言葉にすることはできないけれど、サッカーやバスケットボールとは違う、なんとなく野球をやっている子に共通する空気というものがある気がする。小さい頃の航太郎とどこか似た雰囲気だからだろうか。

男の子は一瞬不意をつかれたような表情を浮かべた。航太郎の思春期を思い返せば、理解できる。知らないおばさんに声をかけられるなんて最悪だ。

それでも、男の子は当時の航太郎よりも大人だった。

「やっとるけど」

あわてたように目を逸らしたものの、質問には応じてくれた。そのことがうれしくて、菜々子はつい前のめりになった。

「タイガースのファン？」

「うん」

「高校野球は？」

「え、何？」

「高校野球はどこが好きなん？　やっぱり山藤？」

「ああ、うん。山藤も好きやけど……」

男の子は持っていたお茶碗をテーブルに置いて、身体をモジモジさせた。これも大阪のいいところと言えるだろうか。こんなに恥ずかしそうにしているくせに、おかしな敬語は使わない。それだけで受け入れてもらえている気がするから不思議なものだ。「半歩近い」という菜々子の思う関西人の特性は、結局自分の性に合っている。

そんなことをボンヤリと考えていたから、男の子の声をうまく聞き取ることができなかった。

「え、ごめん。いまなんて？」

男の子は面倒くさそうに息を漏らす。

「そやから、最近は希望学園もカッコええと思うとる」

思わず香澄の目を見つめる。香澄もポカンと口を開いて、小刻みにうなずいた。二人のつき合いも長くなった。いいから言えと、瞳が語りかけてくる。

菜々子は小さく息をのんだ。

「あんな、こんなん聞いてもどうしたらええかわからんやろうけど、おばちゃんたちの息子、二人とも希望学園の野球部におるんやで」

子どもが相手だからだろうか。自分でもビックリするほど流暢な大阪弁が口をついた。それに気づいた香澄の鼻がヒクヒクしている。

男の子は怪訝そうに菜々子を見つめた。おどろきと、面倒くささと、疑いの入り交じった目で菜々子をじっと見つめ、思わぬことを尋ねてくる。

「誰の親？」

「何？」

「西岡くん？　平山くん？　及川くん？　希望学園の、誰の親？」

男の子は本当に希望学園の野球部のファンであるらしい。もしくはこんな小学生に名前を知られているレギュラーの子たちがすごいということか。

気まずさが漂いかけたが、引っ込みはつかなくて、菜々子は仕方なく口を開いた。

「その誰でもない。たぶん君は知らないと思うけど、こっちのおばさんは馬宮陽人くんという子のお母さん」

なんとなく流れから香澄を先に紹介する。香澄は面食らったようにのけぞってみせたが、すぐに笑みを取り繕い、男の子に向けて手を振った。

男の子は拳を握りしめ、じっと下を見ていた。

「知っとるけど」

「え、ホンマに？　陽人のこと知っとんの？」

「府大会の決勝戦でヒット打っとった人やろ？」

またしても香澄と視線を交わす。本当にすごいことだと思う。ただ高校で部活動をしているだけの子の名前を、はじめて会った小学生の男の子が知っているのだ。

でも、きっと小学生の頃の航太郎だってそういう選手の名前を知っていたはずだ。憧れの高校の選手である。憧れの再生産だ。こうして高校野球という文化は今日まで何十年と繁栄してきたのだろう。

「へぇ、希望学園の野球部の親御さんなんですか」と、これまで目を細めて静観していた男の子の母親が問いかけてきた。

「ええ、そうなんですよ」

「それはすごい。この子、本当に希望学園の野球部が大好きなんです」

母親が出てきたことで気持ちが大きくなったのか。男の子ははじめてうれしそうな笑みを浮かべて、上目遣いに菜々子を見た。

「おばちゃんは誰のおかんなん？」

「いやぁ、さすがにそれは言ってもわからんよ」

「いいから教えてや。俺、大体わかるで」

「うーん。でも、試合にもほとんど出てなかったからなぁ。秋山航太郎っていうの。知らないでしょ？」

菜々子がおそるおそる口にすると、男の子はなぜかビックリしたような表情を浮かべ、母親も大きく目を見開いた。

「どうかした？」

二人のただならぬ反応に虚をつかれ、どちらにともなく質問する。母親はなおもおどろいた表情を浮かべていたが、気を取り直すように首を振った。

「あ、いえ、なんかすみません。あの、こんなこと言っても信じてもらえないかもしれませんけど、うちの子、息子さんの……、秋山くんのファンなんです」

「は？」

「この子も所属している少年野球チームでなかなか試合に出られてなくて、でも野球は大好きなんでがんばって練習はしてるんですけど、あまりそれを認めてもらえなくて。少しふて腐れてた時期があったんですけど、そんなときに私と試合を観にいって」

「希望学園の？」

「ええと、まぁそうですね。いや、本当は山藤の応援に行ったつもりだったんですけど、なんか親子そろってすっかり希望学園に魅了されちゃって。あの試合で、秋山くんが途中でマウンドに行きましたよね？」

「伝令で」

「そうです、そうです。あのとき、希望学園の応援スタンドがすごく盛り上がったじゃないですか。野球にはこういう貢献の仕方もあるんだって感動しました。この子も同じようなことを感じたらしく、あの試合を観て以来、家では希望学園、希望学園って言ってますし、秋山くんのこともよく話してるんです」

今日だけでもう何度目だろう。菜々子は無意識のまま香澄に目を向ける。どういう心境か知らないけれど、なぜか香澄は顔を覆って泣いている。

「ちなみにこの子もコウタロウっていう名前なんです」

母親は男の子の肩に手を置いた。コウタロウはそれを鬱陶しそうに払いのける。菜々子の記憶にもあるやり取りだ。

これから先、この母子はたくさんの思い出を共有していくのだろう。楽しいことばかりじゃなかったのに、自分の無力さをずっと呪っていたはずなのに、それが本当にうらやましくて、少しだけ二人に嫉妬する。

「そうなんだ。コウタロウってどういう漢字？」

「耕すに、太郎やけど」

「そうか。そしたら耕太郎くんも将来は希望学園の選手やね」

「うん。そうなれたらうれしいわ」と、屈託なく、素直にそう応じたものの、耕太郎はしっかり生意気でもあった。

「おばちゃん、今度サインもらってきてあげよっか？」

「サイン？」

「秋山選手の」

菜々子は大真面目に言ったつもりだったが、一瞬の間のあと、耕太郎はお腹をよじって笑い出した。

「いらんわ、そんなもん！　秋山くんのサインなんて、誰に自慢できんねん！」

「アホ、耕太郎！」という母親の言葉を無視して、耕太郎はさらにこましゃくれたことを言ってくる。

「あ、でも西岡くんのサインなら欲しいかも。あの人は将来プロ野球に行く選手やで。できたら阪神に入ってくれたらうれしいんやけど」

「いや、あげないよ」

「なんやねん」

「西岡くんのサインなんて絶対にあげない。耕太郎は、うちの航太郎のサインくらいでガマンしときなさい。またここに来るときに持ってきてあげるから、お店の人からもらいなさい」

耕太郎の母親が声に出して笑っている。ふて腐れたように頬を膨らませたが、耕太郎もまんざらでもないといった表情を浮かべている。

そのなんとも言えない顔がかわいくて、菜々子もやっぱり笑ってしまった。


初対面の家族のおかげで、明るい夕飯となった。もし、彼らがとなりのテーブルにいてくれなかったら、食事が終わる頃には菜々子と香澄の会話は滞っていたに違いない。

菜々子が母親に「いつか耕太郎が希望学園に入ることになっても、父母会の役員になっちゃダメですよ。絶対にダメですよ」といった話をしている間にも、香澄はちらちらとスマホを確認していた。

菜々子も同様にずっとスマホをいじっていたが、結局店を出るまでどちらの電話も鳴らなかった。

「どうしよか?」と、店の外で香澄が大きくノビをしながら尋ねてくる。今日は車でなく、歩いて店まで来ていた。

梅雨の中休み、空には滲んだ月が浮かんでいる。

「一人で待ってるのはしんどいかも」

菜々子は素直に心の内を吐露した。香澄も当然というふうに首を振って、「そやな。ほな菜々子んちで待たせてもらおうか」と口にした。

家まで十分ほどの道のりを行く間、二人はほとんど言葉を交わさなかった。ご飯を食べているときにずっと思っていたことがある。

もし今夜、二人が望む通りの結果にならなかったら、関係性が変わってしまう。まさかこれが最後の食事になるとは思わないが、少なくとも希望学園野球部の、現役の選手の親同士という関係ではなくなってしまうのだ。

自分が何に緊張しているのか、菜々子はわからなくなる。航太郎の夢を叶えてやりたいという気持ちにウソはない。航太郎の喜ぶ顔を見たいという思いも本物だが、それと同じくらい、ひょっとしたらそれ以上に、自分が喜びたいという欲求がある気がする。

そんなことを思いながら、手に持ったスマホに目を落とす。今頃、寮では最後の大会のメンバー発表が行われているのだろう。そこで名前が呼ばれなかったら、その時点で航太郎の、陽人の高校野球は終わってしまう。

「アカン。胃が痛い。吐きそうや」

川沿いの遊歩道をとぼとぼ歩き、ようやく菜々子のアパートが見えてきた頃、香澄がボソリとつぶやいた。

菜々子はたまらず足を止めた。

「私だって痛いよ。っていうか、あいつらなんで全然連絡してこないわけ?」

「航ちゃん、電話するって言ってたんやんな?」

「うん。陽人は?」

「うちも言うとった」

「っていうか、香澄ちゃん。ホントに恨みっこナシだからね」

「わかっとる」

「あと、ひとまず今日までありがとう」

「はぁ？　何？」

「こんな私とつき合ってくれて。ありがとう」

「ああ、そやね。それは私もありがとう」

時刻は二十一時になろうとしている。航太郎からは「今日がその日」と聞いているだけで、何時に発表があるとは知らされていない。

普通に考えれば、夕食後のいままさに発表が行われているのだろう。ボンヤリと見上げた山の向こうに、今夜は照明が灯（とも）っていない。いつもは野球場のナイターが必ず見えているのに、誰もグラウンドにいない証拠だ。

「ちょっとあそこに座ろうか」

目についた河川敷のベンチを指さし、菜々子が言ったときだった。これはもう長期戦だと覚悟を決めた矢先、香澄の着信音がまず鳴って、直後に菜々子のスマホも音を立てた。

香澄は何も言わずに川の上流へ、菜々子は下流へ向けて歩き出す。「ホンマに恨みっこナシやからな！」という香澄の声を遠くに聞いて、菜々子は画面に目を落とした。『航太郎』という文字が夜の闇に浮き上がっている。

あらためて学校のある山の方に目を向け、震える指で通話ボタンをタップした。

「は、はい、秋山です」

我ながらおかしな応答をしたと思う。航太郎は一瞬の間もなく噴き出した。

『知っとるわ！　なんやねん、それ』

「いや、まぁ……。そうなんだけど」

『そうだけど、ちゃうって。マジで、頼むで、お母さん』

航太郎は必要以上によく笑った。その声を聞いて、菜々子はいい予感を抱けなかった。昔からそういう子だ。何かつらいことがあるときに限って、ムリして明るく振る舞うのだ。

気を許した瞬間、スマホから沈黙が伝わってきそうだった。それを拒否したい一心で、菜々子は覚悟を決めるでもなく切り出した。

「どうだった？」

平静を装ったつもりだったが、声はしっかりと上ずった。航太郎は一向に笑うのを止めようとしない。

『なんかお母さんの反応、思ってた感じとちゃうねんけど』

「いいから言いなさいよ」

『うーん、そやな』

「何？　ダメだった？」

なんとか拒みたかった沈黙が、ほんの一瞬、受話口を伝った。その直後に、航太郎の野太い息の音が聞こえてきた。

『いや、入っとったで』

身体を縛っていた緊張の糸がゆっくりと解けていく。

「ウソ……」

『ホント。16番。ちゃんと名前を呼んでもらえた』

「ああ、そうか。それは、良かった。良かったね、航太郎。ホントに良かった」と繰り返しながら、菜々子は泣くのを我慢した。

それを航太郎が邪魔してきた。

『ありがとな、お母さん』

「ちょっとやめてよ。何を――」

『俺に野球をやらせてくれて。ずっと大変な思いをさせて。それを伝えようと思ってた。本当にありがとう』

絶対に悪ふざけだ。いくらなんでもこんなにしおらしいことを言う子じゃない。近くに友だちでもいて、みんなでニヤニヤ笑っているのだろう。絶対にそうだ。バカにしているに決まっている。

そんなことまで脳裏を過ったのに、菜々子は泣くのを堪えることができなくなった。たかだか高校の部活動だ。それでも家族三人が共有した、たった一つの夢だった。一年生のときに当たり前のようにつけていた背番号をもらって、しかも「1」が「16」になったというのにこんなにも喜んでいる。必死に止めようとすればするほど、涙は脆くもこぼれ落ちる。

「ああ、もうヤダ。陽人は？　陽人はどうだった？」

菜々子はなんとか涙を拭いながら、話題を変えた。

『あいつも入ってたよ。17番。ホントにすごいよ。うちの学校で一般入試組から夏の大会のベンチ入りしたの、あいつがはじめてなんだって』

「そうか……。陽人も良かった。二人とも本当に良かったね。おめでとう」

ようやく祝福の言葉を口にできたところで、菜々子はあわてて振り返った。同じように陽人から航太郎がベンチ入りしたことを聞いたのだろう。香澄が大きく手を振っている。やっぱり号泣しているのが遠目にもわかる。

航太郎はすんと鼻を鳴らして、淡々とした調子で続けた。

『来週、どこかで隙を見て寮を抜ける。一回、家に帰る』

「そうなの？　どうして？」

野球に集中したいからと、今年になってから一度も家に泊まっていない子だ。最後の大会を目前に控えたこの時期になぜ帰ってくるのか、菜々子にはわからなかった。

航太郎はなんでもないというふうに声を上げた。

『そんなの、お父さんにも報告したいからに決まってるじゃん』

「あっ……」

『最後の大会のベンチに入ることができたんだ。ちゃんと報告しなきゃバチが当たる。本当はちゃんとお墓参りしたかったんだけど、せめて仏壇に』

息子という存在がいて良かった。野球をやらせてきて本当に良かった。何度も、何度も思ってきたことを、このタイミングであらためて思う。

「わかった。じゃあ、待ってる。帰る前に連絡してよ」

『うん。とりあえず最後の夏は完全燃焼するよ』

「当然。燃え尽きなかったらそれこそバチが当たる」

『たしかに。よしゃ、一丁おかんを甲子園のアルプス席に連れてってやるか。ホントは彼女にでも言いたいところだけど、あいにくいまはそういう人もおらんし』

「うん？　聡美ちゃんは？」

『別れた。っていうか、フラれた。なんか退屈やったらしいで』

「へぇ、そうなんだ。そうか。じゃあ、まぁホントにがんばらなきゃね。最後の最後でケガなんてしないでよ」

『それは大丈夫。コンディションは入学していまが一番いい。なんかやれる気がする。マジで行くよ、甲子園』

航太郎の「甲子園」という声を胸に刻むように電話を切って、あらためて振り返ると、ちょうど香澄も電話をしまっているところだった。

もうムリして泣くのを我慢する必要はなかった。何せ天を仰ぎ、号泣する香澄の声が菜々子のもとまで届いている。

菜々子は香澄のもとへ全力で駆け寄った。駆け寄り、飛びつき、その細い身体を力いっぱい抱きしめて、思いの丈をぶちまけた。

「おめでとう！　良かったね！」

「良かった、良かったぁ」

「まだもう少し一緒にいられるね！」

「うん、うん」

「ねぇ、香澄ちゃん。男の子のお母さんで良かったね！」

いまわざわざ伝えるようなことじゃない。そんなことは百も承知していたけれど、菜々子は言わずにはいられなかった。

二年以上似たような時間を過ごしてきた身だ。香澄はすぐに言葉の意味を察して、顔をくちゃくちゃにほころばした。

「良かった、良かった！」

中年女が二人、暗闇の中で抱き合いながら、大粒の涙を流している。傍から見たらギョッとする場面に違いない。

その瞬間を待っていたかのように、空からポツポツと雨が落ちてきた。

もわんとした初夏の風に乗って、香澄の身体からかすかに焼き肉屋の匂いが漂った気がして、菜々子はうっかり笑ってしまった。


その一週間後の日曜日、航太郎が家に戻ってきた。夜になると言っていたのに、連日続く豪雨のせいで練習が早く終わったらしく、夕方には帰ってきた。

「ホンマ。少しでも追い込みたいこのタイミングで雨ばっかりなのはキツいで。他の学校も条件は一緒やろうけど、いまはもっと練習したいのに」

独り言のように不満を漏らしながら、航太郎はまっすぐ仏壇に向かった。もうその身体の厚さに面食らうことはない。見慣れたということもあるだろうけれど、一番大きかった頃に比べると少し肉が落ちた気がする。

「ちゃんとご飯食べてるの？」

「うん。食べとるで。ずっとおいしくないと思ってた寮のメシやけど、あと何回も食べられないと思うと名残惜しい」

「そうか。二年も食べさせてもらったんだもんね」

「そやな」

航太郎は仏壇の前に正座すると、きちんとロウソクから線香に火をつけ、その炎を手で消してから、おりんを鳴らした。

ずいぶん長い時間、航太郎は手を合わせていた。遺影の健夫はいつもと同じ笑みを浮かべている。亡き父に何を語りかけているのだろう。もちろんその声は聞こえないが、きっといい報告をしているに違いない。

ようやく合掌を解くと、航太郎はどこか照れくさそうに菜々子の待つダイニングテーブルにやって来た。

「何か飲む？」

「アイスコーヒーある？」

「一丁前に」

そんなイヤミを言いながらも、菜々子は言われたまま冷蔵庫のコーヒーをグラスに注いで、テーブルに置いた。

航太郎はそれを一息に飲み干した。

「早くない？　もう一杯？」

「ううん、大丈夫。自分でやる」

「いいよ。そんなのべつに」

「いや、それよりさ、お母さん――」

そう切り出し、航太郎が次の言葉を発するまでに、たしかにわずかな間があった。

「俺の野球はここまでやから」

「どういう意味？　高校野球がっていうこと？」

「ちゃうわ。野球そのものが」

「なんで？　大学でも続けるんじゃなかったの？」

最後にそれを聞いたのはいつだったろうか。そんなに前のことじゃない。少なくとも高校に入ってからのことだ。この先も野球は続けるものと頭から信じていた。

航太郎はうっすらと目を細めた。

「もうええやろ。ここまでやったら充分や。中途半端に続けるのは性に合わん。高校野球は最後までやり切ったんやし、お父さんも認めてくれるんちゃう？」

そう口にして、航太郎は健夫の写真に目を向ける。ヘラヘラと笑ってはいるけれど、意志を感じさせる声だった。ああ、そうか。そのことを先に健夫に報告したのか。そんなことをボンヤリと思う。

べつに辞めたいなら辞めればいい。それを止めようとは思わない。しかし、だとすれば聞いておかなければならないことがある。

「でも、だったらどうするのよ。あんたから野球を取ったら何もなくなるじゃない」

航太郎は呆れたように肩をすくめた。

「おかんがそんなこと言うのはあかんやろ。でも、まぁ大丈夫や。おかんを楽させるために就職するとかは言わんから。どういう形になるかは知らんけど、大学には行こう思うとる。俺、高校野球の監督になりたいんや。自分みたいに野球でいい思いも、しんどい思いもした人間が指導者になるのはええと思うんよな。エリートのまま監督になった人間は最悪や。だから、そやな。野球を辞めるっていうか、本格的な野球をっていう感じか。ひとまず封印や」

「それ、佐伯さんのこと言ってるの？」

何か言葉を発さなければ、航太郎の勢いに飲み込まれてしまいそうだった。航太郎は茶化すように口をすぼめる。

「たしかにあの人もその一人かな」

「でも、佐伯さん変わったよ。少なくとも私は最近の監督さん接しやすい」

「それは同感」

「それでもあの人のやり方を否定する？」

「それは、するかな」

「どうして？」

「そういうものだと思うから」

航太郎はきっぱりと言い切った。意味がわからず、小首をかしげた菜々子の目をじっと見つめて、航太郎はさらに思ってもみないことを口にした。

「俺、もしいまお父さんが生きてたとしても、わりと反発してたと思うんだよね。好きとか、嫌いとかいうことじゃなく、なんていうか、父親って息子にとってそういうものだっていう気がする。蓮とか大成とかの親父さんとのかかわり方を見ててそう思ったことがある。少しだけうらやましかった。だけど、俺には俺でそういう仮想敵みたいな人はいるよなって、あるとき思った」

「それが佐伯監督？」

「うん。あなたは俺の父親代わりですみたいなことを言うつもりは全然ないし、気持ち悪いから絶対に本人には伝えないけど。まぁ、感謝はしてる。だからこそ、あの人のやり方を否定しなきゃいけないって思ってる」

菜々子の胸の中のわずかなしこりが消えた気がした。

「ねぇ、航太郎。あんた、希望学園に入って良かったと思ってる？」

「それは間違いなく」

「そうか。じゃあ、いよいよ甲子園行かなきゃね」

「だから行くって言っとるやろ」

「あ、あともう一個」

「なんやねん」

「あんた、さっきから〝おかん〟って言いすぎ。私ホントにそれイヤなの。今度言ったらマジで縁切るから」

航太郎はキョトンとした表情を浮かべ、すぐに「なんだよ、どさくさに紛れてイケる思ったのに。ってか、最近お母さんの大阪弁が止まらないって陽人のおかんから聞いたんやけどな。ちゃうの？」などとのたまった。

菜々子は笑うのをグッと堪えて、窓の方に目を向けた。あいかわらず雨が降り続き、雷鳴まで轟いている。

それでも、今年は梅雨明けが早いと聞いている。この雨の季節をくぐり抜けたら、高校野球最後の季節がやって来る。

「がんばりなさい。応援してるから」

そんな母の言葉の意味を、息子はは き違えたらしい。

「そんな大層なことでもないやろう。たかが〝おかん〟って呼び方くらい。大げさやな」

暑い夏がやって来る。

ワケもわからないままエース番号を与えられ、試合でも投げさせてもらった一年生の夏。肘を大ケガし、ベンチにも入れなかった二年生の夏。

胸の高鳴りはそのどちらともまったく違う。これが三年生という立場から来るプレッシャーなのか、菜々子にはわからない。航太郎がレギュラー番号を背負っているわけではなく、ましてや自分が試合に出場するわけでもない。それなのにどうしてこんなにも高揚するのか。初戦を控えた前日の夜は一睡もできなかった。

寮から球場に乗り込んできた子どもたちに、ひとまずいつもと違う様子は見られなかった。変に気負っていることもなさそうだし、気合が乗っていないということもない。いつもと何か違うことがあるとすれば、それは梅雨明け直後の陽射しがあまりに強烈であるということだ。大阪府大会をすべて勝ち抜いたとして七試合。甲子園まで含めれば約十二試合。この太陽がたぎっているわずかの間に、すべての日程がこなされる。

昨年も同じように意気込んで臨み、初戦で敗れた大会だ。応援席に陣取った保護者の中に浮ついている者は一人もいない。去年のような思いはしたくない。それは選手、指導者のみならず、保護者の間でも共通した気持ちだった。

春の府大会で結果を残した希望学園は、シード校として二回戦からの登場となった。最初の関門と思われていたその初戦を、五回コールド、十九対〇という完璧な内容で突破する。

そこからは破竹の勢いだった。三回戦では新興の私立校、四回戦では去年初戦で敗れた港南商業とぶつかり、どちらも十点差以上をつけてコールド勝ちを収める。

五回戦は、一ヶ月前にメンバー外の子たち同士で引退試合を行った大阪美駒が相手だった。多少のやりにくさがあるのではないかと思ったが、選手たちにそんな意識は微塵もなかった。初回から猛打で相手投手陣に襲いかかり、早々に勝敗を決定づける。

ベンチの航太郎の声もよく響いていた。そのご褒美だろうか。やはり十点差をつけ、コールドゲームが濃厚となった五回には代打として大会初出場を果たした。航太郎がバットを持って出てきただけで、下級生を中心としたスタンドの控え選手たちから大きな声が上がった。

その期待に応えるように、航太郎はライト前にヒットを放った。一塁ベースの上で気合を入れるように自分の両頬を叩いた航太郎の姿を見て、もう充分だと菜々子は思った。これ以上、母として求めるものはない。とても充たされた気持ちだった。たった一本のヒットではあるが、航太郎の十七年のすべてが込められたヒットに思えた。

そんな菜々子の感慨などお構いなしに、チームの雰囲気はさらに高まった。保護者の間でも「本当に強い」「甲子園に行ける」といった声が飛び交うようになり、会長の西岡宏美を中心にそれを咎めるような声も聞こえてきた。

盤石の試合を続け、強豪ひしめく大阪でベスト8に勝ち進んだのだ。盛り上がるなと言う方がムリがある。しかし、とくに三年生の親たちは、甲子園というところがことさら遠くにあることをみんな知っている。

トーナメントの反対側の山では、山藤がしっかりと勝ち上がっていた。希望学園のような派手な試合展開ではないようだが、ほとんどの試合でエースの原凌介くんを温存し、それでもほとんど点を取られていない。さしたる強豪校もいないようで、決勝に上がってくるのは間違いないと目されている。

一方の希望学園は、準々決勝で苦しんだ。相手の明蘭大付属高校は、昨秋、今春と、どちらも圧倒した学校だ。普通にやれば負ける相手ではないという前評判だったが、やはり「いよいよ甲子園」というチームのムードに隙があったのか、終始押される展開となった。

五回を終わった段階で、一対三。実際の点差以上に厳しい内容だった。エース番号を背負う二年生の及川くんが疲れているのは素人目にもあきらかだった。控えピッチャーが入れ替わり立ち替わりブルペンでウォーミングアップを行い、その中には航太郎の姿もあった。

前の試合までは出場することを願っていた。でも、それはゲームの大勢に影響がないと思ってのことだった。こんな緊迫した場面で登場なんかされてしまったら、それがたとえピッチャーとしてでなかったとしても、落ち着いて見ていることはできないだろう。

後半になってもジリジリとした展開で試合は進んだ。希望学園が点を取れば、明蘭大付属も取り返して、突き放す。

最終回、相手校の攻撃を終えたところで、四対五。一点を追う状況で希望学園は九回裏の攻撃を迎えた。

ベンチ前で円陣を組んだ選手たちも、佐伯も、負けるかもしれないという雰囲気を微塵も感じさせなかった。

それはスタンドの応援団や保護者も同様で、菜々子自身、このチームがこのまま負けてしまうというイメージを抱くことはなかった。

直後、これまで打ちあぐねてきた相手ピッチャーに、希望学園打線が襲いかかった。下位打線から始まる巡り合わせではあったが、ヒット二本に、フォアボールで、ノーアウト満塁という大チャンスをつかむ。

しかもバッターはもっとも頼りになるキャプテンの蓮だ。蓮が打席に向かったところで、希望学園ベンチが動いた。一気に試合を決めようという判断なのだろう。足の速い陽人を二塁のピンチランナーに送った。

となりで手を合わせている香澄の肩に手を置いた。

「陽人、めっちゃ輝いてるな。あの子が試合を決めるよ」

菜々子がささやいた直後、蓮のバットが火を噴いた。これがプロを目指す選手なのだろう。みんなの祈りをプレッシャーになど感じない。相手エースの初球を叩いた蓮の打球は、高々と舞い上がり、耳をつんざくような歓声と相手スタンドの悲鳴を引き連れ、そのままフェンスを越えていった。

みんなの視線を一身に集めるようなフィナーレではなかったけれど、決勝のホームを踏んだのは間違いなく陽人だった。

控えの選手たちが雪崩を打ってベンチから出てくる。その先頭にいた航太郎が、ゆっくりとダイヤモンドを回ってきた蓮のヘルメットを思いきり叩いた。ムッとしたのか、蓮は思わずという感じで航太郎のお尻を蹴り飛ばした。

八対五。あまりに劇的な、キャプテンによるサヨナラ逆転満塁ホームランという幕切れだ。最高のムードは準決勝の啓明学院戦にも引き継がれ、こちらも九対一と完勝する。

あと一勝――。あとたった一試合勝つだけで、子どもたちが幼い頃から何度となく口に出してきた「甲子園」に行くことができる。

希望学園の次の試合、決勝の対戦相手は山藤学園と決まっている。

スタンドの高校野球ファンから「楽しみやなぁ」という声が聞こえてきた。

見上げた空に雲は一つもない。

明日も暑くなるのだろう。


航太郎が高校に入学してから、数え切れないほど足を運んだ。菜々子にとって高校野球といえば、甲子園よりもこちらの球場だ。

大阪市内の臨海地区にある舞洲ベースボールスタジアムは、試合開始の一時間前の正午には満員に膨れ上がり、真夏の暑さに匹敵する熱気が充満していた。

両校の生徒がたくさん駆けつけている。とくに希望学園の方の応援スタンドの盛り上がりは目を見張るほどだった。

いつだったか、航太郎がこんなことを言っていた。

「野球部は特別って顔をしすぎなんや。先輩たちも、監督も。あんなふうに偉そうにしとったら絶対に応援なんかしてもらえへん。俺たちの代は、とにかく当たり前のことを当たり前にやろうって話しとる。学校ではあまり野球部同士でつるまずに、クラスの連中とも仲良くする。授業もなるべく寝ない。ホントに当たり前のことをするだけなんやけどな。でも、それだけのことでみんな応援してくれるって思うんや」

そのアイディアに航太郎がどれほど関与しているのか、菜々子は知らない。でも、今年の三年生が野球部の悪しき習慣を変えようとしたのは間違いないのだろうし、その目論見はきっと成功したのだろう。

希望学園は生徒に応援の強制はしていないという。ここにいるのは自分の意志で母校の歴史的な快挙を目撃しようという子たちばかりだ。盛り上がらないはずがない。

試合開始前に、もう一つ大きな出来事があった。山藤は当然原くんが満を持して先発してくるものと思っていたが、本調子ではないのか、作戦なのか、決勝戦という大一番でもエースを温存してきた。

山藤のスタメンピッチャーがアナウンスされたとき、スタジアムの至るところからざわめき声が聞こえてきた。

『9番、ピッチャー、西岡くん。一年生――』

とくに大きくどよめいたのは、希望学園の応援スタンドだった。もちろんコールされた西岡佑が、蓮の弟であり、宏美の息子であることをみんな知っているからだ。

兄弟が敵味方にわかれ、たった一つの枠を争うというのは、母親としてどんな気持ちなのだろう？

菜々子がちらりと目を向けると、となりに座った宏美がそれに応じるようにつぶやいた。

「佑にはまだ四回もチャンスがあるんや。今日は勝つで。絶対に勝つ」

午後一時、希望学園の先攻でプレイボールの声がかかった。母と兄の願いを打ち砕くべく、佑は初回から全力投球を披露する。希望学園の期待の声を切り裂くように、腕を振るたびに「うぉりゃー！」といった叫び声が聞こえてきた。

兄の蓮がチームを鼓舞する姿には通じているが、どちらかというと上品で、淡々と野球をするイメージの山藤にあっては異質に見える。背後を守る先輩たちにもり立てられながら、佑は見事なピッチングを続けていく。

対する希望学園の及川くんも本調子のようだった。秋、春と続けて山藤に勝ったことが自信につながっているのだろう。相手はさらに年下の一年生ピッチャーだ。ひょっとしたら航太郎や蓮と同じように、山藤という学校に対する屈託もあるのかもしれない。決して気迫を前面には出さないけれど、及川くんは何かを誇示するかのようにキャッチャー目がけて力強いボールを投げ込んでいく。

二人の下級生ピッチャーは相手打線に一本のヒットも許さず、序盤はあっという間に過ぎていった。

試合が動いたのは四回だ。先頭打者の林大成が両チーム合わせてはじめての二塁打を放つ。それを二番打者がバントで送って、ワンアウト三塁という絶好のチャンスで、打席に向かったのは蓮だった。

初回の兄弟初対戦時とは雰囲気が違った。ようやく巡ってきたチャンスに盛り上がる希望学園のベンチと応援スタンド。球場全体が揺れているかのような声援に、さすがの佑もプレッシャーを感じたのだろう。

その二球目、佑の投じた変化球がホームベースのはるか手前でワンバウンドして、それをキャッチャーが後逸した。

ボールはバックネットへ転がっていく。それを見た大成は迷うことなくホームを目指した。ピッチャーの佑が空いたホームのカバーに入り、バッターの蓮は打席を外した。

タイミングはアウトに見えた。俊足の大成は頭からすべり込み、キャッチャーから返球を受けた佑がタッチにいく。

砂埃(すなぼこり)が舞い上がり、状況はよく見えなかった。菜々子の視界に捉えられていたのは、間近で見ていた蓮が「セーフだ！　セーフ！」というふうに両手を広げてアピールする姿だ。

蓮に釣られるようにして、審判の両腕も大きく開いた。「セーフ！」とコールされた瞬間、希望学園側のスタンドは比喩ではなく揺れた。おそろいのピンクのTシャツを着た母親たちがいっせいに揉みくちゃになり、だからその異変に気づくのがわずかに遅れた。ホームベース上で折り重なった佑と大成の二人がなかなか起き上がろうとしないのだ。

「ちょっと待って。なんかおかしい」

誰かの声が聞こえてきた。スタンドが一瞬にして静まり返る。佑の方は利き腕の右手首を押さえながらも、しばらくすると立ち上がった。

一方の大成は起き上がることができなかった。蓮がバットを置いてその場に膝をつき、必死に何か呼びかけている。それでも大成に反応する様子はなく、蓮はあわてたようにベンチに何かを指示した。しばらくすると、グラウンドに担架が運び込まれてきた。

どうやら脳しんとうを起こしたようだ。ゆっくりと担架に乗せられ、大成がグラウンドを去っていくのと入れ替わるようにして、ベンチから出てくる選手がいた。航太郎だ。菜々子が望んでいた形とはまったく違う。いや、そもそも菜々子は望んでいない。

甲子園を懸けたこんな大一番に息子が出場する。そんなプレッシャーのかかることを願ったことは一度もない。

ケガをした佑に代わって登板したエースの原くんは、不調という触れ込みとは裏腹に、さすがのピッチングを披露した。

その裏から、航太郎はショートの守備に就いた。一対〇というこれ以上なく緊迫した展開の中、菜々子の祈りが通じたようにしばらく打球はこなかったが、七回にはじめて飛んできたゴロを航太郎は簡単にファンブルした。母親たちの悲鳴のような声が耳を打つ。菜々子は思わず嘔吐(おうと)しそうになった。

幸いにもそのエラーが失点に結びつくことはなかったものの、菜々子の緊張はもはや限界を超えていた。

「もうダメだ。見てられない」

誰にともなくつぶやいて、その場を離れようとした菜々子の腕を、となりの宏美が思いきりつかんだ。

「逃げたらあかん。見届けてあげな」

そう力強く口にしてから、宏美は我に返ったように目をパチクリさせて、あわてたように笑みを浮かべた。

「あ、ごめん。でも、ちゃんと見ててあげようや」

「でも……」

「じゃなきゃ、あんたが後悔するで。私たちの子どもが甲子園に行くところや。人生でもう二度とない。ちゃんと見届けてあげようや」

菜々子の腕を握る宏美の手にさらに力が籠もった。有無を言わさぬその口調に、歯向かう言葉は出てこなかった。

山藤エースの原くんは盤石だった。付け入る隙どころか、希望学園はヒット一本、フォアボール一つ奪うことができない。

希望学園の及川くんも負けていない。こんなに楽しそうに投げる子だったろうか。山藤打線に毎回のようにヒットを打たれはするものの、ここぞという場面は必ず三振で切って取る。そのときに作るガッツポーズは、かつて見たことがないほど派手なものだった。

ついに九回を迎えたときには、ヒットの数は山藤が十一本、希望学園はわずかに一本。それでも試合には一対〇で勝っているのだから、野球というのはおもしろいスポーツだ。

希望学園の九回表の攻撃も、なんとかしてほしいと願った先頭の航太郎があえなく三振。続く二番打者も三球三振、打席にはキャプテンの蓮が向かった。

原くんが蓮も三振に打ち取ろうとしているのはあきらかだった。流れを一気に山藤に引き寄せ、最終回の攻撃につなげようという腹づもりなのだろう。普段、感情を表に出さないピッチャーが、めずらしく闘志むき出しで蓮に向かっていく。

対する蓮も簡単には引き下がらない。ファール、ファールと粘るたびに、スタンドの観客のボルテージは上がっていった。

二人が中学時代のチームメイトであることをみんな知っているのだろう。同じ東淀シニアのキャプテンとエースピッチャーだ。宏美の言葉を信じるのなら、蓮がもらえるはずだった山藤の特待生枠に原くんがすべり込んだ。それに怒った蓮は希望学園に入学することを決め、航太郎らとともに野球をしている。

いくつもの巡り合わせを経て、二人は夏の大阪府大会の決勝戦というこれ以上ない舞台で相対している。その心の内は想像することができないけれど、二人ともすごく楽しそうだ。原くんは意地になったようにストレートを投げ続け、蓮はそれに食らいつく。

そして、原くんが投じた実に十一球目だった。フルカウントからの高めのストレート、見逃せばひょっとしたらボールだったかもしれない球を、蓮は思いきり振り抜いた。

これまで何度となくチームを救ってきた蓮のバットが無情にも空を切る。審判が高らかに「ストライク！」をコールし、原くんが天に向かって腕を突き上げた瞬間、それまで王者の風格さえ感じさせていた山藤のベンチ、スタンドが、この日一番の盛り上がりを見せた。

香澄と顔を見交わした。こういう場面をかつて何度も目にしてきた。絶体絶命のピンチを抑えたあとには、不思議とチャンスが巡ってくる。逆に攻撃時に勢いの芽を摘まれたときには、必ずと言っていいほどその裏の守備時に危機がやって来る。

案の定、九回裏に最大のピンチがやって来た。ヒット、キャッチャーフライ、ヒット、ライトライナー、フォアボール……。まるでこの試合を象徴するかのように、一進一退の攻防が繰り広げられ、一塁側と三塁側を喜びの声と悲鳴が行き来する。

及川くんはとっくに肩で息をしていたが、佐伯はエースと心中することを決めたようだ。交代する気配は見られない。

その後輩ピッチャーを、蓮を中心とした内野手の三年生が必死に鼓舞する。当然、その輪には途中からショートの守備についている航太郎の姿もある。本当にたくましく感じられた。たった一度の守備機会ではエラーを犯し、回ってきた二度の打席とも三振を喫している。

それでも、航太郎の心は折れていない。応援席の声援にかき消され、その声までは聞こえてこないが、腹の底から叫び声を上げているのが遠くからでも見て取れる。自分もチームに貢献できるということを疑っていない。

ツーアウト満塁、相手バッターはこの試合三本もヒットを打っている三番打者。宏美に何を言われようが、他の母親たちがどうしていようが、菜々子はもう見ていられなかった。胃が悲鳴を上げている。目を固くつぶり、額の前で手を結ぶ。神さま、お願いします。どうか息子のもとにボールが飛んでいきませんように――。

そんな母の切なる願いは、神のもとには届かなかった。山藤の三番打者が強振した打球が、青空に高々と舞い上がる。

そのとき、真空状態に陥ったかのように、たしかにスタジアムは一瞬静寂に包み込まれた。それを断ち切るようにして、よく知る声が耳を打つ。

オーライ！　オーライ！　と、叫びながら、サードの後方に上がったフライを航太郎が全力疾走で追いかけていく。打球が落ちてくるまでの時間が、菜々子には一分にも、二分にも感じられた。

航太郎は帽子を脱ぎ捨て、捕球体勢をとった。種類の異なる願いを込めて、球場にあるすべての視線が航太郎にのみ注がれる。

航太郎は笑っているように見えた。まるでスローモーションのようにボールが航太郎の、結局ずっと使い続けた健夫からもらったグローブに納まった瞬間、爆発するような声が菜々子の鼓膜を震わせた。

希望学園野球部設立十年目にして、ついにつかみ取った甲子園の切符だ。お祭り騒ぎする希望学園の生徒たち。保護者もいっせいに揉みくちゃになる中で、菜々子は声も発さず航太郎の姿を目で追っていた。

赤いユニフォームを着た選手たちが我先にとマウンドに集まっていく。航太郎は一瞬、本当に一瞬だけその場にたたずみ、バックスクリーンに顔を向けた。

それまでやんでいた風が不意に吹き、大会旗が大きくはためいた。それを確認して、ウイニングボールを手にした航太郎もグローブを突き上げて仲間たちのもとに駆け寄っていく。

息子がみんなの輪に加わるのを確認してから、菜々子もようやく喜びを爆発させた。思うところの多かった母親たちと涙を流して喜びを分かち合いながら、なおも航太郎が何をしたのかと考えていた。

答えを知れたのは、その夜、優勝の報告とあらためての感謝を伝えてきた航太郎からの電話によってだった。

お互いに興奮状態で優勝の喜びを分かち合ったあと、菜々子は切り出した。

「ねぇ、航太郎。あんた最後にボール捕ったあと、バックスクリーンを見たでしょ？　あれ、なんで？」

そんな菜々子の質問に『そんなとこまでよく見てるな』と呆れたように言ったあと、航太郎は照れくさそうに教えてくれた。

『まぁ、やっぱりお父さんのことが頭を過ってさ。真っ先に報告した。いきなり風が吹いたの見た？　あれ、俺マジでビックリしたわ』

そう言ってくすくす笑ったあと、航太郎は寮に帰ってすぐに発表された甲子園のメンバーに入れたこと、そしてさらに二人削られた十八人の枠に親友の陽人が入れなかったことを伝えてきた。

夢にまで見た甲子園のベンチ入りが決まった直後のことだ。それでも航太郎の声が喜びよりさびしさにあふれていることに、菜々子は胸をつかまれた。

「そうか。陽人、残念だったね」

『まぁな。できれば一緒にベンチに入りたかったけど』

「陽人の分までがんばりなさいね」

『いやいや、だからおかんは「熱闘甲子園」の見過ぎなんやって。陽人がいようがいまいが俺はがんばるし、あいつだってべつに「自分の分まで」なんて思ってないよ』

そう言ってイヤミっぽく笑ったあと、航太郎はすっと息を吸い込んだ。

『早うおかんの豚汁が食べたいわ』

「お母さんのね」

『ああ、そやな。お母さんの豚汁』

「あと、もう数週間でしょう。そのあとはイヤっていうほど食べられるんだから。いまは目いっぱいがんばりなさい」

『そやな。なぁ、お母さん』

「うん？」

『甲子園やで』

「うん。そうだね」

『これまで本当にありがとう』

「私の方がありがとうだよ」

『何がだよ？』

私を甲子園のアルプス席に連れていってくれて——。そんなことを言ったらまた「テレビの見過ぎ」と笑われるのがわかって、菜々子は言葉を押し殺した。

「想像もしてなかった経験を私にたくさんさせてくれて」

それはそれでどうかとも思ったけれど、航太郎はもう笑わないでくれた。

『まだまだ。これからが本番や』

「そうだね」

『俺たち、本当に甲子園に行けるんだよな』

航太郎の声がはじめてかすれた。不意に出てきた「俺たち」は、もちろんチームメイトのことを指しているのだろう。

でも、ひょっとすると……。二人でここまでやってきた母と子のことを指しているのかもしれない。

気になるくせに、それを尋ねることができなかった。

いまだ臆病な自分に呆れながら、菜々子はもう一度「ありがとう」と繰り返した。

❖

秋山菜々子は自分の目を疑った。

そのわずか数週間前に、最後の大会のベンチに入れるかどうかで気を揉んでいた子だ。チームの力になることばかり考えて、しかしそれは野球での貢献とはかけ離れたことばかりで、母親としては情けなくも、たくましくも感じていた。

その息子が……、航太郎が甲子園のマウンドに立っている。

何万人という観客の視線を独り占めにして、一心不乱に投げている。プレッシャーを感じているのか、楽しそうにしているのか、投げている様子からはうかがえない。

一回戦では出番がなかった。

航太郎がはじめて試合中に姿を見せたのは、鹿児島県の代表校と対戦した二回戦だ。八月十五日、灼熱の午後一時過ぎ。四対四で迎えた、延長十一回表。ワンアウト二、三塁という大ピンチで伝令として現れた航太郎を見ただけで、菜々子は胸を詰まらせていた。

結局、その回に二年生エースの及川翔真(しょうま)くんは一点を奪われたものの、希望学園もその裏に一点を奪い返し、タイブレーク制の延長戦は続いた。

菜々子が最初に息をのんだのは、延長十二回の攻防に突入しようというときだった。前のイニングと同じように、航太郎がグラウンドに現れたのだ。前の回と決定的に違ったのは、航太郎がグローブを手にしていることだった。

キャッチャーの平山貫太が審判に何かを、おそらくはピッチャーの交代を告げ、航太郎がマウンドで投球練習を始めたとき、試合開始時からざわめき続けていた希望学園側のアルプススタンドに、一瞬、間違いなく静寂が立ち込めた。普段、心から航太郎を応援してくれている控えの選手たちさえ声を失っていたほどだ。

その沈黙を切り裂いたのは、チームで一番仲のいい馬宮陽人だった。

「よっしゃー、行けーー！　航太郎ーっ！」という陽人の叫び声に我に返ったように、仲間の選手たちの声援もあとに続いた。

菜々子はまだ呆然としたままだった。ようやく起きていることを現実と受け止め、事の重大さに気づいたのは、満員の甲子園にアナウンスが轟いたときだ。

『守ります希望学園高校、選手の交代をお知らせいたします。先ほど代打いたしました高畑(たかはた)くんに代わりまして、ピッチャーに秋山くん。8番ピッチャー、秋山くん。以上に代わります』

たしかに航太郎からは絶好調だと聞いていた。「中学の頃なんて目じゃない」ほどストレートが走っていて、「小学生の頃以来」の無敵感を抱いているのだという。「間違いなく高校に入ってからは一番の出来」だと、電話でうれしそうに語っていた。この大会をもって勇退することが決まっている監督の佐伯は、その勢いを買ったのだろうか。でも、だとしても……だ。

一度はピッチャーをすることさえ諦めた子である。佐伯に言われたから、ベンチ入りの可能性が高まるからと、決して前向きとは言えない理由でピッチャーのトレーニングを再開した。

そんな子が、憧れてやまなかった甲子園の、しかも延長戦という絶対に失敗の許されない状況でマウンドに上がり、いい投球ができるものなのだろうか。

府大会の決勝戦でショートの守備についたときとは異なり、目の前で起きていることがあまりにも現実離れしていたせいか、菜々子は逃げずに航太郎の姿を直視できた。

航太郎もまたそんな母の期待に応えるかのようなピッチングを披露した。ノーアウト、ランナー一、二塁で始まる延長タイブレーク。先頭打者に送りバントすることを許さず、スリーバント失敗で最初のアウトを奪う。それを皮切りに、続く打者を三振、さらにその次の打者も三振に斬って取り、なんと三者連続三振で切り上げてしまったのである。

希望学園の応援スタンドも、ベンチも大いに沸いた。地区大会で一度も登板したことのない無名のピッチャーが突然マウンドに上がり、さらには148キロなどというとんでもないストレートで相手打線をきりきり舞いさせたのだ。招待していた本城クリニックの面々に湘南のアパートの大家さん、池田豊樹をはじめとする健夫の友人たち、富久の女将さんもそろって呆気に取られた顔をしていた。

流れは一気に希望学園側にかたむき、その回の裏に林大成がサヨナラヒットを放って希望学園は二回戦も突破した。すると、そんな自らの采配に気を良くしたわけではないだろうが、佐伯はさらなるギャンブルに打って出た。

続く三回戦の相手は、優勝候補の一角と目されていた神奈川県代表の京浜高校だった。希望学園が勝ち進んでいく上で最大の関門になるとみられていたこの試合の先発ピッチャーに、なんと航太郎を抜擢したのである。

前の試合の三者連続三振はかなりインパクトがあったようで、あるスポーツ紙に『希望、秋山の十六球』などという見出しつきで紹介されるほど注目が集まっていた。

そんな中での先発ピッチャーの発表に、甲子園球場は沸きに沸いた。ただでさえ注目度の高い、大阪代表vs.神奈川代表の一戦だ。しかも幸か不幸か、試合は日曜日だった。スタンドは立錐の余地さえないほどの人で埋め尽くされていた。そんな試合で先発した航太郎は「かなり燃えました。どうせ負けても、そんなん僕なんかを先発に使った監督のせいやと思って一生懸命投げました」と試合後のインタビューで語り、記者たちを大いに笑わせていた。

事実、航太郎は燃えたのだろう。そもそも相手の京浜高校は、航太郎が最初に憧れを抱いた学校だ。憧れてやまない地元高校の敵役として大阪の山藤学園という学校を知り、今度はその高校に恋い焦がれ、そこで野球することを強く望んだ。

しかし、その思いは成就しなかった。ならばと抱いた「山藤を倒して甲子園に行く」という夢の方をついに実現させ、辿り着いたグラウンドで京浜と対戦することが決まり、巡り巡って先発ピッチャーを任された。燃えるなという方が無理だろう。

佐伯からの指示は「いるピッチャーを全員つぎ込むつもりだ。後先のことは考えず、初回から全力で飛ばしていけ」というものだったらしい。

それに「ういす!」と応じた航太郎は、本当に初回から全力で飛ばしていった。当然、データなど持ちあわせていない京浜打線は、航太郎を打ちあぐねる。いや、仮にデータを持っていたとしてもそう簡単に打たれることはなかったはずだ。

結局、航太郎はこの試合でも145キロを超えるストレートを連発して、強打を誇る京浜打線から11奪三振。味方のエラー絡みで一点は取られたものの、高校に入って初となる完投勝利を挙げたのだった。

あまりにもめまぐるしかった数日間の出来事だった。本当にめまぐるしすぎて、菜々子はちょっとやそっとのことでは動じなくなっていた。

何が起きているのかわからないという感じで祝福してくれる保護者に紛れるようにして、その男の姿を見たとき、ひょっとしたら菜々子は航太郎の身にその後降りかかってくることを冷静に想像していたのかもしれない。

「ああ、会えて良かった。秋山さん、大変ご無沙汰しております。いや、航太郎くん、ようやく覚醒しましたね。思っていたよりも少し時間はかかりましたが」

この日が来ることはわかっていました。

数年ぶりに目にした男は、そんな表情を浮かべていた。


いまからちょうど一年前の、幻のようだった真夏の出来事だ。

もう何度見たかわからないハードディスクレコーダーに録画された映像を見ても、菜々子は自分の目を疑ってしまう。

結局、チームが〇対二で敗れた準決勝でも、航太郎はマウンドに立った。しかも五イニングを投げて、打たれたヒットはわずか二本。失点は〇。相手の二点は先発した及川くんが失ったものだった。チームが敗れてなお、投手としての航太郎の評価は高まった。

これはきっと「諦めなきゃ夢は叶う」といった類いの話ではない。諦めなかったから味わわなければならなかった屈辱はたくさんあったし、苦い経験も山ほどした。する必要のなかったケガもしてしまった。たとえ中学で野球を辞めていたとしても、また違った高校生活の中で、航太郎なら楽しく過ごしていたに違いない。出会うことのなかった友人たちとのつき合いの中で、もっと華々しい将来に通じる何かを見つけ出していたかもしれない。

人が生きるということは、物語とは違うのだ。人生が閉じるわけじゃない以上、いまこの瞬間が終わりじゃない。そんなことを何度も感じた夏だった。

たとえば健夫を失ったとき、シニアの全国大会で優勝したとき、中学を卒業したとき、大切な肘にメスを入れたとき……。その時々で航太郎の物語が閉じていたら、それぞれの読後感があったはずだ。悲しいフィナーレも、明るい結末もすべてひっくるめて、辿り着いた一つの場所があの甲子園だった。

憧れのグラウンドで一度は諦めたピッチャーをさせてもらい、チームが勝つことにこれ以上ない形で貢献した。大好きな仲間たちと喜びを分かち合って、想像もしていなかったような脚光を浴びた。菜々子もまた『母一人、子一人の甲子園』といったわかりやすい切り口で、どれほど取材を受けたかわからない。

それでも、あの甲子園でさえやはりゴールではないのだ。残酷にも、無情にも、あるいは幸運にも……。人生はそれからも続いていく。

そして人生がその後も続いていく以上は、やり残してはいけないのだと菜々子は思う。ほんのわずかでも「まだやれる」という思いがあるのなら、自ら道を閉ざしてはいけない。悔いを残してはならない。

「あんた、やっぱり大学でもちゃんと野球をやりなさい。絶対にやりなさい」

もう二度と一緒に暮らすことのないチームメイトに別れを告げ、航太郎が退寮してきたその日の夜、菜々子は思いをぶちまけた。

一度言い出したことはなかなか翻さない性格の子だ。良く言えば信念があり、悪く言えば融通が利かない。航太郎がこうと決めたことを巡り、これまで何度ぶつかったかわからない。

それでも、いまの航太郎はそんな自らの弱点に気づいている。自分自身は早々に「高校野球では通用しない」と見切ってしまったピッチャーとしての実力を、絶対に諦めないでくれたのは監督の佐伯だった。

その佐伯が口にした言葉がいまも菜々子の胸に残っている。

「自分だけが限界を定めてしまうというのはよくある話です」

高校野球最後の夏、航太郎は身をもってその言葉の正しさを証明してみせた。諦めないでいてくれた人が近くにいたから、いまの航太郎があるのは間違いない。

「私にはどうしてもあんたの野球がここで終わりとは思えない。あんたから野球を取ったらやっぱり何も残らないと思う。野球がなくなっても『自分はこういう人間だ』って胸を張って言える何かと巡り合うまで、ちゃんと野球を続けるっていうのはどうかな。もう少しだけ本気の野球を続けてみたら？」

言葉の半分は……、いや、ほとんどが詭弁だろう。たとえいま野球を辞めたとしても、航太郎にはたくさんのものが残っている。もがきの中で得た人間性も、ケガをしたことで手に入れた明るさも、甲子園でのかけがえのない経験も、ともに寮生活を送った仲間たちも。すべて航太郎の人生から消えてなくなることはない。結局はもう少し息子の野球するところを見ていたいという母親のワガママだ。

それはないだろう……と、きっといつかと同じことを言い返してくると思っていた。でも、航太郎はなぜか不意をつかれたように目を見開き、しばらくするとやりづらそうに自分の鼻に触れた。

「いや、やっぱりすごいわ、お母さん。俺もまったく同じこと思っとった」

菜々子は小さく首をひねった。

「同じこと？」

「前に言ったことを撤回するようで悪いんやけど、もう少しだけ俺に野球をやらせてもらえへんかって。俺も言おうと思っとった」

「だったら――」

「でもな、俺、教員の資格を取りたいし、そうなると大学でっていうのが現実的な道になってくると思うんやけど、大学で野球するのってたぶんめちゃくちゃ金かかる」

「そうなの？」

「うん。くわしいことはよく知らんけど、学費も、寮費も、食費も、高校とは桁違いなんやないかって。バイトなんかできるのかようわからんし、ちょっとどれくらいかかるか想像もつかんくて」

浮かれているのを見透かされたようだった。菜々子はいきなり現実を突きつけられたような気持ちになった。

「い、いや、でも、なんか方法はあるんじゃないの？　じゃなきゃ、お金持ちの子しか野球なんてできないじゃない」

「うーん、どうなんやろ。それこそ特待生の枠とかあるのかもしれんけど、もう埋まっちゃったりしてるんかな。とりあえず俺のところに話はない」

「でも――」

「っていうか、そもそも大学っていうところがそういうとこなんちゃうの？　金持ってる人が行くところっていうイメージがあるわ。それに野球をするっていうだけなら、方法はいくらでもある。社会人野球とか、独立リーグとか、海外とか」

「それじゃ教員免許が取れないじゃない」

「まぁ、それは」

「いや、でも大丈夫よ。おかげさまで高校は授業料免除だったわけだし。お父さんの遺してくれたお金だってまだ残ってる。あんたが心配することない」

菜々子は気丈に振る舞ったが、内心は焦っていた。たしかに授業料は免除されたが、遠征費や仕送り、用具代などで、この二年半は想像していたよりもずっとお金がかかってしまった。航太郎が特別お金のかかる子だったわけではない。むしろ母に迷惑をかけまいと、他の子たちより我慢してくれた。それでも健夫のお金は目減りしていく一方だった。

大学で野球をするということの意味が、大変さが、菜々子にはうまく想像できなかった。そんな不安がきっと顔に出たのだろう。

航太郎は弱々しく微笑んだ。

「ま、でも甲子園でそれなりの結果を残したんやし、お母さんの言う通り、何か方法はあるんでしょ。来週、監督と面談することになってるから、ちょっと相談してくるわ」

「監督って、佐伯さん？」

「あ、元監督か。あの人、いろんな学校から指導者のオファーが来てるらしいで。ホンマ、うまいことやったよな。たいした監督でもないくせに」

「でも、感謝してるんでしょ？」

「それはね。最後まで敵であり続けてくれたわけやから。そこに関しては感謝してる。うん、間違いなく」


その佐伯の尽力もあり、航太郎はいま東北地方の大学で野球を続けている。

甲子園ベスト4という実績のおかげもあり、実際はあれから菜々子でも名前を知っているような有名大学もいくつか声をかけてくれた。

しかし、そのすべてが学費も寮費もかかる一般推薦での話だった。むろん、そういった大学に進学することはお金では買えない価値がある。菜々子は「絶対に行くべきよ。お金のことなら本当に心配いらないから」と何度も言ったし、仮に健夫のお金が尽きようが、借金をしようが、航太郎を東京の大学に行かせるつもりでいた。

航太郎も一度は「うん、そうやね。そうしたらまたお母さんの近くで暮らせるし。たぶん、そうさせてもらうと思う」と言っていたのだ。それなのに最後の最後に選択したのは、授業料も寮費もかからない、完全特待生という条件を提示してくれた東北の大学だった。

菜々子はいまだに申し訳なさと情けなさがくすぶっているものの、航太郎は楽しくやっているようだ。

大学野球のレベルは想像していた以上に高いらしく、高校に入学したときのように一年生から試合に出させてもらえるだろうという目論見は呆気なく外れ、春のリーグ戦ではベンチに入ることもできなかった。また四年間、一からのスタートということだ。

かくいう菜々子はいまも大阪に住んでいる。航太郎の卒業のタイミングで湘南に戻るか、はたまた最後の学生時代を近くで見届けるべく、一緒に東北に移住するかという考えもチラつきはしたものの、そのどちらにも現実味は持てなかった。そう、故郷の神奈川に帰るということにさえリアリティが感じられなかったのだ。

わずか三年の間に、菜々子のアイデンティティ……と言ったら大げさだろうが、もっとも心の休まる土地は、大阪南部の、羽曳野の一帯になっていた。お昼にかすうどんが食べられない日常など想像できない。買いたいときに碓井豌豆を買えない生活なんて考えたくもない。シウマイ弁当の味はもう忘れた。

菜々子が羽曳野に残る選択をしたことを、職場の人たちは手放しで喜んでくれた。院長の本城先生をはじめ、看護師長の富永裕子も、他のスタッフのみんなも、菜々子が残ることを家族のように歓迎してくれた。

でも、もっとも喜んでくれたのは、他でもない。思いきり抱きしめ、涙まで流してうれしさを表現してくれたのは、もはや大親友と言っていい馬宮香澄だ。香澄こそが菜々子が羽曳野に残る決定的な理由だったと言えるだろう。

ちょうど甲子園の準々決勝の映像が終わったタイミングで、その香澄から電話がかかってきた。

『おつかれー、菜々子。いま平気?』

棚の時計に目を向ける。日曜日の夕方。いつもだったらお昼から合流し、基本的には菜々子の家でダラダラとしゃべっている頃だろう。

でも、今日はそうできない理由が菜々子の方にあった。

「うん。まだ平気やで」と菜々子が応じると、香澄の意地悪そうな笑い声が聞こえてきた。

『そうか。どう？　緊張しとる？』

「なんで緊張なんてすんのよ」

『だって、大学に入ってから航ちゃんが帰ってくんのはじめてなんやろ？　私、陽人が高校の寮に入って、はじめて帰省してきた日のこといまでもよう覚えとるもん。なんかすごく緊張したんよね。変に変わっちゃってたらどないしよって』

「まぁね。私にも似た記憶はあるけど。でも、高校生と大学生じゃやっぱりちゃうよ」

『そうかもしれへんけど』

「そんなことより、陽人はどやったの？」

『どやったって？』

「今日、模試やったんちゃうの？」

航太郎が大学で野球を続けることを選択したのと同じように、親友の馬宮陽人は高校で野球を辞めることを決断した。

甲子園のベンチ入りメンバーから外れた直後から、陽人は完全に受験モードに切り替えた。自ら予備校の夏季講習に申し込み、それまで野球に使っていたすべての時間を勉強に当てるようになったという。

一分、一秒が惜しいというふうに、甲子園の応援スタンドでさえ単語帳を開いていた陽人の姿を覚えている。その鬼気迫る様子に、ひょっとしたら現役での合格を勝ち取ってしまうのではないかと思っていたが、やはり国立大の医学部というところはかなりの難関であるらしい。母と同じ仕事に就くための最初の挑戦は失敗に終わり、いまは浪人生活を送っている。

香澄は小さな笑い声を上げた。

『さぁ、どうなんやろね。とりあえず航太郎にみっともない姿は見せたくないとか言って、今回はがんばってたみたいやけど』

「みたいって何よ。一緒に住んどるくせに」

『いやいや、顔なんて全然合わされへんもん。家では集中できへんからとか言って、いつもどっかで勉強してきとるみたいやし。家にいてもほとんど部屋から出てきぃへん』

「ああ、それはわかる。そういうもんよね」

『ちなみにあいつ、洗濯も、洗い物も、食事の後片づけも何もしてないで。ホンマ、二年間も寮で何を学んできたんっていう話や』

「べつにええやん。母親冥利に尽きるやろ」

『アカンアカン。私、自分の息子やろうがなんやろうが、そういうマザコン大嫌い。自分のことも自分でできんで何が医者や』

そう辟易したように口にする香澄とは、十九時に富久で合流することになっている。航太郎にとっては大学に入学してはじめての帰省だ。初日の夜くらいはと、例によって腕を振るって手料理を振る舞おうと思っていたのに、航太郎の方から『陽人たちと焼き肉が食いたい』と言われてしまった。

今夜の約束の確認をして、また夜にと電話を切ると、入れ替わるようにして西岡宏美からメッセージが入ってきた。

『ありがとう。さすがに去年も今年もベスト4というのは出来すぎやと思うけどね。あっという間に佑も最終学年よ。高校野球の母親をやっていられるのもあと一年。がんばります』という殊勝な文章は、菜々子の方から日中に送ったメッセージに対する返信だ。

『甲子園、おつかれさま。山藤、やっぱり強いね。佑くんもすごかった。来年こそ優勝できることを祈っています』

希望学園で一度は最上級生の母親をまっとうした宏美は、弟の佑の入学した山藤で再び一年生の母から始めている。

傍から見ていると統率の取れた、誇り高き集団にしか見えなかった山藤の父母会も、実際に中に入ってみるとなかなかハードであるらしい。

「ある意味、希望学園の親たちなんてカワイイもんやで。プライドの高さはえげつないし、変な派閥はようけある。上下関係もめっちゃキツい。ホンマに一個上の親たちのムカつくこと、ムカつくこと。イヤになるで」

そんなことを言いながらも、少なくとも希望学園では誰よりも気の強かった宏美のことだ。簡単に負かされるつもりなどないだろう。

それはそうだ。何せ佑は下級生にして堂々と山藤のエース番号を背負ったのだし、兄の蓮は押しも押されもしないプロ野球選手なのだから。山藤の保護者たちへの不満を吐露するときの表情は好戦的で、どこか楽しそうでもある。

あらためて時計を確認して、菜々子は違う動画を再生した。ドラフト会議から一週間後に放送された、大阪の民放局が制作したドキュメンタリー番組だ。

その主役は、在阪球団からドラフト1位で指名された山藤学園のエースの原凌介くんだ。しかし、そのライバル校のキャプテンであり、中学時代にはチームメイトでもあった西岡蓮にも相応の時間が割かれていた。

母の宏美は蓮の指名順位が8位であったこと、しかもそれが大嫌いな東京の球団によるものだったことに不満を隠そうとしなかったが、蓮は安堵の表情を浮かべていた。

「正直、指名を受けるまでは不安でした。すごく歴史のある球団に指名していただいたことを光栄に思います。まずはしっかりとプロでやっていける体力を養って、きちんと勝負していけたらと思っています」

蓮の受け答えはいかにも訓練された高校球児といったもので、立派ではあるけれど、おもしろみには欠けた。

それでも、あの宏美の息子である。

記者からの「また同じリーグになりますし、プロの世界に舞台を移して、原くんとの対決が待ってますね」という杓子定規(しゃくしじょうぎ)の質問に、ニヤリと笑ってこう答えた。

「そうですね。ドラフトの順位で野球をするわけではないと思うので。高校でやったときと同じように、そのときはまた僕が勝ちたいと思います」

希望学園内に設置された記者会見用の教室に、その日一番のカメラのフラッシュが瞬いた。その画面に見切れるようにして、もう一人の主役が……、少なくとも菜々子にとっては一番の主人公が、所在なげに座っている。

それを見ていまさら笑ってしまったところに、航太郎が帰ってきた。大学のある東北に、菜々子はまだ一度も行っていない。これが半年ぶりの再会だ。

「ただいまっと。あー、疲れた」

玄関から生ぬるい風が吹き込んだが、いつかのように威圧的な印象は受けない。大学生らしく髪の毛を真ん中でわけた航太郎が、母の顔を見て、照れるでもなく「ういす。久しぶり」と手を挙げる。

「っていうか、マジで遠いねん、この家」

大きな荷物を床に置いて、航太郎はダイニングチェアに腰を下ろした。「はい、これね」と、空港で買ってきたのであろうお土産をテーブルの上に載せる。

「なんで551の豚まん?」

「え、なんで？　嫌い？」

「いや、好きだけど。でも、どうせならあっちの空港で向こうの特産品を買ってきてくれたら良かったのに」

「いや、俺が食いたかってん。ソウルフードやん？」

航太郎は菜々子の淹れたお茶を一口だけ飲んで、点けっぱなしにしていたテレビ画面に目を向けた。

「まだこんなの見てんのかよ」

ない。

「見てるわよ。何度も見返してるし、私はこれからも何度だって見るわよ」

「何回見たって結果は変わらないぜ？」

「当たり前じゃない、そんなこと」

菜々子も釣られるようにして画面を見る。あの日からまだ一年も経っていないなんて信じられない。

モニターに映し出されているのは、蓮が去ったあとの記者会見場だ。主役が席を立ったあともカメラは回り続けている。フォーカスを当てられているのは、ともに指名の瞬間を待ってくれている佐伯と、となりに座る航太郎だ。

甲子園の準々決勝、そのアルプス席で話しかけてきた男がいた。

横浜を本拠地とするプロ野球チームのスカウトだ。中学時代にシニアの監督から紹介され、何度か話したことがあった。その頃はよく試合を観にきてくれていたけれど、航太郎が高校に入学してからはいっさい姿を見ていなかったし、存在さえ忘れていた。

菜々子がはじめてその可能性があることを聞かされたのは、大会が終わり、航太郎が佐伯との面談に向かったときだ。

「なんやよう知らんけど、できればお母さんにも立ち会ってほしいって」

他の三年生たちはみんな一人で佐伯と話をしているという。親も一緒になんていう話は聞いていない。航太郎は不思議そうに言っていたが、同席して納得がいった。たしかに菜々子抜きに決められるわけにはいかない話だった。

決して高揚しているというふうでもなく、かといって不思議そうな素振りも見せず、佐伯は

「プロから話が来ています」と口にした。

ドキリとする余裕もなかった。佐伯は淡々と話し続けた。

「いまの段階で航太郎に二つの球団が興味を示しています」

「えっ、二つ？」と、菜々子は遮るように声を上げた。首をひねった佐伯に、菜々子は甲子園のアルプススタンドであったこと、その人が中学時代の航太郎に注目してくれていたことなどをかいつまんで説明した。

佐伯は小刻みにうなずいた。

「なるほど、そういうことがあったんですね。いや、実際に私も横浜の方が指名の可能性は高いと思っています」

「指名……されるんですか？」

「さすがに支配下では厳しいかもしれませんが。育成契約だとすれば可能性は低くないと思っています」

菜々子は顔を横に向けた。同じようにこのときはじめてプロの話を聞かされたはずなのに、航太郎はずいぶんと落ち着いた様子だった。

佐伯は一貫して冷静だった。

「ただ、プロの指名の約束だけは本当にわかりません。私がこの学校の指導者になって、過去に二人、やはり指名の約束を取りつけた選手がいましたが、結局どちらも入団することは叶いませんでした」

「監督さん自身もそうですもんね」と、航太郎がはじめて口を開いた。佐伯はやりづらそうにするでもなくうなずいた。

「大学生のときも、社会人二年目のときもな。とくに社会人のときは絶対に指名するってスカウトに言われてたんだけど。あのときは人間不信になりそうだったよ」

苦々しい笑みを口もとに浮かべ、佐伯は航太郎に問いかけた。

「どうする？　プロ志望届、出すか？」

当然だと即答するものと思ったけれど、航太郎はすぐには口を開かなかった。テーブルのどこか一点をじっと見つめ、しばらくするとその目をおもむろに菜々子に向けてきて、あらためて佐伯に視線を戻した。

「監督さんは、自分はプロで通用すると思いますか？」

「もちろんすぐに通用することは絶対にないが、タイプとしてはプロ向きだと思う」

「どういうところが？」

「大前提としてポジティブなところ。努力を惜しまずに練習に打ち込めるところ。大舞台に強いところ。アマチュア時代にしっかりと挫折を経験しているところ。それと決定的なことがもう一つ——」

佐伯はそこで言葉を切って、なぜか菜々子の顔を一瞥した。

「自分以外の誰かの思いを背負えるところ。背負うことで、パフォーマンスを向上させられるところかな」

一瞬、呆けた表情を見せたものの、航太郎の顔にみるみる笑みが広がった。

「決まりや、おかん。俺、プロ志望届出すからな」

東京や大阪の有名大学でなく、航太郎が東北の大学を選んだ理由はもちろんお金の問題も大きかったが、一番はドラフトの結果を待ってくれたことだった。いま通っている大学だけが、推薦の条件をいっさい変えずに航太郎の運命を待ってくれた。

テレビ画面には、いよいよ最後の入札が読み上げられるところが映し出されている。航太郎の言う通り、何度見たって結果は変わらない。そんなことは百も承知しているけれど、菜々子はいまでも祈ってしまう。

当日はどうしても一人で過ごすことができなくて、香澄に一緒にいてもらった。最後の一人で名前が呼ばれなかったとき、香澄の方が声を上げて泣き出して、おかげで菜々子はちっとも泣くことができなかった。

ダイニングチェアの背もたれを抱くようにして、あの日の映像を見つめながら、航太郎がポツリとつぶやいた。

「これ、負け惜しみに聞こえるかもしれへんけど、俺、いまはマジで指名されなくて良かったって思ってるんだよね」

「そうなの？　どうして？」

「大学生、普通にバケモノばっかりやもん。マジでヤバいよ。甲子園に出たことある選手なんて普通におるし、プロから声をかけられてたってヤツもゴロゴロいる。自分は特別なんてちょっとでも思っとったのが恥ずかしい」

「そんなこと――」

「いや、ホンマに。だからといって諦めるつもりはさらさらないけど、いまの時点では俺が一番へタクソや。マジやで」

すべての指名が終了したところで、画面の中の航太郎は肩で大きく息を吐いた。となりに座る佐伯は仏頂面で、カリカリした内面を隠すことなく頰を赤くしていたけれど、航太郎はいたって冷静だ。

当日のニュースではいっさい使われなかった映像だったが、ドキュメンタリー番組では結構な時間が割かれていた。他にも指名から漏れた選手はたくさんいたはずなのに。きっと直後に行われたインタビューが痛快だったからに違いない。

「秋山くん、残念でしたね。率直ないまのお気持ちは?」

大半の記者たちがすでに帰ったあとだったと聞いている。報道の記者ではなく、しばらく密着してくれていたドキュメンタリー番組のディレクターからの質問に、航太郎は深くうなずいてこう答えた。

「見る目ないなって思っています。スカウトの人たち」

数人の記者たちの笑い声が聞こえてくる。怒っても良さそうな場面なのに、佐伯は誰よりも笑っている。

「今後の進路は?」

「そうですね。行きたいと思っている大学はあります。これからまた監督さんに相談することになると思うんですが、そちらにお世話になれたらいいなって思っています」

「そこでどんな四年間にしたいですか?」

「もう誰にも無視されない四年間にしたいです」

ます」

「ああ、いや、すみません。僕自身が、僕を無視しない時間が過ごせたらいいなって思っていま
す。ちゃんと自分に期待したいっていうか。高校時代の僕は、勝手に自分はこんなもんだって決
めつけて、勝手に諦めてしまっていたので。それを周囲の人たちがケツを叩いてくれて、それが
あの甲子園につながったと思ってるので。今度は僕自身が、きちんと僕に期待したいなと思って
ます」

これこそが航太郎の三年間だったと菜々子は思う。

高校野球という特殊な環境に身を置いて、いいことも、悪いことも、栄光も、挫折も山のよう
に経験して、航太郎は自分自身の言葉を持ったのだ。

テレビでよく聞く、判で押したような「高校球児語」ではなく、自分の頭で考え、自分の言葉
を口にしている。よっぽど覚悟の要ることだろう。高校野球のオールドファンはけしからんと怒
るのかもしれないけれど、菜々子はそれが何よりうれしかった。

「それは、となりに座る佐伯監督のことですか」

ディレクターの質問に、航太郎はいたずらっぽく微笑んだ。

「そうですね。監督さんが一番です。ホント、ピッチャーやれ、ピッチャーやれってめちゃくち
ゃしつこかったですから。本当に感謝しかしてないです」

航太郎は人を食ったような調子で言う。あきらかに小馬鹿にした雰囲気だったのに、監督とい
うプレッシャーだらけの仕事から解き放たれ、心が安らいでいたのだろう。佐伯がグスッと洟を
すする音がマイクにしっかり拾われていた。

「他に感謝する人はいますか？」

ディレクターは明確な答えを求め、誘導的な質問をした。当然、それを感じ取っているくせに、航太郎は気づかないフリをして質問に応じた。

「そうですね、もちろんチームメイトのみんなには感謝しています。先輩も、後輩も。あ、あと寮のおばちゃんには本当にお世話になりました。航太郎は細すぎるって、いつも山盛りのご飯をよそってくれていたので」

やはり数人の笑い声は聞こえてきたが、質問したディレクターが落胆しているのは気配でわかった。

画面の中の航太郎は目を細める。きっとこういうところはプロ向きじゃない。肝心なところでやさしさが出てしまう。

「あー、まぁ、あとは、そうですね。お母さんには、やっぱり感謝しています。母一人子一人の中で、ホント、やりたいようにやらせてもらったので。はい。感謝しかないです」

まるで不本意な台本を読み上げるような口調で、航太郎はディレクターが求めてやまない答えを口にした。

菜々子はこの瞬間に一番声を上げて笑ってしまったが、航太郎は不意に真顔を取り戻した。きっと満足げな顔をしているはずのディレクターの方をまっすぐ見つめ、さらに思ってもみないことをつけ加える。

「アルプス席の母に、いいところを見せてあげたかったんです」

記者会見場が静寂に包まれる。「えっ？　ごめん、秋山くん？」というディレクターの声に我に返ったように、航太郎は目をパチクリさせた。

そして照れくさそうに頬を赤らめはしたものの、意外にも航太郎は素直に続けた。

「甲子園の二回戦、延長戦で、僕、伝令でマウンドに行ったんですけど、そのときなんとなくアルプススタンドを見上げたら、お母さんの姿があったんです。何万人もいるあのスタンドで、誰が誰かなんてわかるはずがないのに、お父さんの遺影を掲げたお母さんが大声で叫んでて。うわぁ、なんか言うとるわ。こんな息子に何を期待しとんねんって思ったら、なんか無性に試合に出たいって思っちゃったんですよね。いいところ見せてやりたいなって。そしたら次の回からいきなり投げてるし、京浜高校戦で完投とかしちゃってるし、いまこんなところで話してるし。そのすべてのきっかけは、お母さんの期待に応えたいっていう思いからだったと思います」

会見場はそれでも静まり返っていた。それを切り裂くように、航太郎はくすりと笑った。

「あまりマザコンみたいなこと言いたくないんですけど。でも、本当のことなんで。だから、はい、感謝してます」

やっぱりこれは「諦めなければ報われる」といった種類の話なのかもしれない。大きくノビをし、振り向きながら「ホンマにマザコンみたいやな」と他人事のように独りごちた大学生になった航太郎に、菜々子は前のめりになって口を開く。

「とりあえず四年後、いい順位でプロに行きなさいよ。プロに行って、原凌介も、西岡蓮もまとめてやっつけちゃいなさい」

航太郎はニカリと笑って「だな」と言った。

時計の針は十九時を指そうとしている。

「いけない。もうこんな時間。陽人たち着いちゃってるよ」

航太郎はゆっくりと腰を持ち上げる。

「腹減ったべー。そしたら行くべー、おがつぁん」

「は？　何よ、それ？」

「うん？　よく知らないけど。秋田弁？」

ポカンと口を開いたあと、全身の血が逆流するような感覚に陥った。

先に玄関に向かっていった航太郎の大きな背中に、菜々子は懸命に声をかける。

「それはダメ！　さすがにダメ！　おがつぁん、禁止！」

「いやぁ、禁止かどうかは知らんけど、おがつぁんはおがつぁんだしなぁ。俺って、ほら、朱に交われば赤くなるタイプやん？」

「知らんわ、そんなん！　イヤったらイヤなの！」

航太郎はケタケタとよく笑い、ゆっくりと振り返って、意地悪そうに微笑んだ。

「じゃ、まぁいいや。ホンマに腹減ったわ。そしたら、はよ行こや、おかん」

「おかん」と呼ばれて安堵している自分に、菜々子はしばらくして気がついた。

早見和真（はやみ・かずまさ）

一九七七年神奈川県生まれ。二〇〇八年『ひゃくはち』で作家デビュー。二〇一五年『イノセント・デイズ』で日本推理作家協会賞（長編および連作短編集部門）を受賞。二〇二〇年『店長がバカすぎて』で本屋大賞ノミネート、同年『ザ・ロイヤルファミリー』で山本周五郎賞とＪＲＡ賞馬事文化賞を受賞。近著に『笑うマトリョーシカ』『八月の母』などがある。

装画　泉瀧　新
装幀　nimayuma Inc.

本書は、「産経新聞」大阪版夕刊に、二〇二二年七月二十三日から二〇二三年十二月十六日まで連載した同タイトルの小説に加筆・改稿したものです。

アルプス席の母

二〇二四年三月二十日　初版第一刷発行
二〇二四年八月二十四日　第九刷発行

著者　早見和真
発行者　庄野　樹
発行所　株式会社小学館
〒一〇一-八〇〇一　東京都千代田区一ツ橋二-三-一
編集　〇三-三二三〇-五二三七　販売　〇三-五二八一-三五五五
ＤＴＰ　株式会社昭和ブライト
印刷所　萩原印刷株式会社
製本所　株式会社若林製本工場

造本には十分注意しておりますが、印刷、製本など製造上の不備がございましたら「制作局コールセンター」（フリーダイヤル〇一二〇-三三六-三四〇）にご連絡ください。
（電話受付は、土・日・祝休日を除く　九時三十分～十七時三十分）

ISBN 978-4-09-386713-9